L’enfant du roi

Un bébé au château

ANNIE WEST

L'enfant du roi

Traduction française de
LOUISE LAMBERSON

DIADÈME

HARLEQUIN

Titre original :
SCANDAL: HIS MAJESTY'S LOVE-CHILD

Ce roman a déjà été publié en 2017

HARPERCOLLINS FRANCE
83-85, boulevard Vincent-Auriol, 75646 PARIS CEDEX 13
Service Lectrices — Tél. : 01 45 82 47 47 - www.harlequin.fr
ISBN 978-2-2804-7661-4

Composé et édité par HarperCollins France.
Imprimé en juillet 2022 par CPI Black Print (Barcelone)
en utilisant 100% d'électricité renouvelable.
Dépôt légal : août 2022.

FSC
www.fsc.org
MIXTE
Papier issu de sources responsables
FSC® C159065

Pour limiter l'empreinte environnementale de ses livres, HarperCollins France s'engage à n'utiliser que du papier fabriqué à partir de bois provenant de forêts gérées durablement et de manière responsable.

Chapitre 1

— Faites vos jeux, mesdames et messieurs !

Conscient que tous les regards étaient fixés sur lui, Tahir baissa les yeux sur la pile de jetons qu'il avait amassés au cours de la dernière heure.

A cet instant, un serveur se dirigea vers lui avec un plateau portant une bouteille de champagne. Tahir hocha la tête et se tourna vers la femme pressée contre lui. Blonde, belle, elle était prête à satisfaire ses moindres caprices. A chacun de ses mouvements, les diamants qui entouraient son cou étincelaient sous les chandeliers en cristal.

Tahir lui tendit une flûte de champagne avant de s'adosser de nouveau à son siège.

Il s'ennuyait.

La dernière fois, il lui avait fallu deux jours pour se lasser de Monte Carlo. Cette fois, il en avait déjà assez alors qu'il venait à peine d'arriver.

Réprimant un soupir, il regarda le croupier.

— Le quatorze, dit-il.

— Le quatorze ? répéta la blonde en ouvrant de grands yeux. Tu mises *tout* sur un seul numéro ?

Il haussa les épaules et, quand il souleva son verre, il remarqua que sa main tremblait légèrement.

Depuis quand n'avait-il pas dormi ? Deux jours ? Trois ? Il y avait eu son séjour à New York, où il avait fini par remporter ce contrat mirobolant avec les médias, et où il était resté ensuite pour faire la fête. Puis la Tunisie, pour le rallye automobile. Ensuite, Oslo et Moscou pour d'autres affaires. Et maintenant, son yacht était amarré là, dans la marina.

Son style de vie finissait-il par le rattraper ?

Le croupier fit tourner la roulette en souriant.

Visiblement fascinée par l'audace de Tahir, sa compagne lui adressa un sourire dépourvu de toute ambiguïté, tout en se pressant encore davantage contre lui. Il aurait vraiment dû se rappeler son prénom. Etait-ce Elsa ? Erica ?

Pourtant, il y avait certaines choses qu'il n'oubliait jamais. Même s'il avait tout fait pour les oublier.

Elisabeth, c'était cela. Sa compagne s'appelait Elisabeth Karolin Roswitha, comtesse von Markburg.

Des applaudissements le tirèrent brusquement de ses pensées et, dans son excitation, la comtesse grimpa presque sur ses genoux. Des lèvres douces lui caressèrent la joue, puis la bouche.

— Tu as encore gagné, Tahir ! s'exclama-t-elle, les yeux brillant d'excitation. N'est-ce pas merveilleux ?

Il s'efforça de sourire en reprenant son verre. A vrai dire, il lui enviait son excitation. Depuis quand n'avait-il pas ressenti cela ? Le jeu ne lui procurait plus aucun frisson. Ses réussites en affaires ? Parfois. Les sports extrêmes ? Là, au moins, il ressentait une montée d'adrénaline quand il se mettait en danger. Le sexe ?

La fatigue le submergea soudain. Pas une fatigue physique mais une sorte de lassitude morne, qui le rongeait depuis si longtemps.

Il se sentait las de la vie.

— Faites vos jeux, s'il vous plaît, dit de nouveau le croupier.

— Le quatorze, murmura Tahir.

— Le quatorze ? répéta le croupier en s'efforçant de garder l'air calme. Oui, monsieur.

— Encore le quatorze ? fit Elisabeth avec une note aiguë dans la voix. Mais tu vas tout perdre ! Il n'y a aucune chance qu'il sorte de nouveau…

Tahir haussa les épaules et à cet instant, il perçut la vibration discrète de son mobile.

— Eh bien, je perdrai, répliqua-t-il en sortant l'appareil de sa poche.

Il contempla un instant l'écran car il ne reconnaissait pas le numéro qui s'y affichait. Seuls son avocat et les courtiers en qui il avait confiance possédaient son numéro privé.

— Allô ?

— Tahir ?

Même s'il ne l'avait pas entendue depuis des années, il reconnut aussitôt la voix.

— Oui, Kareef, dit-il en se levant brusquement.

Pour que son frère aîné l'appelle après aussi longtemps, il fallait que ce soit pour un motif vraiment important. Tournant le dos à la table, il traversa la salle bourrée de monde pour aller s'isoler dans un coin tranquille.

— Quelle surprise, murmura-t-il. A quoi dois-je ce plaisir ?

Comme son frère ne lui répondait pas tout de suite, il sentit un frisson prémonitoire lui parcourir la nuque.

— Je veux que tu reviennes à Qusay, répondit enfin calmement Kareef.

Tahir avait cru ne jamais entendre ces paroles.

— Je n'y suis plus chez moi. Tu te souviens ?

Cependant, il avait tort de reporter sa vieille amertume sur Kareef. Son frère n'était pour rien dans le désastre qu'avait été son passé.

— A présent, tu vas retrouver ta place, Tahir.

— Je ne pense pas que notre vénéré père partage ton avis.

— Il est mort.

Les mots résonnèrent sourdement dans son cerveau. Ainsi, la brute corrompue qui avait régné sur son peuple et sa famille pendant si longtemps était partie pour toujours…

Le tyran qui avait trompé sa femme avec quantité de prostituées et de maîtresses. Qui avait fait régner la crainte sur sa tribu. Qui, à plusieurs reprises, avait failli tuer Tahir sous ses coups. Jusqu'à ce qu'il soit assez grand et assez fort pour se défendre contre son père et le défier.

C'était probablement ce que le vieux cheikh désirait, car lorsque son fils avait dépassé les bornes, il l'avait banni.

Quoi qu'il fasse, Tahir n'avait jamais pu contenter son père. Par conséquent, il avait passé son enfance à se demander quelle faute il avait commise pour lui inspirer tant de haine.

Mais à présent, il avait cessé depuis longtemps de se poser des questions à ce sujet.

Il se retourna et contempla la pièce élégante et ses occupants. Mais il ne voyait rien ni personne. Une seule vision occupait tout son esprit : celle des yeux injectés de sang de Yazan Al'Ramiz quand il hurlait contre lui, tout en le martelant de coups avec ses poings serrés.

Maintenant que le vieux tyran était mort, il devait bien ressentir quelque chose, non ? Même après onze ans d'absence ?

Il aurait dû poser des questions à Kareef. Quand ? Comment ? Un fils ne se comportait-il pas ainsi à l'annonce de la mort de son père ?

— Même s'il n'est plus là, je ne ressens pas un désir brûlant de retourner à Qusay, dit-il d'une voix neutre.

Il n'avait plus rien à faire sur la terre de sa naissance.

— Bon sang, Tahir ! Arrête un instant de jouer les arrogants et les insensibles. J'ai besoin de toi. La situation est compliquée.

Kareef s'interrompit un instant.

— Je *veux* que tu viennes.

Une sensation étrange naquit au plus profond de Tahir. Kareef avait toujours été son frère préféré. Celui qu'il avait admiré, il y avait bien longtemps, à l'époque où il essayait encore de faire de son mieux.

— Pourquoi ? Que se passe-t-il ?

— Notre cousin a découvert qu'il n'était pas l'héritier légitime et a renoncé au trône. C'est moi qui dois prendre sa place.

Il se tut brièvement avant d'ajouter :

— Et je veux que tu sois là pour mon couronnement.

Tahir se dirigea lentement vers la table de la roulette.

La nouvelle que venait de lui annoncer Kareef était phénoménale. Le fait que leur cousin ait été couronné par erreur était à peine croyable. Ainsi, il n'avait aucun lien du sang avec le vieux roi et la reine… En effet, ceux-ci l'avaient adopté en secret après avoir perdu leur vrai fils. Si n'importe qui d'autre que Kareef lui avait raconté cela, il aurait eu beaucoup de mal à le croire.

Mais son frère aîné était bien trop prudent, bien trop responsable, pour se tromper. Il ferait un roi parfait pour Qusay.

Dieu merci, leur père n'était plus vivant pour accéder au trône ! En tant que frère du vieux roi et chef d'un clan important, il avait déjà été terriblement puissant — et très dangereux. Comme chef de la nation tout entière, il aurait risqué de devenir rapidement un dictateur redoutable.

Arrêt cardiaque, avait dit Kareef.

Pas étonnant. Leur père s'était laissé aller à tous les vices.

Tahir s'approcha de la table de jeu. Elisabeth l'attendait, manifestement impatiente de passer le reste de la nuit avec lui.

Tahir esquissa une petite grimace. Finalement, peut-être ressemblait-il plus à son père qu'il ne l'avait cru.

— Tahir ! s'exclama la jeune femme d'une voix ravie. Tu ne vas pas le croire : tu as gagné ! Encore une fois ! C'est incroyable.

Tous les yeux étaient tournés vers lui, comme s'il venait d'accomplir un miracle. Devant lui, la pile de jetons avait considérablement augmenté et le croupier était très pâle.

Tahir fit glisser l'un des jetons représentant la plus grosse somme vers lui.

— C'est pour vous.

— Merci, monsieur, dit le croupier avec un grand sourire.

Tahir souleva son verre et avala une longue gorgée de champagne. Le liquide pétillant coula dans sa gorge et lui communiqua son effervescence. Il se sentit léger, presque heureux. Pour une fois, le destin avait fait ce qu'il fallait. Kareef serait le meilleur roi que Qusay ait jamais connu.

— Bonne nuit, Elisabeth, fit-il en reposant son verre sur la table. Je suis désolé, mais mes affaires m'attendent ailleurs.

Après avoir délibérément ignoré l'air consterné de la jeune femme, il s'éloignait déjà quand des cris l'arrêtèrent.

— Attendez ! Vos gains ! Vous partez sans vos gains…

Il se retourna vers la marée de visages qui le regardaient.

— Gardez-les. Partagez-les entre vous.

Puis il se dirigea vers la sortie sans se préoccuper du tumulte que ses paroles avaient suscité.

Une fois qu'il se retrouva sur l'élégant parvis du casino, il s'arrêta un instant et respira à fond avant de descendre les larges escaliers avec un sourire aux lèvres.

Il allait assister à un couronnement.

Tahir survolait les dunes du grand désert de Qusay à très basse altitude.

Seul aux commandes de l'hélicoptère, il sentit son sang frémir devant les vastes étendues qui s'étalaient sous ses yeux. Quelle solitude bénie… Là au moins, pas de parasites. Pas de jeunes gens débutant dans le monde du travail et cherchant à être dirigés. Pas de femmes aux yeux immenses et aux mains avides. Même pas de paparazzi à l'affût de sa dernière liaison scandaleuse.

Rasséréné par sa solitude et le calme du désert, il ne pensait même plus à ce qui l'attendait à Qusay.

Sa famille. Son passé.

Soudain, une forte rafale secoua l'hélicoptère. Aussitôt, il fit remonter l'appareil au-dessus des dunes. Ce qu'il découvrit alors fit monter une poussée d'adrénaline dans son corps. Car l'obscurité qui avait empli le ciel n'était pas due à un crépuscule précoce comme il l'avait d'abord pensé.

S'il était resté à une altitude raisonnable, il aurait remarqué les signes avant-coureurs plus tôt. Au lieu de cela, il s'était conduit comme un idiot, descendant beaucoup trop bas, et misant sur sa capacité à suivre la topographie du désert qui changeait au gré du vent.

Une tempête de sable colossale se préparait. De celles qui causaient des pertes de bétail, déviaient les cours d'eau et ensevelissaient les routes. De celles qui pouvaient emporter un hélicoptère comme un jouet avant de le réduire en miettes.

A présent, il n'avait plus aucune chance de l'éviter, ni d'atterrir en sécurité.

Néanmoins, Tahir se cramponna aux commandes pour tenter de guider l'engin malmené par la tempête. Automatiquement, il bascula en mode de crise et envoya un signal de détresse par radio, tout en sachant qu'il était déjà trop tard.

Un calme étrange l'envahit.

Il allait mourir.

Après avoir été banni, le fils indigne était revenu finir sa vie sur la terre de ses ancêtres.

Visiblement, il n'était pas mort.

Le destin semblait lui avoir réservé un sort bien pire : la mort par déshydratation. Ou, à en juger par la souffrance qui le taraudait, il allait mourir à cause de ses blessures.

Ainsi, la chance qui lui avait souri au jeu avait fini par l'abandonner…

Tahir se demanda s'il devait ouvrir les yeux ou chercher à retomber dans l'oubli de l'inconscience. Cependant, la douleur qui le lançait dans la tête et dans la poitrine était impossible à ignorer.

Même le simple fait de soulever les paupières lui faisait mal. Lorsque la lumière lui transperça la rétine à travers ses cils recouverts de sable, il poussa un gémissement. Dans la bouche, il avait un goût de poussière et de sang. Et, après avoir été fouettés impitoyablement par le sable, ses mains et son visage étaient à vif.

Il se souvint vaguement d'avoir été assis, attaché sur un siège et aveuglé par la poussière, abasourdi par les hurlements du vent. Puis il se rappela l'odeur de l'essence, insoutenable. Après avoir réussi à défaire sa ceinture de sécurité, il était parvenu à grand-peine à se dégager de la carcasse de métal tordu. Ensuite, il s'était éloigné aussi loin qu'il l'avait pu, en titubant. Puis, plus rien. Sa mémoire était totalement vide.

Au-dessus de lui, le ciel d'un bleu éclatant le narguait.

Il était vivant, dans le désert. Et seul.

Tahir perdit connaissance trois fois avant de réussir à se redresser en position assise, transpirant et tremblant, et se sentant plus mort que vif. Comme s'il avait été écrasé, son cerveau se perdait dans l'abîme avant de revenir au présent. Et ce présent était épouvantable.

Après être parvenu à s'appuyer le dos à un banc de sable, les jambes allongées devant lui, il essaya d'ignorer la douleur à l'arrière de son crâne.

Il allait de nouveau dériver dans l'inconscience quand quelque chose le réveilla brusquement : une caresse râpeuse sur sa main.

Il tourna la tête avec précaution.

Une chèvre ? Dans le désert ?

— Tu es un mirage, voulut-il murmurer.

Mais les mots ne franchirent pas sa gorge serrée.

L'animal dut néanmoins percevoir son attention. Il le regarda et secoua la tête tandis qu'un nuage de poussière s'élevait de ses longs poils.

— Mmêêê…

Les mirages ne parlaient pas, songea confusément Tahir.

Il ferma les yeux, mais quand il les rouvrit, la chèvre était toujours là. Toute petite, bien trop jeune pour s'aventurer ainsi sans sa mère.

Bon sang. Il ne pouvait même pas mourir en paix.

La chèvre lui donna un petit coup de tête sur la hanche, et il se rendit compte qu'il y avait quelque chose dans sa poche. Lentement, pour ne pas perdre connaissance à cause de la douleur, il glissa la main à l'intérieur et trouva une bouteille d'eau.

Il lui fallut une éternité pour la sortir, l'ouvrir et la porter à ses lèvres. Mais il savait que boire trop vite était dangereux. Après s'être risqué à avaler une deuxième gorgée, il baissa la main. Celle-ci était comme un poids mort.

A cet instant, quelque chose bougea contre sa cuisse et, rouvrant les yeux, il vit la chèvre s'allonger près de lui.

Serrant les dents pour soulever sa main gauche, Tahir versa de l'eau dans sa paume.

— Tiens, c'est pour toi.

Elle but tranquillement, comme si elle était habituée au contact des humains. Ou comme si elle aussi était à bout de forces et ne songeait même plus à avoir peur.

Après cela, Tahir eut juste assez d'énergie pour reboucher la bouteille. Ensuite, elle lui glissa des mains et il laissa sa tête retomber sur sa poitrine.

Fermant de nouveau les yeux, il sentit la chaleur de la petite chèvre pénétrer à travers ses vêtements, lui rappelant qu'il n'était pas seul.

Annalisa prit de l'eau dans le gobelet en métal et la laissa couler sur son visage. C'était divin.

La forte tempête de sable avait retardé son voyage dans le désert. Ses cousins avaient dit que la mauvaise météo était un signe prouvant que son voyage était une erreur, qu'elle prenait trop de risques. Mais ils ne comprenaient pas.

Six mois après la mort de son grand-père, et de son père bien-aimé peu de temps après, elle *devait* faire cette expédition.

En effet, il s'agissait de sa dernière promesse faite à son père.

Elle était arrivée le matin même et avait passé l'après-midi à nettoyer son appareil photo, le télescope, et tout son équipement. Après cette journée de chaleur et de poussière, elle savourait le luxe que représentait l'oasis.

Elle prit un nouveau gobelet d'eau et en versa le contenu sur sa tête, frissonnant avec plaisir quand le liquide frais glissa dans ses cheveux, sur ses épaules puis sur son dos. Un autre gobelet d'eau se répandit bientôt sur ses seins et elle sourit. C'était si agréable de se sentir propre, se dit-elle en remuant les orteils dans le fond sablonneux de la petite mare.

Le soleil se couchait à présent, aussi ferait-elle bien de se dépêcher et de préparer un feu avant que l'obscurité ne tombe. Elle allait sortir de l'eau quand quelque chose attira son attention à l'horizon. Plissant les yeux pour se protéger du soleil couchant, elle aperçut une ombre. Plus qu'une ombre. Un homme. Elle remarqua de larges épaules et des vêtements sombres. De plus en plus surprise, elle constata qu'il portait apparemment un costume. Il avançait péniblement d'un pas lourd, avant de laisser le sable l'entraîner sur plusieurs mètres.

Instinctivement, Annalisa prit sa serviette et s'en entoura. Mais elle arrêta son geste quand elle remarqua que le comportement de cet homme était décidément étrange. En effet, il ne se servait pas de ses bras pour garder son équilibre sur la pente abrupte, et ses mouvements manquaient étrangement de coordination.

Aucun homme de Qusay ne lui ferait de mal, mais il ne fallait pas prendre de risques avec un étranger. Car, visiblement, cet homme en était un. Comment prévoir ses réactions quand il découvrirait une femme seule, en plein désert ?

Cependant, tout en nouant la serviette et en observant la lente progression de l'homme, elle se rendit compte que quelque chose n'allait vraiment pas.

Etant donné qu'il semblait à peine tenir debout, cet étranger ne représentait pas une grande menace.

Quelques instants plus tard, elle se dirigeait rapidement vers lui.

Quand Annalisa le vit plus nettement, elle ralentit le pas et sentit son souffle se bloquer dans sa gorge. Elle cligna des yeux avec incrédulité.

Un homme de haute taille, aux cheveux noirs, portant

un smoking, glissait sur la dune dans sa direction. Sa chemise de soirée était déchirée et sale, révélant une peau hâlée et le haut d'un large torse.

Son visage était si maculé de sable qu'elle pouvait à peine distinguer ses traits. Pourtant, la ligne forte de sa mâchoire et ses hautes pommettes saillantes dénotaient une beauté virile stupéfiante. Sa tempe était maculée de sang séché, remarqua-t-elle avec un frisson.

Mais quand il se laissa déraper vers le bas de la pente, ce furent ses yeux qui la frappèrent le plus. D'un bleu perçant, ils étaient fascinants.

Même quand il continua à descendre vers elle en tenant à peine sur ses jambes, il réussit à garder une allure élégante et incroyablement séduisante. On aurait dit un homme qui quittait une soirée après avoir trop bu.

Puis elle remarqua la façon dont il serrait ses bras autour de sa poitrine et sa crainte redoubla. Elle pouvait soigner les blessures superficielles — grâce à son père, mais ses capacités étaient limitées, et ils se trouvaient à des kilomètres de tout. Or cet homme semblait avoir besoin de soins urgents.

Le cœur battant, Annalisa grimpa rapidement sur la dune en essayant de refouler sa panique. Elle avait presque rejoint l'inconnu quand celui-ci tituba et tomba sur les genoux, avant de tendre les bras vers elle.

— Tenez, chuchota-t-il avec difficulté.

Elle se pencha pour l'entendre.

— Prenez-en soin.

Puis il laissa retomber les bras, et un epetit animal ébouriffé — une petite chèvre ! — tomba sur le sable, tandis que l'étranger s'effondrait sur le côté.

Chapitre 2

Annalisa s'accroupit et repoussa une mèche de cheveux derrière son oreille d'une main tremblante. Tout son corps tremblait d'épuisement et ses bras étaient affreusement faibles.

Après avoir constaté que l'inconnu avait une température très élevée, elle avait décidé de prendre le risque de l'emmener dans son campement. Si elle le laissait sur cette dune, sans abri, il ne survivrait probablement pas.

Mais c'était sans compter les difficultés de transporter un homme de cette taille, bien plus grand qu'elle.

Il lui avait fallu une heure d'efforts épuisants et toute son ingéniosité pour y parvenir, en le tirant sur une civière improvisée.

— Ne meurs pas maintenant, dit-elle en vérifiant son pouls, qui était très faible.

Puis elle entreprit de nettoyer la blessure de sa tempe.

Les plaies au visage saignaient abondamment, et celle-là n'était probablement pas aussi grave qu'elle le paraissait, songea-t-elle. Pourtant, elle se mit à murmurer un mélange de prières et d'incantations, en utilisant à la fois l'arabe, le danois et l'anglais, exactement comme elle avait vu son père le faire devant des cas désespérés.

Les phrases familières l'apaisèrent, lui redonnant confiance en elle, même si elle savait qu'il ne s'agissait que d'une illusion. Si cet homme s'en sortait, ce serait un miracle.

— Pas la peine…

La voix qui avait interrompu ses pensées avait été si étouffée qu'Annalisa se demanda si elle l'avait imaginée.

— … je ne survivrai pas, je le sais.

Les yeux de l'homme étaient restés clos, mais elle avait vu ses lèvres maculées de sang bouger.

L'espoir jaillit en elle, mêlé à un sursaut de colère provoqué par la peur.

— Ne soyez pas ridicule ! Bien sûr que vous allez survivre.

Après quelques instants, les lèvres de l'homme se remirent à bouger, mais cette fois avec un petit mouvement qui aurait presque pu passer pour un sourire.

— Si vous le dites, murmura-t-il d'une voix à peine audible. Mais si vous vous trompez…

Il fit un effort visible pour continuer.

— … je ne vous en voudrai pas.

Puis il resta si immobile qu'Annalisa eut l'impression qu'il ne respirait plus. Affolée, elle chercha son pouls. Il battait encore, constata-t-elle avec un immense soulagement.

Ce ne fut que plus tard, au moment où elle lui posait un linge humide sur le front pour tenter de faire baisser sa température, qu'elle se rendit compte qu'il s'était adressé à elle en un anglais parfait.

Qui était-il ? Et que faisait un étranger au beau milieu du désert de Qusay, seul — et vêtu comme une star de cinéma ?

Tahir souffrait atrocement. Sa tête cognait sans répit, sa bouche et sa gorge étaient horriblement sèches et douloureuses. Le simple fait d'avaler sa salive lui donnait l'impression d'ingurgiter du verre brisé. Son corps était raide et pesant, meurtri.

Cette fois, la correction avait été corsée, se dit-il, l'esprit en pleine confusion. Son père avait-il fini par aller trop loin ?

Il ne pouvait se résoudre à lutter pour sortir de l'obscurité et regarder ce qui l'entourait. Il devinait d'instinct que s'il le faisait, la souffrance serait insoutenable. Et pour l'instant, il s'en sentait incapable.

Ses seules armes contre son père étaient la fierté et l'indifférence feinte. Soutenir son regard sans broncher et refuser de quémander sa pitié, c'était la seule stratégie valable.

En effet, cette attitude rendait son bourreau fou de rage, car elle le privait de la satisfaction qu'il recherchait en se déchaînant sur son fils.

Même lorsque les coups avaient été insupportables, Tahir ne l'avait jamais supplié de s'arrêter. Jamais il n'avait pleuré. Ni murmuré, ni cillé. Même quand Yazan Al'Ramiz avait fait appel à ses sbires pour soumettre Tahir et prolonger le châtiment, il avait refusé de céder.

Il était trop têtu et fier pour cela. Pour lui, ç'avait été une question d'honneur et quand les coups cessaient de pleuvoir sur lui, il rassemblait ses forces et s'en allait. Même quand il avait du mal à marcher et qu'il devait s'appuyer aux meubles ou au mur pour rester debout, il demeurait stoïque.

Il poussa un soupir. A présent, il était suffisamment éveillé pour remarquer la constriction dans sa poitrine et la douleur qui déferlait dans son flanc. Avait-il des côtes brisées ?

Soudain, il sentit quelque chose lui effleurer le cou. La sensation avait été si légère qu'il crut l'avoir rêvée. Mais elle recommença. Fraîche et humide, la chose glissa de sa mâchoire sur sa gorge, puis plus bas, sur sa poitrine, en un mouvement apaisant. Et de nouveau, partant de sous son menton, la caresse descendit, diffusant une fraîcheur bénie sur sa peau brûlante.

Cela s'arrêta et Tahir perçut un bruit d'eau. Un instant plus tard, le linge humide — car à présent, il avait compris de quoi il s'agissait — se reposa sur lui, sur son front, avant d'effleurer ses cheveux.

Il réprima un gémissement de plaisir et de soulagement, car la douleur lancinante qui lui déchirait le crâne s'apaisait un peu, même si elle ne disparaissait pas complètement.

S'agissait-il d'une nouvelle torture inventée par son père ? Voulait-il lui accorder un moment de répit et d'espoir, pour le ranimer suffisamment avant de le soumettre de nouveau aux coups ?

— Allez-vous-en.

— Vous êtes réveillé…

La voix avait été un murmure, doux comme une brise. Tahir fouilla dans sa mémoire : il n'aurait pas pu oublier une femme dotée d'une voix pareille. Basse et douce, avec une nuance voilée terriblement sensuelle.

Non, il ne la connaissait pas, se dit-il du fond de son cerveau embrumé. Il devait s'agir de l'une des maîtresses de son père. Une nouvelle.

L'amertume lui monta aux lèvres, surpassant le goût du sang. Il aurait dû deviner que le cheikh Yazan Al'Ramiz tenterait un nouveau stratagème pour briser son fils récalcitrant. Quoi de mieux que la douce caresse d'une femme ?

— Laissez-moi, ordonna Tahir.

Mais, hélas, sa voix sortit en un faible chuchotement.

— Chut…

Une main ferme se glissa sous son épaule et un bras mince lui tint le crâne en le soulevant légèrement.

Aussitôt, la douleur le traversa. Si forte et si aiguë qu'il se raidit pour ne pas gémir de douleur.

— Je sais que cela fait mal, mais il faut que vous buviez.

La voix lui était parvenue vaguement, comme très lointaine. Puis de l'eau, merveilleusement fraîche, coula sur ses lèvres et il avala le précieux liquide.

Le délice s'arrêta trop vite.

Oubliant sa fierté, il ouvrit la bouche pour en réclamer davantage.

— Un peu de patience, dit la voix. Vous reboirez bientôt.

La femme se pencha au-dessus de lui. Son parfum de miel sauvage et de cannelle lui titilla les narines et dénoua ses pensées.

— Vous êtes déshydraté. Vous devez boire, mais pas trop vite.

— Quand va-t-il revenir ?

— Qui ? fit-elle vivement. Il n'y a que vous et moi, ici.

Cette voix semblait évoquer des plaisirs illimités, songea Tahir avec désespoir. Comment pourrait-il résister aux promesses qu'elle contenait, à ces mains douces ?

A bout de forces, il ne désirait plus qu'une chose : que cette femme s'occupe de lui.

Combien de temps tiendrait-il sans supplier ?

Car son père semblait avoir enfin trouvé le moyen de vaincre sa résistance, se dit-il en le maudissant. Cette femme réussirait à saper sa volonté comme aucun châtiment corporel n'y était parvenu.

— Dites-moi, commença-t-il en luttant pour se redresser.

Mais il était si faible qu'il n'y parvint pas.

— Quand reviendra-t-il ? murmura-t-il.

— Qui ? répéta-t-elle. Quelqu'un se trouvait avec vous dans le désert ?

— Le désert ?

Tahir s'interrompit et fit un effort pour se souvenir. Le cheikh Yazan Al'Ramiz appréciait trop le luxe pour venir s'isoler dans le désert.

— Où est mon père ? chuchota-t-il à travers ses dents

serrées pour résister à la douleur qui l'assaillait. Je suis sûr qu'il voudra assister à son triomphe.

— Je vous l'ai dit, nous sommes seuls, vous et moi.

— J'ai peut-être été battu à mort, mais je ne suis pas stupide.

Il souleva la main et agrippa le poignet de la jeune femme.

Elle était jeune, sa peau souple et douce. Il sentit son pouls battre sous ses doigts, entendit son halètement de surprise dans le silence qui les entourait.

— On vous a *battu* ? Je croyais que vous aviez eu un accident.

Malgré ses réticences, Tahir se força à soulever les paupières. Le monde lui sembla sombre et embrumé, si bien qu'il lui fallut du temps pour voir clairement. Quand il y parvint, sa respiration se bloqua dans ses poumons.

Que son père soit maudit… Il connaissait trop bien son fils. Mieux que Tahir ne se connaissait lui-même.

Dans la lumière trouble, le visage de la jeune femme resplendissait, pâle et parfait. Son nez était fin et droit. Ses lèvres d'une sensualité qui promettait les plaisirs les plus suaves. Le simple fait de la regarder faisait battre son pouls et en dépit de la douleur, le désir naquit en lui quand elle humecta rapidement ses lèvres, comme si elle se sentait nerveuse.

On lisait sur son visage une détermination qui plut aussitôt à Tahir. Et ses yeux… Il avait envie de se laisser sombrer dans leurs profondeurs riches aux reflets cuivrés. Ils étaient purs, somptueux, enchanteurs.

Des cheveux brillants et sombres entouraient son visage en de souples tresses. Elle avait l'air fraîche, ne portait aucun maquillage. Soudain, elle cligna des yeux, et lorsque son regard croisa le sien, une lueur intense traversa celui-ci. Puis ses longs cils épais se baissèrent, dissimulant son expression.

Elle était l'image même de l'innocence, et de la séduction.

S'il en avait eu l'énergie, Tahir aurait applaudi le choix de son père. Comment avait-il deviné que cette innocence apparente affaiblirait la détermination de son fils, avec beaucoup plus d'efficacité que les ruses d'une femme sophistiquée et expérimentée ?

Lorsqu'il resserra sa prise sur le poignet de la jeune femme, il sentit le pouls de celle-ci s'accélérer, en totale opposition avec le calme apparent de son visage.

Redoutait-elle son père ? L'obligeait-il à jouer cette sinistre comédie ?

Il ferma les paupières, épuisé par l'effort qu'il venait de fournir. Ses doigts s'ouvrirent et la main fine glissa hors de la sienne.

— Allez-vous-en ! Partez avant qu'il ne vous fasse du mal à vous aussi, dit-il avec difficulté.

— Mais de qui parlez-vous ?

— De mon père, évidemment.

Exténué, Tahir sentit l'étau se refermer autour de son crâne, étouffant ses mots et lui dérobant sa conscience.

Annalisa reposa doucement la tête de l'étranger sur le coussin.

Elle se sentait encore sous le choc. Regarder au fond de ses yeux bleu perçant équivalait à contempler trop longtemps le soleil. Au simple son de sa voix profonde, elle avait senti une sensation inconnue naître au creux de son ventre.

Avait-il été attaqué ? Par un étranger ou par son père, comme il l'avait affirmé ? Ou ses paroles étaient-elles le fruit de son imagination enfiévrée ou des blessures qu'il portait à la tête ? En plus de celle de sa tempe, Annalisa avait découvert une énorme bosse à l'arrière de son crâne.

Que ferait-elle s'il avait une hémorragie ? Elle ne pouvait pas le déplacer. La caravane de chameaux ne reviendrait pas avant longtemps et cet endroit isolé n'était couvert par aucun réseau de télécommunications.

Un frisson de peur lui parcourut le dos. Toute la nuit, elle s'était dit qu'elle ferait face, en s'efforçant de le réhydrater et de faire baisser sa température.

A présent, elle avait d'autres inquiétudes.

Elle se leva et fouilla dans un sac, avant de refermer la main sur le vieux pistolet qui avait appartenu à son grand-père maternel, et que ce dernier avait offert au père d'Annalisa. Tous les hommes de Qusay savaient tirer, comme ils savaient monter à cheval, et nombre d'entre eux étaient également capables de pratiquer le tir à l'arc et la chasse au faucon.

Le père d'Annalisa ne s'était jamais servi de ce pistolet. En tant que médecin respecté, il n'avait jamais eu besoin de se protéger, ni lui ni sa famille. Cependant, Annalisa se sentait plus rassurée avec cette arme à la main.

Elle l'avait mise dans ses bagages pour des raisons sentimentales, en se souvenant qu'il l'avait emporté au cours de leurs voyages dans les régions reculées du désert.

Une fois de plus, une sensation terrible de solitude l'étreignit. Elle lui nouait le ventre, annihilant le calme qu'elle avait fait tant d'efforts pour maintenir en elle.

Que se passerait-il si quelqu'un d'autre se trouvait dans les parages, perdu et blessé, ou en colère et violent ? Elle se mordit la lèvre, sachant qu'elle ne pouvait aller voir. Si elle quittait l'oasis, l'inconnu mourrait probablement de déshydratation et d'hypothermie.

Elle revint à côté de lui et constata que sa température était trop élevée. Elle ramassa le linge mouillé mais, à présent, elle se sentait réticente à l'idée de le toucher.

En dépit des coupures et des écorchures qui altéraient

son visage, il était très beau. Même avec les ombres violet foncé qui soulignaient ses yeux et sa blessure à la tempe. Elle contempla ses traits sculptés et superbes, puis ses mains, grandes et puissantes, étrangement fascinantes.

Annalisa se souvint de la sensation de ses doigts entourant son poignet : elle s'était sentie envahie par un désir d'abandon, mêlé à une excitation inconnue.

Son regard descendit sur son torse nu. Elle avait écarté sa chemise pour lui passer de l'eau fraîche sur la peau, afin de faire baisser la température.

Dans la douce lumière de la lampe et les lueurs dansantes projetées par les flammes du feu, il était d'une beauté somptueuse, en dépit des bleus qui meurtrissaient sa peau dorée. Son torse était large et musclé, mais pas de façon exagérée comme celui des adeptes du body-building qu'on voyait dans les films et dans les magazines étrangers. Sa force semblait naturelle.

Même la toison sombre qui recouvrait son torse lui paraissait attirante. Soudain, elle ressentit un désir irrésistible de le toucher…

Tout à coup, Annalisa sentit son pouls battre irrégulièrement et s'écarta aussitôt. Horrifiée, elle se rendit compte qu'elle venait de se comporter comme un voyeur.

Se ressaisissant, elle plongea le linge dans l'eau fraîche avant de le presser pour l'essorer, puis, après avoir inspiré profondément, elle le passa sur la peau de l'inconnu. Comment était-il possible de réagir ainsi à la proximité d'un homme endormi ? se demanda-t-elle en se concentrant sur ses gestes. Car elle devait reconnaître que cet étranger la troublait plus que tous les hommes qu'elle avait rencontrés avant lui.

Tahir fut de nouveau réveillé par la douleur. Néanmoins, le martèlement était un peu moins violent qu'avant.

Il essaya de sourire, mais ses lèvres refusèrent de lui obéir. Il souleva les paupières une fraction de seconde : l'obscurité ne l'entourait pas, et la lumière filtrant à travers ses cils était légèrement teintée de vert.

Le doux murmure du vent lui parvint, et il inspira profondément. Il reconnut la senteur de la chaleur et du sable, agrémentée d'une odeur indéfinissable d'épice qu'il ne parvenait pas à identifier.

Un mélange confus de sensations l'envahit au plus profond de lui-même.

— Je ne suis donc pas mort…, murmura-t-il.

— Non.

Aussitôt, Tahir sentit tout son corps se figer au son de cette voix. Douce, riche, légèrement voilée, c'était celle d'une tentatrice envoyée dans le but de séduire un homme trop faible pour lui résister.

— Cela ne semble pas vous enchanter, poursuivit-elle.

Tahir voulut hausser les épaules, mais ses muscles protestèrent violemment.

— Pourquoi la lumière est-elle verte ? Où sommes-nous ? demanda-t-il en gardant la tête tournée sur le côté.

Il se sentait étrangement vulnérable et faible, comme si cette dernière correction infligée par son père avait ébranlé la fragile coquille qu'il utilisait d'habitude pour se protéger.

— Nous sommes à l'oasis de Darshoor, au cœur du désert de Qusay.

Sa voix avait ruisselé comme de l'eau sur son cerveau endolori et, durant un instant, son esprit brumeux vagabonda.

Puis il comprit le sens de ces paroles.

— Le désert ? fit-il en tournant brusquement la tête.

Aussitôt, il ferma les yeux tant la douleur était forte.

— Oui. Et la lumière est verte parce que vous êtes sous ma tente.

Une tente. Dans le désert. Les mots tournoyèrent dans son esprit, complètement dénués de sens.

— Mon père…

— Il n'est pas ici, l'interrompit-elle. Vous êtes… vous avez de la fièvre.

Il plissa le front. Tout cela était absurde.

— Vous semblez croire que vous avez été battu, reprit-elle.

A ces mots, il se glaça. Il n'aurait jamais admis une chose pareille, surtout devant une étrangère ! Pas même devant ses plus proches amis.

Qui était cette femme, bon sang ?

Il se força à rouvrir les yeux et sombra dans les profondeurs chaudes de ses yeux aux reflets cuivrés.

Ainsi éclairée, elle était encore plus belle. Car il se souvenait d'elle à présent, de cette femme qui avait hanté ses pensées. Ou ses rêves ?

— Qui êtes-vous ?

Il remarqua ses cheveux tirés en arrière et dégageant son beau visage, l'absence de tout bijou. Elle portait un chemisier jaune à manches longues et un pantalon en coton écru.

Ses jambes paraissaient d'une longueur infinie. Quand elle bougea soudain, il regarda ses hanches rondes et ses cuisses minces moulées par le tissu. Elle s'assit sur le sol à côté de lui et son parfum subtil lui monta aux narines. Puis elle se pencha vers lui et, dans le mouvement, son chemisier se trouva tiré sur ses seins.

Un désir fulgurant traversa Tahir. Non, il n'était vraiment pas mort !

— Je m'appelle Annalisa. Annalisa Hansen. Vous êtes ici depuis plusieurs jours.

— Plusieurs jours ? Comment est-ce possible ?

— Vous êtes blessé, dit-elle en désignant sa tête et son flanc. A mon avis, vous étiez dans le désert déjà depuis un certain temps. Quand vous êtes arrivé, vous étiez gravement déshydraté.

Elle lui posa la main sur le front. Sa paume était fraîche et étrangement familière. Il se souvint de ses paroles apaisantes.

— Vous avez oscillé entre la conscience et l'inconscience, dit-elle en s'écartant légèrement.

Tahir eut envie de lui prendre la main.

— Votre jeune amie a été très inquiète, ajouta la jeune femme avec un sourire.

— Ma jeune amie ?

Il regarda derrière elle, vit l'intérieur de la tente, les affaires nettement rangées dans un coin, puis un livre resté ouvert un peu plus loin.

— Vous ne vous souvenez pas ? demanda-t-elle en l'observant avec attention.

— Non. Pas du tout.

C'était vrai. Ses pensées étaient morcelées. Il était incapable d'en retenir aucune.

— Ce n'est pas grave, dit-elle avec bienveillance. Vous avez reçu un gros choc sur la tête, alors vous êtes encore un peu confus, pour l'instant.

Tahir fit un terrible effort pour se souvenir. Il se rappela un casino, une femme presque assise sur ses genoux et des jetons empilés devant lui. Puis il vit un yacht dans une marina surpeuplée. Une soirée dans un superbe loft avec terrasse. Un rendez-vous dans un conseil d'administration. Mais les visages restaient brouillés. Les détails confus.

— Vous êtes arrivé ici en portant une chèvre.

— Une chèvre ? Qu'est-ce que c'est que cette absurdité ?

— Je parle sérieusement, répondit-elle avec un sourire malicieux. Vous êtes arrivé avec une petite chèvre dans les bras. Apparemment, elle est votre amie. Elle s'éloigne un peu pour trouver de quoi se nourrir mais elle revient toujours s'installer devant la tente pour dormir.

Que disait-elle ? Son esprit lui semblait atrocement vide, à présent...

— Quoi d'autre ? murmura-t-il.

Elle haussa les épaules et un éclair traversa son regard. S'agissait-il de détresse ? De peur ?

— Rien d'autre. Vous avez juste surgi de nulle part. Qui êtes-vous ?

— Je m'appelle Tahir...

— Oui ? l'encouragea-t-elle en hochant la tête.

Lorsqu'il croisa son regard interrogateur et bienveillant, il sentit ses oreilles bourdonner sourdement. Ses pensées tournoyèrent en une sorte de kaléidoscope coloré, puis ce fut le vide total.

— J'ai bien peur de ne pas pouvoir vous en dire plus, dit-il en faisant un effort surhumain pour esquisser un sourire. Je crois que j'ai perdu la mémoire.

Chapitre 3

Annalisa vit le choc traverser le regard de l'inconnu, mais aussitôt, elle comprit qu'il refusait de lui montrer son désarroi. Elle refoula la vague de compassion qui était montée en elle, sachant d'instinct qu'il la refuserait.

Comme assistante de son père, elle avait vu les conséquences de l'accident et de la maladie, et elle savait que la douleur et la peur pouvaient briser les volontés les plus fortes.

Or, cet homme traumatisé par des blessures qui devaient être très douloureuses réussissait à lui sourire calmement. Et ce sourire faisait naître en elle un mélange de sensations à la fois effrayantes et délicieuses.

Celles-ci lui rappelaient ce qu'elle avait vécu avec Toby, quelques années plus tôt. Mais avec lui, cela ne s'était pas produit de façon aussi immédiate ni aussi intense.

Il y avait quelque chose en Tahir qui la touchait au plus profond d'elle-même. Elle se sentait attirée par sa force intérieure, qu'elle voyait sourdre au fond de ses yeux incroyablement bleus.

Cependant, il venait d'un autre monde. D'un univers où elle n'avait pas de place. Elle ferait bien de ne pas l'oublier.

Une douleur aiguë la traversa. Où était sa place, au juste ?

Toute sa vie, elle s'était sentie déracinée. Elle était née à Qusay, mais elle ne vivait pas comme les autres femmes de son pays. Elle s'était toujours sentie en suspens entre deux mondes, ne faisant partie d'aucun. Grâce à son père, dont elle avait été l'assistante, la confidente, elle s'était sentie en sécurité. Mais à présent, il n'était plus là, la laissant abandonnée et seule avec elle-même.

— Qu'est-ce qui ne va pas ? demanda Tahir de sa voix profonde, la sortant de sa mélancolie.

Annalisa sourit malgré elle. Allongé sur le dos, blessé et à peine conscient, privé de sa mémoire, cet homme s'inquiétait néanmoins à son sujet…

Elle lui posa une main rassurante sur le bras et sentit ses muscles se tendre sous le fin tissu de sa chemise. Sa chaleur irradia dans ses doigts et dans la paume de sa main.

— Ce n'est rien, dit-elle en retirant brusquement sa main. Et c'est normal que votre mémoire soit brouillée : vous avez deux blessures à la tête. Mais elle va revenir.

Aussitôt, elle repoussa la crainte qu'il puisse être blessé plus sérieusement qu'elle ne le pensait.

— Vous semblez savoir de quoi vous parlez.

— Mon père était médecin. Le seul de la région. Je l'ai aidé pendant des années.

Elle se détourna, submergée par une marée de souvenirs douloureux.

— Je n'ai aucune qualification, reprit-elle, mais je sais m'occuper d'une entorse ou faire baisser la fièvre.

— Vous m'avez sauvé la vie, n'est-ce pas, Annalisa ?

Le son de son prénom sur ses lèvres était étrangement intime. Se retournant vers lui, elle rencontra son regard et, aussitôt, elle sentit des ondes chaudes circuler sensuellement en elle. Embarrassée, elle haussa les épaules.

— Vous vous rétablirez, avec un peu de temps. Tout ce dont vous avez besoin pour l'instant, c'est de repos. Essayez de ne pas vous inquiéter.

Mon Dieu, elle espérait de tout son cœur avoir raison…

— Je vais vérifier vos réflexes, dit-elle en s'agenouillant au pied du matelas. Pouvez-vous remuer vos pieds ?

Il fit tourner ses chevilles, puis il souleva un pied après l'autre.

— Parfait, dit-elle avec un immense soulagement. Quand je vous le dirai, poussez sur mes mains. D'accord ?

— D'accord.

Doucement, elle souleva les talons de Tahir et les posa sur ses genoux avant de poser les paumes de ses mains sur la plante de ses pieds nus. Une vague de chaleur la traversa aussitôt à ce contact. Clignant des yeux, elle essaya de se concentrer.

Jamais elle n'avait soupçonné que des pieds puissent être sexy…

— Annalisa ?

Sa voix la ramena sur terre et elle se sentit rougir. Gardant la tête baissée, elle se concentra sur ce que lui avait appris son père, à propos des blessures à la tête.

— Poussez contre mes mains.

Aussitôt, elle sentit une pression continue.

— C'est bien, dit-elle en relevant les yeux et en souriant.

Doucement, elle reposa ses pieds sur le matelas et vint s'asseoir à côté de lui.

— Maintenant, prenez mes mains, dit-elle en s'efforçant de prendre son ton le plus professionnel.

Ses yeux la fixaient sans ciller, et elle se demanda s'il devinait son trouble et son embarras.

Il souleva ses grandes mains puissantes et écorchées vers elle.

Se forçant à se concentrer sur ses gestes, Annalisa plaça ses mains dans les siennes. La spirale qui naissait au fond de son ventre était due uniquement au soulagement de voir que ses réflexes étaient bons, essaya-t-elle de se convaincre.

Elle voulut s'écarter et dégager ses mains mais, aussitôt,

ses longs doigts s'entrelacèrent aux siens et les gardèrent prisonniers.

Son cœur fit un bond dans sa poitrine tandis que leurs regards se soudaient l'un à l'autre. Elle se rendit compte qu'elle se trouvait contre lui, et qu'elle savourait la chaleur qui émanait de son torse nu. La lueur qui brillait au fond de ses yeux était indéchiffrable mais très perturbante.

— Que vérifiez-vous ? demanda-t-il d'un ton brusque.

— Je veux juste m'assurer que vos réflexes sont normaux, répondit-elle en soutenant son regard.

Elle ne voulait surtout pas mentionner la possibilité d'une hémorragie cérébrale.

— Ils le sont, poursuivit-elle, et vous devriez pouvoir vous lever rapidement.

— Parfait. J'ai une envie terrible de me laver. Vous avez dit que nous étions dans une oasis ?

— Oui, mais…

— Alors il y a de l'eau, l'interrompit-il. J'ai besoin que l'un de vos amis m'aide à me lever.

— Il n'y a que moi. Et je ne crois pas que ce soit une bonne idée de prendre un bain pour l'instant.

— Vous êtes seule ? répliqua-t-il d'un air très surpris.

Elle hocha la tête.

— Eh bien, vous êtes une femme remarquable, Annalisa Hansen, reprit-il en lui lâchant les mains. Venez-vous souvent camper seule dans le désert ?

— Non, répondit-elle en se redressant. C'est la première fois que je viens ici sans mon père.

Sa voix avait stupidement tremblé sur le dernier mot, aussi détourna-t-elle rapidement la tête. Cela faisait presque six mois que son père était mort. Et son chagrin demeurait si intense…

— Si vous saviez comme je me sens sale, fit-il soudain

en changeant brutalement de sujet, vous ne me refuseriez pas votre aide pour me laver.

Avait-il deviné sa détresse et faisait-il diversion par délicatesse ?

Tahir se souleva sur un coude, puis, avec beaucoup de mal, s'y appuya pour se redresser en position assise.

Ignorant les protestations de la jeune femme, il serra les mâchoires d'un air déterminé et se mit difficilement à genoux. Eh bien, puisqu'elle ne pouvait pas l'empêcher d'aller se laver, elle n'avait plus qu'à l'aider à sortir de la tente…

Tahir jura contre lui-même. Quelle idée stupide d'avoir voulu prendre un bain !

Son cerveau refusait toujours de fonctionner. Plus il essayait de se souvenir et plus la douleur s'intensifiait dans son crâne. Cette amnésie pouvait-elle être définitive ? Il refusa d'envisager cette possibilité et renforça sa détermination à dominer sa faiblesse physique.

D'autre part, il revoyait la détresse qui avait envahi les beaux yeux bruns d'Annalisa avant qu'elle ne détourne la tête, lorsqu'elle avait parlé de son père.

Il avait senti sa souffrance, et une profonde vulnérabilité. Devant son regard empli de tristesse, il avait été envahi par un besoin irrépressible de chasser ces ombres.

Et cela l'avait poussé à prendre le risque de se lever.

Quel idiot ! Il s'était presque évanoui. Sans son soutien, il n'aurait jamais franchi les quelques mètres qui le séparaient du point d'eau. A présent, vêtu de son seul caleçon qu'il avait gardé par égard pour Annalisa, il se demandait comment il aurait la force de retourner à la tente.

Et combien de temps réussirait-il à ne pas se tourner

vers elle, assise un peu plus loin dans l'eau, qui l'observait avec attention ?

La laisser le déshabiller avait été une torture d'une espèce nouvelle… En sentant ses mains douces défaire son pantalon, il avait été submergé par un tourment qui lui avait fait oublier un instant la douleur qui le taraudait. Quand elle s'était agenouillée devant lui, faisant glisser le tissu sur ses jambes tandis qu'il s'appuyait sur son épaule, le désir avait failli lui faire perdre conscience.

Puis elle était entrée dans l'eau avec lui, en le soutenant, sans se soucier des éclaboussures provoquées par leur progression maladroite.

Mais Tahir, lui, n'était pas resté indifférent.

Quand il fermait les yeux, il voyait encore son soutien-gorge en dentelle qui se devinait sous le coton de son T-shirt, et qui soutenait ses seins voluptueux. Il se souvenait de la courbe de sa hanche, de la fine marque faite par sa culotte là où le tissu mouillé était plaqué sur sa peau…

Il sentit sa bouche devenir sèche. Il ferait mieux de se concentrer pour rassembler les fragments éparpillés de sa mémoire et se souvenir de son identité. Mais ses pensées revenaient immanquablement à Annalisa. Que faisait-elle, seule, dans le désert ?

Il ouvrit les yeux et la regarda. En dépit de la fraîcheur de l'eau, il sentit une onde brûlante se propager dans tout son corps.

Réagissait-il ainsi, d'habitude, avec les autres femmes ? Etait-il aussi facilement excité ?

Il se rappela la femme du casino. Il se souvenait de ses perles et de ses diamants, et de pas grand-chose d'autre, sinon qu'elle semblait très amoureuse. Ce souvenir ne suscitait rien en lui. Ni chaleur ni désir.

Tahir fronça les sourcils tandis qu'il se sentait envahi

par un pressentiment : il devait se méfier de ses réactions envers Annalisa Hansen.

Le laisser se lever et prendre un bain avait vraiment été une erreur, songea-t-elle en regardant Tahir. A présent, il gémissait dans son sommeil. Au cours des dernières heures, il était devenu de plus en plus agité si bien qu'elle avait craint le pire, abandonnant son poste au télescope pour venir s'asseoir à côté de lui.

Il roula sur le côté, se découvrant et exposant son torse nu à l'air frais de la nuit.

Elle essaya de ne pas penser au fait qu'il était entièrement nu sous la couverture et le drap. Même avec son aide, il avait eu beaucoup de mal à regagner la tente et il s'était écroulé sur le matelas, avant de se débarrasser de son caleçon trempé sans plus se soucier de sa présence. Il ne s'était probablement même pas rendu compte qu'elle était là.

Mais à sa grande consternation, Annalisa, elle, se souvenait de tout. En détail. Sa gorge se serra au souvenir de ses fesses musclées, de ses cuisses…

— Père ! gémit-il soudain d'une voix rauque.

— Tout va bien, Tahir, vous êtes en sécurité.

Apparemment, ses blessures provoquaient des cauchemars effroyables, et il semblait désespéré.

Elle se pencha et lui toucha le front. Dieu merci, sa température était normale. A cet instant, elle se sentit brusquement saisie par le poignet. Déséquilibrée, elle essaya de se redresser, mais Tahir l'attira d'une main implacable, jusqu'à ce qu'elle se retrouve au-dessus de lui. Ses belles lèvres sculptées bougèrent en silence.

Soudain, elle bascula et se retrouva tout contre lui.

Aussitôt, elle essaya de se redresser sans lui faire mal, mais il passa le bras autour d'elle.

— C'est lui qui vous a envoyée, n'est-ce pas ? fit-il d'une voix rauque.

— Non. Personne ne m'a envoyée.

Elle essaya de se dégager mais il se contenta de resserrer son bras autour de son dos, jusqu'à ce qu'elle soit complètement allongée sur lui. Puis il emprisonna ses jambes entre les siennes.

Sentant la chaleur irradier de ses muscles fermes, elle se raidit.

— Il savait ce qu'il faisait, reprit-il dans un souffle.

Annalisa s'efforçait d'ignorer la fascination dont elle était la proie, pressée ainsi contre lui. Même lorsque Toby la prenait dans ses bras, elle n'avait jamais partagé une intimité aussi étroite. Toby l'avait respectée car à Qusay, la virginité d'une femme était sans prix. Il lui avait promis d'attendre. Sauf qu'il avait fini par partir et ne jamais revenir.

— Sorcière…, murmura Tahir.

Il glissa doucement la main sur son dos avant de descendre vers ses fesses. La sensation était si exquise qu'Annalisa dut faire un effort pour ne pas creuser les reins sous la caresse. Une chaleur inconnue se répandait en elle, exaltante… et inquiétante.

Il ne savait pas ce qu'il faisait, songea-t-elle, éperdue. Et pourtant le plaisir qui brûlait entre ses cuisses était bien réel…

Soudain, les mains de Tahir s'immobilisèrent, et il poussa un soupir. Elle ferma les yeux et resta immobile, s'efforçant de refouler les ondes divines qui coulaient en elle.

Après avoir attendu quelques instants, elle essaya de se dégager. Aussitôt, Tahir resserra son étreinte. Mais ensuite, elle le sentit se détendre peu à peu. Au bout d'une dizaine de minutes, elle tenta de nouveau de s'écarter. En vain. Même dans son sommeil, il refusait de la lâcher.

Tant qu'il ne serait pas complètement endormi, elle était sa prisonnière, songea-t-elle en se laissant aller dans sa chaleur.

Tahir fut réveillé par les premières lueurs du jour. Aussitôt, la douleur se réveilla, elle aussi. Mais celle-ci était mêlée à une autre sensation…

Car il reposait sur le côté et tenait Annalisa dos contre lui. La tête de la jeune femme reposait sur son bras, et ses jambes étaient mêlées aux siennes. Il s'enivra du parfum de miel qui émanait de ses cheveux et savoura le contact de ses adorables rondeurs.

N'osant pas respirer, il remua doucement la main avant de la refermer sur son sein ferme. Il avait repoussé son chemisier, si bien que seule la fine dentelle séparait ses doigts de sa peau.

Apparemment, quelle que soit la raison qui les avait conduits à partager l'étroit matelas, il ne s'agissait pas de sexe, car la jeune femme était complètement habillée.

Mais ses vêtements offraient peu de protection, aussi se sentait-il très excité. Ses fesses rondes se pressaient contre lui en une invite inconsciente. Soudain, il fut traversé par un désir irrésistible de déchirer son léger pantalon et de la pénétrer.

Durant de longues minutes, il resta immobile et tendu, tous les instincts à fleur de peau. Il appuya sa paume sur son sein et ne put s'empêcher de saisir son mamelon épanoui.

Faisait-il partie de ces hommes capables de profiter d'une femme endormie ? se demanda-t-il avec stupeur. Il ne savait même pas s'il était marié. Ou fiancé avec une femme qui, en ce moment même, s'inquiétait pour lui.

Cette pensée le glaça et anéantit tout son désir. Quelques instants plus tard, il s'écarta doucement d'Annalisa pour ne pas la réveiller.

Lorsque Annalisa ouvrit les yeux, le soleil était déjà haut dans le ciel.

Elle se souvint de Tahir la tenant avec force malgré ses blessures. Puis elle se rappela les réactions de son propre corps au contact du sien.

Rapidement, elle reboutonna son chemisier. Heureusement qu'il n'était pas là pour voir comme il s'était ouvert durant la nuit.

Ce devait être bon signe qu'il ne soit plus là, se dit-elle, cela signifiait qu'il avait eu assez d'énergie pour se lever sans son aide. Cependant, en dépit de sa force et de sa détermination farouche, il était loin d'être en bonne santé.

Dès qu'elle sortit de la tente, elle l'aperçut.

Adossé à un palmier, il était assis, ses longues jambes allongées devant lui, et il portait le pantalon qu'elle avait lavé la veille.

Les souvenirs de la nuit et des réactions de son propre corps la submergèrent. Elle se sentait coupable d'avoir ressenti ce désir insensé alors qu'il était si vulnérable. Mais son sentiment de culpabilité laissa rapidement place à une immense confusion. En effet, aucun homme n'avait jamais provoqué des réactions aussi intenses en elle.

Mais en pensant qu'il portait un pantalon de smoking, Annalisa se dit qu'il appartenait à un tout autre univers que le sien. Pourtant, assis contre cet arbre, avec les rayons du soleil dorant sa peau mate, il semblait chez lui.

— Tiens.

Il ne l'avait pas remarquée, et parlait à la petite chèvre qu'il avait amenée avec lui. Elle se tenait à ses côtés, tendant le cou vers un maigre petit buisson vert. Tahir avait pris une branche et la baissait pour que l'animal puisse l'atteindre.

En contraste avec sa puissante virilité, son geste dénotait une douceur insoupçonnée.

— Ah ! La Belle au bois dormant s'est réveillée.

Ses yeux bleus étincelèrent dans le soleil matinal, faisant ressortir sa peau brunie et ses cheveux d'un noir de jais.

Il était si beau, si attirant qu'elle en fut effrayée.

— J'espère que vous n'avez pas eu besoin de moi, murmura-t-elle. Je ne sais pas pourquoi j'ai dormi aussi longtemps.

— Vraiment ? fit-il en souriant franchement. Je ne me souviens pas de grand-chose, mais je crois que vous vous êtes épuisée à vous occuper de moi. Au fait, j'ai rangé votre télescope.

Elle se tourna vers l'endroit où elle avait installé celui-ci la veille.

— Merci, murmura-t-elle en allant s'agenouiller à côté du sac contenant l'appareil.

Pourvu qu'elle ait bien protégé les lentilles avant d'aller retrouver Tahir… Si le vent s'était levé et avait projeté du sable sur elles…

— Tout semblait en bon état quand je l'ai rangé.

Il avait raison. Soulagée, elle sourit.

— Vous vous y connaissez en télescopes ?

— Qui sait ? fit-il d'un air sombre.

Comment avait-elle pu être aussi maladroite ?

— Excusez-moi. Je suis sûre que vous vous en souviendrez bientôt.

Impulsivement, elle se releva et se dirigea vers lui.

— Vous avez sans doute raison, dit-il avec un sourire forcé. Vous vous asseyez avec moi ?

Elle s'exécuta en silence et s'installa à un mètre de lui.

— Je me rappelle quelques détails supplémentaires, reprit-il.

— C'est fantastique ! De quoi vous souvenez-vous ?

S'il avait remarqué son ton trop enthousiaste, il n'en montra rien.

— Seulement de quelques images confuses. Une soirée. Beaucoup de gens, mais pas de visages. Des endroits que je n'arrive pas à identifier.

Il s'interrompit un instant.

— Et une tempête de sable. Gigantesque.

— Oui, elle s'est produite juste avant mon arrivée ici.

— Je me souviens de l'immensité du désert. Ce qui me conduit à me demander comment nous allons partir d'ici, et si nous avons assez de nourriture pour tenir à deux jusque-là.

— Oh oui, j'ai assez de provisions. Quant au transport, il y a une piste qui traverse l'oasis.

— Et une caravane de chameaux repassera bientôt ?

— Pas tout de suite, répondit-elle en cessant de sourire. Dans quelques jours.

Il fallait pourtant qu'ils rentrent rapidement et que Tahir soit conduit à l'hôpital.

— Quelques jours ? répéta-t-il de sa voix profonde et grave. Peut-être plus… Et nous sommes seuls, vous et moi, dans le désert.

Elle le regarda et dès que ses yeux croisèrent les siens, elle sentit son corps frémir. Farouchement, elle releva le menton, en proie à un tumulte d'émotions qu'elle ne comprenait pas.

L'intimité qu'ils avaient partagée cette nuit-là avait tout changé.

Maintenant, leur solitude et cette intimité forcée semblaient… dangereuses.

Chapitre 4

Elle n'aurait pas dû s'inquiéter. Même si Tahir se levait et se déplaçait à présent sans son aide, il n'empiétait pas sur son espace. Il semblait même vouloir garder ses distances.

A vrai dire, le seul véritable danger venait de ses pensées incontrôlables. Elles lui faisaient monter le rouge aux joues et la bouleversaient.

Toutefois, elle était obligée de garder un œil sur Tahir. Il était probablement hors de danger, mais il continuait à dormir beaucoup et sa température montait parfois brusquement. En outre, il ne se souvenait toujours que de bribes d'événements sans lien les uns avec les autres.

— Depuis combien de temps êtes-vous astronome ?

Annalisa releva brusquement les yeux du repas qu'elle préparait au-dessus du feu. Assis à sa place habituelle près du palmier, Tahir lisait l'un des livres d'astronomie qu'elle avait emportés avec elle.

C'était la première fois qu'il lui posait une question personnelle. D'habitude, il se limitait au désert et à Qusay.

— Je ne le suis pas. Mais mon père pratiquait l'astronomie en amateur. Il m'a appris à observer les étoiles.

— Est-ce lui qui vous accompagne habituellement dans le désert ? demanda-t-il en penchant la tête sur le côté.

Elle souleva la casserole du feu.

— Oui.

Ces expéditions avaient été des moments si précieux…

— Mais cette fois-ci, il n'a pas pu venir ?

Elle se força à se concentrer sur la semoule où elle avait mis des noix, des épices et des fruits secs.

— Mon père est mort, dit-elle simplement.

— Je suis désolé, Annalisa.

Ces simples mots lui firent l'effet d'un baume, mêlé au trouble qu'elle ressentait quand il utilisait son prénom.

— Merci. Cela fait six mois mais c'est toujours difficile.

— Et vous n'avez personne d'autre ?

Elle se raidit. Sa famille cherchait à la marier avec un homme respectable qui prendrait soin d'elle. Et il lui était de plus en plus difficile de repousser leurs propositions.

Grâce à son père, elle avait grandi dans une liberté que celui-ci considérait comme évidente. Même son cher grand-père, pétri de valeurs traditionnelles, avait compris qu'un mariage arrangé ne lui conviendrait pas. Elle serait confinée, vivant la vie recluse des femmes mariées de Qusay.

Mais celui-ci était mort, comme son père. Elle serra les lèvres pour refouler le chagrin qui lui étreignait la poitrine.

Elle n'avait pas besoin qu'on s'occupe d'elle. Au contraire, elle envisageait de découvrir le monde, les endroits dont son père lui avait parlé. Elle désirait construire sa propre vie.

— Ma mère est morte quand j'étais petite. Mais je ne suis pas seule, dit-elle en souriant et en remplissant leurs assiettes. J'ai des tantes et des oncles, ainsi que toute une ribambelle de cousins et leurs enfants.

En réalité, dans la famille de sa mère, elle se sentait un peu comme le vilain petit canard, jamais vraiment à sa place.

— Merci, fit Tahir en lui prenant l'assiette qu'elle lui tendait avant de s'asseoir à côté d'elle. Et comment un médecin du nom de Hansen a-t-il atterri à Qusay ?

— Mon père était danois. Il est venu ici il y a des

années pour observer les étoiles. Il est tombé amoureux de cet endroit et y est resté.

Elle n'ajouta pas qu'il était également tombé amoureux de sa mère, au premier regard. Elle ne lui dit pas non plus que le coup de foudre avait été réciproque et qu'ils avaient attendu des années pour se marier avec l'approbation de la famille.

— Et vous observez les étoiles pour perpétuer la tradition familiale ?

— En quelque sorte. Mon père croyait avoir trouvé une comète, dont il espérait parvenir à prouver l'existence.

Au souvenir de la promesse faite à son père, elle sentit son cœur se serrer douloureusement.

— Il s'agit de la comète Asiya, continua-t-elle.

— Joli nom.

Elle hocha la tête. C'était le prénom de sa mère. Alors qu'elle se souvenait à peine d'elle, le chagrin de son père l'avait profondément marquée. Après toutes ces années, il était resté intact. Et s'il avait lutté avec tant de courage contre la maladie, c'était dans le but de vivre assez longtemps pour prouver l'existence de la comète, et lui donner le nom de sa chère disparue. Son corps l'avait trahi avant qu'il ait pu le faire.

— Je lui ai promis que je serais ici pour voir la comète.

Et ce serait son dernier pèlerinage avant de quitter le pays.

Cette semaine, dans le monde entier, des scientifiques attendaient de voir la comète. Annalisa serait là, à Qusay, pour l'observer, à la mémoire de son père, et de sa mère.

— Ce soir ?

Elle hocha la tête en silence. Comment avait-il deviné ?

— Nous dînons plus tôt que d'habitude, fit-il devant son air étonné.

Décidément, cet homme peu bavard remarquait beaucoup de choses…

— Et une fois que vous aurez vu la comète, que ferez-vous ? ajouta-t-il d'une voix douce comme une caresse.

— Après, je quitterai Qusay.

Cela lui semblait encore si irréel. Elle en avait tant rêvé...

— Je vais voyager et jouer les touristes, reprit-elle, pendant au moins quelques mois. Et rencontrer les scientifiques avec lesquels nous avons correspondu, mon père et moi.

Elle sourit en s'imaginant à Copenhague, Rome, Paris.

— Et ensuite, j'irai à l'université.

— Médecine ou astronomie ?

— Ni l'un ni l'autre. Cette fois, je suivrai ma propre étoile. Je voudrais devenir institutrice.

Ce soir, Tahir ne tenait pas en place. Il essaya de se persuader que son état était dû à la lenteur de son rétablissement, à sa mémoire confuse.

Mais il savait que la cause de son excitation était ailleurs. Du côté d'Annalisa.

Il s'était tenu à l'écart d'elle le plus possible. Mais dans ce campement, avec une seule tente, la distance ne signifiait pas grand-chose. D'autre part, il lui suffisait de fermer les yeux pour voir la douce courbe de ses lèvres, les rondeurs délicieuses de ses seins et de ses hanches.

Le parfum de sa peau, doux comme le miel, impreignait l'air même. Le son de sa voix chaude et voilée exacerbait son désir.

Cependant, ce n'était pas seulement son corps ravissant qui l'attirait. Il y avait aussi son calme, sa patience. La douceur de ses mains. Son intelligence. Et sa gaieté : par exemple lorsqu'elle avait ri aux éclats devant les cabrioles de la petite chèvre sauvage qui rôdait toujours autour du campement.

Il se remit à marcher et se dirigea vers l'extrémité de

l'oasis, là où la végétation devenait plus dense. S'arrêtant brusquement, il se rendit compte trop tard de son erreur.

La lumière argentée de la lune éclairait une forme dans le point d'eau. Une forme qui était toute en courbes délicieuses et lignes élégantes. Une silhouette qui aurait poussé n'importe quel homme à se mettre à genoux pour mendier le privilège de toucher cette peau satinée.

Si Annalisa s'était entièrement dévêtue, c'était certainement parce qu'elle avait été persuadée qu'il dormait profondément.

Il laissa errer son regard avec avidité sur son corps, s'attardant sur le triangle sombre qui surmontait le haut de ses cuisses.

Soudain, elle leva les mains pour s'essorer les cheveux et dans le mouvement qu'elle fit, ses seins se dressèrent en un mouvement terriblement sexy.

Ce spectacle mit en tension tout le corps de Tahir. L'érection avait été instantanée et son souffle était devenu irrégulier et rauque.

Il était si concentré sur le fait de réfréner son désir qu'il lui fallut un moment pour que son cerveau se remette en marche. Submergé par une vague de souvenirs, il porta la main à sa tête tandis que les images morcelées s'assemblaient en une clarté aveuglante.

Peu à peu, il se revit en train de tituber sur la dune en se dirigeant vers l'oasis, avec la petite chèvre dans les bras. Puis il se retrouvait étendu sous le soleil, la bouche horriblement sèche, en plein désert de Qusay. Il se souvint alors des risques insensés qu'il avait pris en volant trop bas, en hélicoptère, au-dessus des dunes.

— Vous la voyez ? demanda Annalisa avec excitation.

Bientôt, la comète disparaîtrait, mais pour l'instant, sa queue se découpait nettement dans le ciel.

— Mon père avait raison, ajouta-t-elle avec fierté.

— Oui, je la vois.

Il se pencha au-dessus du télescope. Annalisa avait répugné à le réveiller car il fallait qu'il se repose, mais il avait fini par apparaître et venir la rejoindre près du télescope.

Elle était heureuse de partager cet instant avec quelqu'un. Et émue que ce soit Tahir.

— Félicitations. Vous devez être très fière, dit-il.

Eclairé par la lueur de la lune, il était d'une beauté somptueuse.

— C'est merveilleux, n'est-ce pas ? demanda-t-elle en se concentrant sur le ciel étoilé. A présent, elle sera enregistrée officiellement, comme il le voulait.

Côte à côte, ils suivirent la trajectoire de la comète. A l'œil nu, elle était à peine visible.

Quand elle eut disparu, ils restèrent un moment silencieux. Puis Annalisa se mit à démonter le télescope.

Un tumulte d'émotions déferlait en elle. Maintenant c'était fait. Elle avait tenu sa promesse et il était temps d'avancer. Mais soudain, ses projets semblaient insignifiants comparés au vide qui s'emparait d'elle.

Elle se sentait abandonnée. Son père était vraiment parti. Sa vie d'avant, si remplie et organisée, était terminée. Le futur s'étendait devant elle comme un gouffre sombre.

— Laissez, dit Tahir d'une voix chaude. Je vais m'en occuper.

Annalisa le regarda faire. En quelques instants, il eut tout rangé et se dirigea vers la tente.

— C'est fini, dit-elle d'une voix mal assurée, en le suivant.

— Jusqu'au prochain passage d'Asiya.

— Oui, bien sûr, répliqua-t-elle en entrant dans la tente pour allumer la lanterne.

C'était ridicule de se sentir aussi désemparée. Elle avait

tout devant elle. Les voyages. Sa carrière. De nouveaux amis. De nouvelles expériences.

Et pourtant, à cet instant, elle se sentait si seule.

Finalement, la lueur rassurante de la lanterne éclaira l'intérieur de la tente. Se détournant, elle constata que Tahir était tout près d'elle. Leurs yeux se croisèrent et restèrent soudés.

— Ne pleurez pas, Annalisa, murmura-t-il.

— Je ne...

Stupéfaite, elle s'interrompit tandis qu'il levait la main pour lui effleurer la joue. Que lui arrivait-il ? Normalement, elle ne pleurait jamais. Elle n'en avait pas le temps.

Même maintenant que son père était mort, les gens venaient la voir pour lui demander des conseils. Elle les rassurait. Elle s'était battue pour qu'un médecin vienne remplacer son père. Elle l'avait accueilli et lui avait fait rencontrer la communauté pour qu'il soit accepté. Parallèlement à cela, elle avait fait en sorte que la comète de son père obtienne une reconnaissance officielle.

A présent, tout était accompli et on n'avait plus besoin d'elle.

Elle se sentait perdue. A la dérive. La caravane allait revenir, Tahir et elle quitteraient tous deux l'oasis...

Horrifiée devant sa faiblesse, elle plongea son regard dans les yeux bleus de Tahir. Les sourcils froncés, il continuait à lui caresser la joue.

— Vous devriez être fière, murmura-t-il. Et heureuse.

— Je le suis, répliqua-t-elle en refoulant sa détresse.

— Votre père vous manque. C'est difficile d'être seule, mais vous êtes forte. Vous survivrez.

Ses paroles avaient été chuchotées, à peine audibles, mais elles la réconfortaient. Elle n'était pas seule. Il savait ce qu'elle ressentait.

Brusquement, il laissa retomber sa main et recula.

Séparée de lui, elle frissonna et, instinctivement, avança vers lui. Mais, quand elle vit ses yeux briller d'un éclat brûlant, elle s'immobilisa.

Depuis qu'elle s'était endormie dans ses bras, Annalisa savait que cet homme représentait une menace qu'elle comprenait à peine. Cependant, elle avait repoussé cette crainte, et elle lui avait été reconnaissante de garder ses distances avec elle.

A présent, en voyant le désir étinceler dans ses yeux, elle se retrouvait en proie à un désir irrésistible, celui de prendre le risque de découvrir en quoi consistait cette menace.

Sans se laisser le temps de réfléchir, elle s'approcha et leva la main vers la mâchoire virile de Tahir.

Sa barbe naissante lui picota les doigts et fit naître une sensation troublante en elle. Des ondes de volupté la traversèrent, se propageant dans son ventre et faisant trembler ses genoux.

Tahir serra les lèvres et laissa échapper un lent soupir. Puis il lui prit la main.

— Tu perds la tête, fit-il d'une voix dure.

— S'il te plaît, Tahir, répliqua-t-elle, sans savoir ce qu'elle lui réclamait.

Mais elle ne supportait pas l'idée qu'il se détourne d'elle.

— Que veux-tu, Annalisa ? demanda-t-il sourdement.

Elle secoua la tête en silence, ne sachant comment lui répondre. Et pourtant, elle attendait quelque chose de lui.

Suivant son instinct, elle leva son autre main et la posa sur le revers de sa veste, sentant ainsi son cœur battre sous sa paume.

— Annalisa…, reprit-il d'une voix rauque. Arrête.

Cependant, il ne s'était pas écarté et la regardait dans les yeux.

— S'il te plaît, répéta-t-elle en se haussant sur la pointe des pieds.

Sa chaleur l'enveloppait, l'attirait inexorablement vers lui.

Au moment où elle posa les lèvres sur les siennes, elle ferma les yeux. Sa bouche était si douce... Surprise, elle appuya davantage, savourant cette sensation délicieuse. Soudain, elle se sentit capable de toutes les audaces, et plus du tout seule...

Elle s'écarta et rouvrit les yeux. Et lorsqu'elle vit son beau visage tendu à l'extrême, elle comprit qu'elle était allée trop loin.

Sentant aussitôt toute son excitation disparaître, elle baissa les yeux et recula rapidement, mais il l'arrêta d'un bras ferme. Stupéfaite, elle releva la tête et le regarda : son expression était sombre mais ses yeux étincelaient toujours aussi sauvagement.

— C'est cela que tu veux ? fit-il en se penchant vers elle.

Sans lui laisser le temps de répondre, il prit sa bouche et Annalisa s'abandonna contre lui.

La langue de Tahir suivit sa lèvre inférieure puis, avant qu'elle ne comprenne ce qu'il faisait, il explora l'intérieur de sa bouche.

Stupéfaite, elle se raidit, mais elle se détendit bientôt tandis que sa langue caressait maintenant la sienne, l'invitant ainsi à répondre à son baiser.

Lorsqu'elle s'y hasarda, il poussa un gémissement rauque avant de la serrer contre lui. Leurs langues se livrèrent alors à un ballet d'un érotisme délicieux.

De la lave liquide semblait couler au cœur de son intimité. Elle voulut bouger, mais elle sentit soudain contre elle la dureté de son érection.

Un violent frisson la parcourut tout entière tandis qu'il la maintenait encore plus serrée contre lui. Annalisa haletait. Elle n'était ni choquée ni dégoûtée — elle était ivre de plaisir.

S'était-elle soudain muée en une créature dévergondée ?

Brusquement, il interrompit leur baiser et se redressa. Ses paupières à demi baissées dissimulaient son expression.

Eprouvait-il la même chose qu'elle ? Se sentait-il à la fois brûlant, excité et en paix avec lui-même ?

En tout cas, il semblait plus maître de lui que jamais, et son visage était impénétrable.

— Tahir ? fit-elle en laissant glisser sa main sur son cou.

Il ferma aussitôt les yeux et réprima une plainte.

— T'ai-je fait mal ? Souffres-tu ? continua-t-elle.

Mon Dieu, qu'avait-elle fait ? Elle lui caressa doucement la nuque, la tempe, puis redescendit sur ses épaules.

— Où as-tu mal ?

Affreusement inquiète, elle lui prit les mains, mais il garda les yeux fermés. Cependant, ses lèvres esquissèrent lentement ce demi-sourire qui la faisait fondre.

— Tout va bien, murmura-t-il en rouvrant les yeux. Mais tu ne m'as pas répondu… C'est cela que tu veux ?

Le regard rivé au sien, elle hocha la tête.

— Dis-le, Annalisa, reprit-il d'une voix rauque.

— Je veux que tu m'embrasses, chuchota-t-elle, envoûtée par l'éclat qui illuminait ses yeux.

— C'est tout ? demanda-t-il en se penchant vers son oreille. Que veux-tu d'autre ?

— Je…

Comment pouvait-il poser de telles questions ? Elle ne voulait ni réfléchir ni parler. Elle ne voulait qu'une chose : *sentir.*

— Ceci ?

Ses longs doigts descendirent sur sa peau nue et suivirent l'encolure de son chemisier. Retenant un gémissement, elle le laissa faire sans bouger.

Enfin, il descendit la main plus bas, effleurant le tissu jusqu'à ce que sa paume atteigne son sein. Là il s'arrêta et elle se sentit si frustrée qu'elle eut envie de crier. Il la regardait, il la touchait *presque* comme elle le désirait, comme elle en avait *besoin*.

Un désir inconnu naissait en elle et déferlait comme une marée. Enfin il referma la main sur son sein. C'était divin. Jamais elle n'aurait pu imaginer que de telles sensations existaient, songea-t-elle tandis qu'il frottait son pouce sur son mamelon durci.

Le plaisir se déploya en elle, jusqu'au plus profond de son intimité.

— Tahir, je t'en prie…

— Il faut que tu me dises ce que tu veux, chuchota-t-il. Tu veux que je te caresse comme ceci ?

Lorsque sa paume entoura son sein et le caressa, elle sentit ses genoux ployer sous elle. Aussitôt, il lui prit les bras pour l'empêcher de perdre l'équilibre.

— Annalisa… Nous devrions nous arrêter maintenant.

— Non !

Elle se dégagea de son étreinte et se pressa contre lui, sans plus se soucier de sa timidité.

— Je ne veux pas arrêter, souffla-t-elle. Je veux… Je veux tout, Tahir. J'ai besoin de toi.

Chapitre 5

A peine Annalisa eut-elle fini de parler qu'elle se sentit soulevée par des bras puissants et se retrouva bientôt allongée sur le matelas. Puis Tahir reprit ses lèvres tout en lui ôtant fébrilement ses vêtements, et l'air frais lui caressa bientôt la peau.

Il s'agenouilla devant elle et la contempla, les yeux étincelants, faisant naître des ondes de volupté dans tout son corps. Alors, elle se redressa et posa les mains sur ses épaules pour l'attirer vers elle. Sous l'intensité de son regard, elle se sentait soudain si vulnérable…

— Non, dit-il en refermant ses mains sur les siennes. Pas encore. Laisse-moi d'abord t'admirer.

Son regard brûlant caressa ses seins nus, sa taille, ses cuisses. Cela aurait dû la remplir de honte ou d'embarras. En effet, les femmes de Qusay étaient modestes et réservées, et elle avait toujours pensé qu'elle leur ressemblait au moins en cela.

Or, elle découvrait à présent qu'elle était différente. Au lieu de ressentir du dégoût, elle se sentait excitée par la lueur sensuelle qui brillait au fond des yeux de Tahir. Elle se délectait de son souffle irrégulier, du pouls battant à son cou. A vrai dire, elle se reconnaissait à peine.

Soudain, il se pencha et s'allongea au-dessus d'elle. Aussitôt, le contact du tissu de son smoking sur sa peau nue provoqua en elle des sensations délicieuses.

Tremblante, elle se rendit compte qu'elle était maintenant en son pouvoir.

S'écartant légèrement d'elle, il prit ses seins dans ses mains et pencha la tête. Lorsque sa langue effleura son téton, Annalisa se figea. Ensuite, quand il referma les lèvres, elle se sentit sombrer dans un plaisir indescriptible et s'agrippa à ses épaules.

Il se mit à aspirer, d'abord doucement, puis de plus en plus fort, si bien qu'elle poussa un cri de ravissement en creusant les reins. Tout son corps était parcouru de sensations merveilleuses et inconnues.

Comment avait-elle pu vivre aussi longtemps sans une telle volupté ? Sans lui ?

— Tahir, haleta-t-elle, ne t'arrête pas.

A ces mots, il perdit toute retenue. Ses mains se mirent à errer sur son corps avec avidité. Il effleura, caressa, titilla jusqu'à faire crier de plaisir Annalisa. Il n'y eut bientôt plus aucune partie de son corps qui ne palpite de désir pour lui.

A présent, elle ondulait sous ses caresses, remarquant à peine que ses cuisses s'ouvraient, comme pour mieux l'accueillir.

Elle sentait la preuve de sa virilité vibrer contre la partie la plus intime de son corps, et elle se rendait compte qu'elle répondait aux caresses de Tahir avec une avidité qui lui donnait le vertige.

Elle en voulait plus.

Le perçut-il ou avait-elle crié son désir à voix haute ? Elle n'en savait rien, mais Tahir la laissa commencer à déboutonner sa chemise. Cependant, avant qu'elle n'ait terminé, il se mit à la caresser à l'endroit où vibrait son désir.

Son regard s'accrocha au sien. Quand il caressa le bourgeon secret mais délicieusement sensible, elle sentit tout son corps se contracter comme s'il avait reçu une décharge électrique.

Il continua sa caresse, avec une habileté qui la fit haleter tandis qu'une vague de plaisir inouïe déferlait en elle.

Il l'explorait de plus en plus intimement, s'enfonçant dans la chaleur humide de son intimité. Instinctivement, elle resserra les muscles autour de ses doigts.

Le temps semblait s'être suspendu, et Annalisa n'était plus consciente que du plaisir suscité par ses caresses. Quant à Tahir, il semblait concentrer tous ses efforts pour garder le contrôle de lui-même.

Sa main instaurait un rythme d'une douceur à peine supportable. En un va-et-vient langoureux, il l'entraînait de plus en plus loin du monde rationnel.

— Non. Tahir, arrête, fit-elle dans un murmure.

— Tu veux vraiment ? demanda-t-il d'une voix si basse qu'elle la reconnut à peine.

— Je veux… Je te veux toi…

Se sentant soudainement horriblement embarrassée, elle ne put continuer sa phrase, tandis qu'une lueur sauvage enflammait le regard de Tahir.

Avant qu'elle n'ait eu le temps de rassembler ses pensées, il roula et se débarrassa de sa chemise d'un geste brusque, sans se soucier d'achever de la déboutonner. Le souffle bloqué dans la poitrine, Annalisa le vit ôter le reste de ses vêtements.

Malgré les bleus et les écorchures qui marquaient son corps, il était le plus bel homme qu'elle eût jamais vu.

Quand il bougea, la lampe fit ressortir une cicatrice ancienne, au bas de son dos. Et quand il se tourna vers elle, Annalisa cessa de penser. C'était la première fois qu'elle voyait un homme nu en érection. Jamais elle n'aurait cru qu'il pouvait être aussi magnifique.

Il se rallongea sur elle, plus brûlant que le feu. Ses cuisses se frottèrent contre les siennes, la toison douce de son torse frôla ses seins. Annalisa accueillit son poids avec bonheur, prit le visage de Tahir entre ses mains et posa sa bouche sur la sienne en un baiser fougueux et maladroit.

Tahir gémit. S'écartant de son visage, il déposa une pluie de baisers sur le cou d'Annalisa, et elle creusa les reins en enfouissant les doigts dans ses cheveux doux et épais. Quelques instants plus tard, Tahir se redressa légèrement et lui écarta les jambes.

Il se pencha vers sa poitrine et se mit à mordiller doucement ses tétons, à les titiller de la langue, jusqu'à ce qu'elle tremble de désir. Elle le tenait serré contre elle, et elle se sentait submergée par les sensations qui naissaient au plus profond de son être.

Lorsqu'il releva la tête et croisa son regard, un curieux tumulte d'émotions envahit Annalisa et leurs regards restèrent soudés l'un à l'autre.

Et, quand il s'enfonça en elle, elle ne ressentit aucune douleur. Son corps s'ouvrit comme s'il était prêt.

Tahir s'immobilisa. Le silence de la nuit était troublé par la seule brise nocturne qui murmurait contre la toile de la tente. Elle ne respirait plus. Lui non plus. Le moment s'étira, long et solennel.

Une forte tension assombrissait le beau visage de Tahir. Les muscles de ses épaules et de son cou étaient tendus. Elle remarqua le frémissement de ses narines. Quant à son regard, il était devenu totalement impénétrable.

Regrettait-il ce qui venait de se passer ?

De son côté, elle aurait pu être choquée de la situation. Mais c'était tout le contraire : elle sentait que ce qu'ils venaient de faire était *juste*.

Une chaleur puissante envahit sa poitrine et elle sourit timidement en prenant son visage entre ses mains. Puis elle se redressa pour déposer un léger baiser sur ses lèvres.

Elle eut le temps de voir une lueur traverser ses yeux.

Sa bouche se releva un peu au coin, esquissant ce sourire sexy qu'elle adorait.

L'air était parfumé des senteurs du désert, de la senteur musquée de la peau de Tahir, et de bonheur.

Puis il l'embrassa, à pleine bouche, lentement mais avec passion, tout en bougeant en elle. Le sentant glisser en elle, elle se mit à haleter et à gémir.

Il sourit contre ses lèvres tout en instaurant un va-et-vient régulier qui lui coupa le souffle. Soudain, elle se mit à trembler. Les délices qui ondoyaient en elle la submergeaient. Le feu léchait son ventre, l'extase enflammait ses nerfs tandis qu'un long ébranlement se déployait au plus profond de son corps.

— Tahir ? fit-elle d'une voix faible.

Son sourire paresseux avait disparu, mais son regard la rassura.

— Fais-moi confiance. Laisse-toi aller. Je te promets que tout se passera bien.

Et il se mit à aller et venir de plus en plus vite, de plus en plus profondément, jusqu'à ce qu'elle ne puisse plus le supporter. Soudain, l'extase explosa en une apothéose inouïe. Vague après vague, elle fut emportée jusqu'à ce qu'elle ait l'impression de flotter au-dessus de la terre, suspendue dans un bonheur total.

Elle entendit le souffle de Tahir s'accélérer, puis il poussa un long gémissement, avant de laisser échapper un cri rauque tandis qu'il s'abandonnait en elle. Et soudain, tout explosa de nouveau.

Tahir se sentait horriblement mal. Chacun de ses os, de ses muscles lui faisait mal. Sa tête vibrait à lui donner la nausée, et les côtes qui avaient dû être brisées lui causaient une douleur insupportable.

Et pourtant, il était prêt à recommencer, rien que pour le plaisir de voir Annalisa s'abandonner à la jouissance — pour la première fois, il en était sûr.

Elle avait été superbe. Magnifique. Ensorcelante. Quant au plaisir exquis d'être en elle…

Avait-il jamais été aussi heureux en faisant l'amour ? Probablement pas.

Même s'il avait maintenant recouvré la mémoire, il se souvenait à peine de la dernière fois où il avait couché avec une femme. Depuis des mois, sa libido sommeillait. Mais cela ne l'avait pas préoccupé car, ces derniers temps, il avait cessé de se soucier de ce genre de choses.

Il avait passé trop d'années à malmener son corps, dormant trop peu, fréquentant trop de soirées, buvant trop d'alcool, et s'adonnant au plaisir avec quantité de maîtresses. Tout avait été bon pour le divertir de la grisaille qui le menaçait, chaque fois qu'il restait trop longtemps quelque part.

Pourtant, au cours de ce séjour forcé en plein cœur du désert de Qusay, il n'avait jamais ressenti l'ennui. Au contraire.

Une sensation inconnue s'infiltra en lui : le regret ? L'éveil de sa conscience ?

S'agissait-il vraiment de cela ? De sa conscience ?

Tout le monde pensait que Tahir Al'Ramiz n'en avait pas. Il avait cultivé cette attitude depuis qu'il avait renoncé à être un fils parfait. Puisqu'il ne pouvait plaire à son père, il avait choisi de l'imiter, adoptant son style de vie totalement décadent. Et quand il avait eu dix-huit ans, sa famille était lasse de ses frasques. Lorsqu'il était parti, personne n'avait pleuré son départ.

Cependant, même s'il était réputé pour sa vie dissolue, il avait des principes. Il n'avait jamais fait de mal à un innocent, et en privé, il avait aidé des personnes défavorisées.

Et il ne s'était jamais abaissé à déflorer des vierges.

Jusqu'à la nuit dernière.

Une sensation glacée s'empara de lui, coulant le long de son dos et lui nouant le ventre.

Il n'avait même pas l'excuse de l'amnésie. La veille au soir, il s'était rappelé qui il était. Il était conscient de son passé, du présent et, si le destin voulait bien lui laisser la vie, de son avenir.

D'ordinaire, il détestait penser au futur, car il était pour lui synonyme d'ennui.

Pourtant, il ne s'était pas ennuyé avec Annalisa. En dépit de ses souffrances et de la lenteur désespérante de son rétablissement, il avait passé des moments délicieux avec elle.

Cette découverte le déconcertait totalement.

La vérité, c'est qu'il avait aimé parler avec une jeune femme sans expérience qui n'avait jamais quitté Qusay... Ils avaient eu des discussions passionnantes sur l'astronomie, le besoin de créer des écoles, les derniers projets pour irriguer les abords du désert. Ils avaient même parlé de la façon de s'occuper de la petite chèvre orpheline. Et il avait été heureux !

Durant des jours, son univers s'était borné aux limites de cette oasis et il n'avait pas eu besoin d'autre chose.

Il revit le sourire d'Annalisa, la façon dont ses yeux s'adoucissaient quand elle riait, ainsi que celle dont le soleil faisait jouer des reflets dorés dans ses cheveux bruns. Il sentit le parfum de cannelle et de miel qui le hantait, jour et nuit. Et puis, elle était si douce quand elle soignait ses blessures...

C'était elle qui l'avait rendu heureux.

Quand il ouvrit les yeux, Tahir vit qu'il faisait jour. Il avait dormi longtemps.

La porte de la tente se souleva. Son cœur cogna douloureusement dans sa poitrine quand Annalisa entra, les cheveux libres pour la première fois. Ses mèches frôlaient ses seins ronds avec une sensualité troublante. Lorsqu'elle se tourna, un rayon de soleil passa sur son dos et ses cheveux ruisselèrent comme de la soie.

Quand elle se pencha pour prendre quelque chose sur le sol, Tahir contempla ses fesses avec avidité et sentit sa bouche devenir sèche.

Comment avait-il pu lui prendre sa virginité ?

Il avait eu un tel désir d'elle… Malgré sa souffrance physique, il n'avait pu résister au désir de la réveiller au milieu de la nuit pour la reprendre avec passion. Il avait voulu la faire jouir de nouveau, pas une fois mais deux.

Il aurait dû se contrôler.

A cet instant, elle se tourna vers lui et le soleil inonda son visage. Atterré, il vit des marques rouges sur sa peau, sur ses épaules et sur son cou. Là où il l'avait mordue.

En proie à une violente nausée, Tahir ferma les yeux tandis qu'un souvenir vivace émergeait du passé. Il revit son père sortant en titubant d'un banquet, et serrant sa dernière maîtresse contre lui. Et cette maîtresse était une adolescente apeurée qui semblait terrifiée.

Quand Tahir avait voulu intervenir, son père l'avait jeté au sol avec une brutalité inouïe. Comment un gamin de treize ans aurait-il pu affronter cet homme qui connaissait toutes les ruses du combat ? Il était tombé et sa tête avait heurté durement le sol. Et quand il s'était relevé, il était trop tard pour tenter quoi que ce soit.

Mais il avait revu la jeune fille le jour suivant, affreusement pâle, et portant un gros bleu sur la joue. Elle ne l'avait pas vu, trop absorbée par sa détresse pour remarquer quiconque.

La nuit dernière, il s'était comporté de la même manière

avec Annalisa : il lui avait dérobé son innocence. Même si elle l'avait désiré, il aurait dû comprendre qu'elle ignorait vraiment ce qu'elle faisait, et réfréner son propre désir.

Un nœud glacé lui étreignait le ventre, lui déchirant les entrailles quand il essayait de respirer.

Il était bien le fils de son père, songea-t-il avec dégoût. Centré uniquement sur lui-même. Obsédé par la recherche du plaisir.

Il était bien le dernier homme dont Annalisa aurait dû s'enticher.

Car c'était ce qu'elle faisait. Il l'avait senti dans ses réactions passionnées, dans la façon dont elle s'était abandonnée à lui avec un mélange de fougue et de douceur.

Elle était si délicieusement transparente.

Cette jeune femme adorable ne serait pas la victime de ses vices. Il allait la guérir de ses rêves romantiques et elle l'oublierait. Il fallait qu'elle continue sa vie sans un seul regard en arrière.

Il lui devait bien cela.

Chapitre 6

— Ton petit déjeuner est prêt, dit-elle en s'agenouillant à côté de lui.

Annalisa aurait tant voulu avoir l'audace de le toucher comme elle l'avait fait la nuit dernière. Mais en plein jour, elle se sentait très intimidée. Cela serait plus facile quand il lui sourirait. Peut-être même allait-il l'attirer contre lui…

Elle ne regrettait rien de ce qui s'était passé. Au contraire, elle s'émerveillait que cela ait été aussi beau.

— C'est encore ce thé sucré ? répliqua-t-il avec humeur. Tu n'as rien d'autre ?

Son regard était dur, presque fiévreux, son expression tendue, et ses lèvres formaient une moue mécontente.

— As-tu mal ?

Lui avait-elle trop demandé au cours de la nuit ? Il était encore faible, songea-t-elle en se sentant coupable. Elle tendit la main vers son visage, mais il arrêta aussitôt son geste.

— Bien sûr que j'ai mal. Dans l'état où je suis, faire l'amour était vraiment stupide.

— Oui, tu as raison, et je me demandais justement comment tu te sentais.

Elle s'attendait à ce qu'il lui sourie et proteste en disant qu'il ne regrettait rien, qu'ils avaient partagé un moment inoubliable. Mais il resta silencieux.

Décontenancée par son regard indéchiffrable et son expression maussade, elle recula.

Même si ce moment avait été inoubliable pour elle, il l'avait peut-être vécu autrement, se dit-elle avec tristesse, tout en s'agenouillant.

— Je me sens horriblement mal. Comme après mon accident d'hélicoptère.

A ces mots, Annalisa sentit son ventre se nouer. Mais elle essaya aussitôt de se ressaisir. Tahir était malade. Et effectivement, il avait l'air plus mal en point que la veille. C'était sa faute à elle.

Brusquement, elle repensa à ce qu'il venait de dire.

— Ton accident d'hélicoptère ? reprit-elle. Tu te souviens d'un accident ?

Sa bouche forma un sourire sarcastique, qui n'avait plus rien de charmeur.

— Si je ne m'en souvenais pas, je n'en aurais pas parlé.

— Où étaient les autres ? A bord de l'hélicoptère ?

— Non. Il n'y a personne d'autre sur lequel exercer tes précieux talents.

Que voulait-il dire ? A l'entendre, on aurait pu croire qu'elle lui avait fait plus de mal que de bien, songea-t-elle, horriblement blessée et stupéfaite. Elle ne parvenait pas à le croire ; Tahir ne lui avait jamais parlé ainsi.

— Mais…

— Mais rien. Je transportais une cargaison précieuse. Des caisses de champagne réputé et le meilleur caviar du monde. Je les apportais à Qusay pour le couronnement, mais j'ai manqué la fête. C'est dommage, c'est ce que j'aime par-dessus tout : une fête réussie.

Elle cligna des yeux avec incrédulité devant le changement qui s'était opéré en lui. Où était passé l'homme merveilleux dont elle s'était occupée ? Celui qui s'était montré amical, compatissant et même… aimant ?

A cet instant, il tendit la main vers la tasse de thé qu'elle lui avait apportée. Le voyant serrer les mâchoires, elle comprit qu'il souffrait beaucoup. Automatiquement, elle se pencha pour l'aider, mais il la repoussa aussitôt.

— Arrête ! fit-il brutalement. Ne me touche pas.

Les yeux écarquillés, Annalisa contempla le parfait étranger qu'était devenu Tahir.

Même dans les moments où il souffrait le plus, il ne s'était jamais adressé à elle sur ce ton. A présent, on aurait dit qu'il la trouvait indigne de respirer le même air que lui.

Le cœur serré, elle le contempla en silence.

— Espérons qu'au palais, ils font du bon café, dit-il avant de porter la tasse à ses lèvres avec une grimace de dégoût.

— Au palais ? répéta-t-elle en passant les bras autour de ses genoux.

Tout à coup, elle avait si froid…

— Est-ce que je ne viens pas de dire que j'allais au palais ? fit-il avec mépris. Je suis parent avec le nouveau roi, Kareef. C'est pour cela que je revenais dans ce fichu pays. Pour assister à son couronnement, participer aux festivités, puis repartir.

— Repartir ? répéta-t-elle de nouveau.

On aurait dit qu'avec le retour de sa mémoire, Tahir avait subi un total changement de personnalité. Elle resserra ses bras autour de ses jambes.

Comment avait-elle pu imaginer avoir quoi que ce soit en commun avec cet homme qui, elle l'avait tout de suite deviné, venait d'un autre monde ?

Elle serra les paupières en se convainquant que c'était une poussière qui lui faisait monter les larmes aux yeux.

— Oui, repartir vers la civilisation, murmura-t-il. Vers les lumières de la ville, les affaires et les divertissements sophistiqués.

Comme il avait nettement insisté sur les deux derniers

mots, Annalisa sentit sa gorge se nouer. Il n'y avait aucun doute, il avait voulu dire les *femmes sophistiquées.*

Qu'avait-elle été pour lui ? Un caprice ? Une nouveauté ?

— Je ne doute pas que tu sois impatient de retrouver tes amis, dit-elle d'un ton aussi détaché qu'elle le put.

— Tu ne peux imaginer à quel point, répliqua-t-il sans même la regarder.

Puis, d'un air dédaigneux, il prit la nourriture qu'elle avait préparée pour lui avec tant de soin.

Une nausée affreuse lui monta aux lèvres. Comment avait-elle pu être assez naïve pour se méprendre sur le comportement de Tahir au cours de la nuit dernière ? Il avait pris ce qu'elle lui offrait, aussi ne pouvait-elle lui en vouloir. Ne l'avait-elle pas *supplié* ?

Une vague de honte s'empara d'elle, lui faisant monter le rouge aux joues.

Cependant, elle ne pouvait lui pardonner de la traiter avec un tel dédain. Pensait-il que son manque de sophistication et d'expérience justifiait un tel comportement ?

Ce qui venait de se passer était-il un avant-goût de ce qui l'attendait dans le vaste monde ?

Soudain, elle releva la tête et constata que Tahir l'observait.

Redressant le menton, elle soutint son regard pour lui montrer qu'elle ne se sentait pas humiliée. Puis elle se leva et lui adressa son sourire le plus éclatant.

— Je vais te laisser tranquille. Tu veux sans doute préparer ton retour à la civilisation.

Lorsque la caravane arriva, peu avant midi, Tahir était prêt à partir. Il s'était montré particulièrement odieux toute la matinée et, à présent, il ne supportait plus de voir les effets de son attitude sur Annalisa.

Tout d'abord, elle avait paru totalement incrédule. Ensuite, quand elle avait compris, elle avait redressé la tête avec fierté et réagi à ses sarcasmes avec mépris. Devant son air digne et distant, et absolument adorable, Tahir avait su qu'il avait raison de se comporter ainsi.

Mais cela ne l'avait pas empêché de la désirer, comme un drogué en manque. Et il avait souffert l'enfer en provoquant ainsi son mécontentement, au lieu de s'abandonner avec elle à de délicieuses étreintes.

Au fond, il n'avait que ce qu'il méritait. Dire qu'il n'avait même pas songé à la protéger !

Au dernier moment, quand le chef de la caravane annonça qu'il était prêt à partir, Tahir alla la voir. Elle avait décidé de rester quelques jours de plus. Pour étudier le ciel, avait-elle dit.

En vérité, c'était pour soigner les blessures qu'il lui avait infligées, il en était certain.

— Annalisa.

Une chaude lueur éclaira son regard durant un bref instant, puis il vit ses lèvres trembler. Il serra les poings, luttant contre le désir de la toucher, de la prendre dans ses bras. D'apaiser la blessure qu'il lui avait infligée.

— S'il y a des conséquences après la nuit dernière…, commença-t-il d'une voix rauque.

— Impossible, l'interrompit-elle en secouant la tête. Il n'y aura pas de conséquences.

Essayait-elle de le convaincre qu'elle prenait la pilule ?

— Si tu es enceinte…, reprit-il avec effort, je veux que tu me le fasses savoir. Tu pourras me joindre en passant par le palais.

Comme elle restait silencieuse, il lui prit le menton et la força à le regarder. Lorsque leurs yeux se croisèrent, il ressentit un choc si violent qu'il frémit au plus profond de lui-même.

Il la désirait tant ! Même maintenant, alors qu'ils allaient se quitter, son corps tanguait vers le sien malgré lui. Le désir lui creusait le ventre, annihilant même la souffrance qui lui étreignait la poitrine à chaque respiration.

Il laissa retomber sa main comme s'il s'était brûlé, puis il recula d'un pas.

— Promets-moi de me…

— Pour que tu me demandes d'avorter ?

Cette fois, il n'y avait plus que du mépris dans ses yeux étincelants tandis qu'elle le toisait de la tête aux pieds.

— Il n'y aura pas de conséquences, poursuivit-elle. Mais s'il y en avait, je te le dirais.

Il hocha la tête et se détourna pour rejoindre la caravane.

Quelques minutes plus tard, il était assis sur un chameau. Quand l'animal se releva, il songea que ce mouvement représentait la torture idéale pour un homme dont les côtes étaient brisées, et dont la tête souffrait atrocement.

Eh bien, cela lui ferait oublier le mépris qu'il avait lu dans les yeux d'Annalisa…

Les chameaux se mirent bientôt en route et quittèrent l'oasis, chaque pas provoquant une douleur insupportable dans son corps. Néanmoins, il eut la force de se retourner pour voir Annalisa une dernière fois.

Il n'aurait pas dû se donner cette peine, car elle avait déjà disparu.

Voyager de jour, par cette chaleur, avait été stupide. S'il avait été en forme, peut-être, mais dans son état, chaque kilomètre avait représenté une véritable épreuve.

Quand son guide s'arrêta dans une petite vallée fertile, Tahir en fut surpris et reconnaissant. Il restait encore plusieurs heures de route avant d'arriver à la capitale, et il sentait ses dernières forces s'amenuiser.

Ce ne fut que lorsque la caravane s'immobilisa qu'il

se rendit compte qu'un 4x4 était garé près d'un bosquet, à côté d'une ambulance.

Il jeta un coup d'œil interrogateur à son guide.

Pour la première fois, son compagnon discret le regarda dans les yeux.

— J'ai appelé de l'aide dès que nous avons atteint une zone couverte par le réseau téléphonique, dit-il. Annalisa a insisté pour que je le fasse.

Son regard était nettement désapprobateur. S'il était un ami de la jeune femme, il devait avoir remarqué la tension qui régnait entre elle et Tahir.

Rassemblant ses dernières forces, Tahir fit passer une jambe par-dessus la selle de son chameau et se laissa glisser à bas de sa monture. Puis il resta debout, tanguant dangereusement sur le sol qui semblait se dérober sous lui.

— Votre Altesse ? fit une voix derrière lui.

Il se retourna en fronçant les sourcils : un homme d'un certain âge et vaguement familier vint vers lui en s'inclinant.

— Votre Altesse, laissez-moi vous dire notre soulagement que vous ayez pu être ramené ici sain et sauf. Nous pensions que votre hélicoptère s'était abîmé en mer et nous avons cherché sa trace pendant des jours.

Puis l'homme se tourna vers les deux ambulanciers qui s'avancèrent rapidement avec une civière.

Tahir ouvrit la bouche pour dire qu'il n'était pas l'altesse de quiconque, mais se ravisa. Après tout, puisque Kareef était maintenant roi, lui-même et son frère Rafiq étaient peut-être princes.

A l'idée que la brebis galeuse de la famille puisse s'être métamorphosée en altesse, un sourire amer lui monta aux lèvres. Mais il n'eut pas le loisir de s'attarder plus longtemps sur cette facétie du destin. En effet, tout se brouilla soudain autour de lui. Il entendit quelqu'un crier, vit confusément des visages anxieux tournoyer dans une sorte de vertige, puis tout se fondit dans l'oubli.

Bon sang, il fallait absolument qu'il perde cette fichue habitude de s'évanouir ! Même si cela lui valait la caresse apaisante d'une main féminine sur le front… Mais cette fois, il rêvait bel et bien. Car la seule femme dont il désirait la présence n'était pas là.

Il n'avait pas l'habitude de dépendre de quiconque, et pourtant il mourait d'envie qu'elle soit là, à ses côtés. Lui qui n'avait jamais eu besoin d'aucune femme !

Par ailleurs, il n'avait pas du tout l'intention de rester accroché à tout cet appareillage, se dit-il résolument en posant la main sur le goutte-à-goutte relié à son bras par un tuyau.

A cet instant, un homme portant une blouse blanche entra dans la pièce.

— Non, Sire. Je vous en supplie !

— Je n'ai pas besoin de tout cet attirail ! La seule chose qui me ferait du bien, c'est sortir d'ici. Il faut que je voie mon frère.

Il baissa les yeux avec dégoût sur la chemise d'hôpital qu'il portait.

— Si vous voulez vous rendre utile, apportez-moi plutôt mes vêtements.

— Mais, Sire, vous ne…

— Ne vous fatiguez pas, l'interrompit-il vivement.

— Vous ne comprenez pas, Sire. Votre état nécessite des soins et vous devez rester en observation. Je ne peux pas prendre la responsabilité de vous laisser sortir.

— Ne vous en faites pas, je la prends, moi, cette responsabilité. Dépêchez-vous et allez me chercher ces vêtements.

Tahir dut faire un effort pour se redresser. A vrai dire, il se sentait affreusement faible.

— Mais, Sire…

— Et cessez de m'appeler Sire ! lança-t-il brutalement.

— Eh bien, on essaie son charme sur le personnel de l'hôpital, petit frère ?

Tahir se tourna vers l'endroit d'où était venue la voix moqueuse et vit son frère sur le seuil de la chambre. Ses cheveux noirs coupés court et peignés en arrière avec soin, il contemplait Tahir de ses yeux clairs.

Distinguant la lueur chaleureuse qui éclairait son regard, il sentit ses épaules se détendre un peu.

— Rafiq !

Cela faisait onze ans qu'il n'avait vu aucun membre de sa famille. Depuis le jour où son père l'avait banni de Qusay. Mais le fait de revoir son frère faisait déferler en lui une joie puissante qui le surprenait complètement.

Il avait été si occupé par sa vie, par la poursuite du plaisir et les affaires, qu'il ne s'était jamais laissé aller à la nostalgie. Même quand il avait pris l'hélicoptère pour revenir à Qusay, il l'avait fait uniquement dans le but de venir soutenir son frère aîné. Pas un seul instant il n'avait songé à renouer des relations avec sa famille.

Mais la sensation de la main ferme de Rafiq dans la sienne, et de l'autre posée sur son épaule, provoquait en lui des émotions inattendues.

— Tu es vraiment là, dit Rafiq, l'air sincèrement heureux. La tour de contrôle avait bien reçu ton message de détresse, mais il y avait des interférences, aussi ont-ils mal compris ton identification et ta position. Les équipes de sauvetage t'ont cherché en mer.

Il sourit.

— Et tu nous es arrivé du désert…

Tahir sourit à son tour. Il ne s'était vraiment pas attendu à être accueilli avec une telle chaleur.

Dans son enfance, Rafiq et Kareef avaient été ses modèles. A cette époque, il n'avait qu'un désir : être aussi rapide, aussi fort et aussi intelligent qu'eux. Particulièrement Rafiq, le préféré de leur père. Mais alors que, quoi qu'il fasse, Rafiq n'avait jamais recueilli que des louanges de la part de Yazan Al'Ramiz, Tahir n'avait jamais suscité que son mépris et son courroux. Pendant des années, cette injustice l'avait fait souffrir.

Et il en avait voulu à Rafiq, jusqu'à ce qu'il comprenne que son frère n'était pour rien dans le favoritisme de leur père. En fait, Rafiq avait même fait de son mieux pour protéger son jeune frère.

— Tu sais que j'ai toujours fait le contraire de ce qu'on attendait de moi, murmura-t-il.

— Tu as toujours réussi à survivre, quoi qu'il arrive. Et tu m'en vois très heureux.

Puis il fit signe au médecin de les laisser, avant de tirer une chaise et de s'asseoir à côté du lit.

— Tu as eu une chance incroyable, tu sais.

Tahir hocha la tête en silence. Il avait même eu beaucoup plus de chance qu'il n'en méritait.

— Fais-nous plaisir, Tahir, reste ici. Il faut que tu récupères. Tu as eu plusieurs côtes brisées et de graves contusions, peut-être même une commotion cérébrale. En plus, les médecins craignent une infection pulmonaire. Ils semblent même penser que tu ne devais pas être en très bonne santé avant ton accident.

— Je ne me suis jamais ménagé, fit-il en haussant les épaules.

— Eh bien, pour l'amour du ciel, laisse-toi un peu dorloter, pour une fois ! Notre mère a été si inquiète.

— Notre mère ? répéta Tahir en ouvrant de grands yeux.

Parmi tous les êtres qu'il avait laissés à Qusay, c'était vis-à-vis d'elle qu'il avait ressenti le plus de culpabilité. Avant de partir, il avait essayé de la convaincre de s'en aller avec lui, de crainte que Yazan Al'Ramiz ne retourne sa violence contre elle, une fois qu'il n'aurait plus son fils comme bouc émissaire. Mais elle avait refusé de le voir, puis de répondre à ses appels téléphoniques. Tout d'abord, il avait cru qu'elle avait réagi ainsi par peur de son mari. Mais au fil du temps, il s'était demandé si c'était la vraie raison de son silence.

— Tu dois te tromper, reprit-il.

— Non. Elle est venue dès ton arrivée et est restée à ton chevet. Elle vient juste de partir.

Il se rappela la main douce et féminine lui caressant le front. Etait-ce possible qu'elle ait appartenu à sa mère, elle qui avait rompu tout lien avec lui ?

Incapable d'analyser les émotions confuses qui surgissaient soudain en lui, Tahir les refoula et sourit à son frère.

— Dis-moi, qu'est-ce que c'est que tous ces titres royaux ? *Votre Altesse, Sire…* ?

— Je suis content que tu me poses cette question, répondit Rafiq en se penchant en avant, le visage soudain sérieux. Il y a eu des complications.

— Oui, Kareef m'en a parlé quand il m'a appelé.

Voyant Rafiq serrer ses mains l'une contre l'autre, il pressentit que quelque chose n'allait pas.

— Kareef a renoncé au trône, déclara Rafiq.

— Quoi ?

— Lui et Jasmine… Tu te souviens de Jasmine ?

Tahir hocha la tête. Son frère aîné était fou d'elle depuis l'âge de dix-huit ans.

— Eh bien, il a renoncé au trône pour l'épouser et ils sont partis vivre à Qais.

Devant le regard stupéfait de Tahir, Rafiq continua.

— Jasmine ne peut pas avoir d'enfants et Kareef sait que le roi se doit d'avoir un héritier.

Tahir s'appuya aux oreillers en essayant d'assimiler rapidement ces incroyables nouvelles.

— Alors, on dirait que tu vas devoir changer de style de vie, grand frère, dit-il à Rafiq. Tu vas devoir revenir t'installer définitivement ici, non ? Quand montes-tu sur le trône ?

Il avait entendu parler du succès phénoménal des affaires de Rafiq, en Australie. Qu'allait-il se passer lorsqu'il serait devenu le souverain ?

Rafiq attendit quelques instants avant de répondre. Suffisamment longtemps pour que Tahir sente de nouveau que, décidément, quelque chose n'allait pas.

— Cela fait partie des problèmes dont il faut que je te parle, répondit-il enfin, sans plus la moindre trace d'humour. Je refuse la couronne, moi aussi, et je retourne en Australie. Renoncer au trône par amour semble une caractéristique de la famille.

— Je n'arrive pas à le croire…

Bon sang, dans quel pétrin s'était-il fourré en revenant à Qusay ?

— C'est pourtant vrai, Tahir. Quant à la raison pour laquelle les gens t'appellent *Sire*… Eh bien, c'est parce que maintenant, c'est toi le roi de Qusay.

Chapitre 7

Se sentant soudain fatiguée, Annalisa ralentit le pas tandis qu'elle marchait sur la vaste esplanade de Shafar, la capitale de Qusay.

A vrai dire, après la nouvelle qu'elle venait d'apprendre, elle était encore sous le choc. Pourtant, au fond d'elle-même elle s'y était attendue depuis qu'elle n'avait pas eu ses règles. Ensuite, il y avait eu les nausées.

Un frisson lui parcourut le dos. Elle s'était tellement trompée sur le compte de Tahir ! Même si elle avait su dès le début qu'ils appartenaient à deux mondes différents, elle s'était crue… proche de lui.

Au fond, n'aurait-elle pas dû être heureuse qu'il lui ait montré sa vraie nature ? Après qu'il eut recouvré la mémoire, il s'était révélé un homme totalement différent de celui qu'elle avait cru connaître. Un homme exigeant, insatisfait, égoïste.

Elle refoula la souffrance qui montait en elle et contempla l'immense portail ouvragé qui se dressait devant ses yeux.

Peu importait que cette nuit passée avec lui ait été l'expérience la plus merveilleuse de sa vie. Même s'il avait été un amant fantastique, les délices qu'il lui avait fait découvrir valaient-elles le prix qu'elle payait maintenant ?

Certes, elle n'était pas traditionnelle comme les femmes de Qusay. Néanmoins elle n'avait jamais rêvé de se retrouver mère célibataire.

En outre, son père et son grand-père lui manquaient terriblement. Ses cousins se montraient aimables et attentionnés, mais ils seraient affreusement choqués quand ils apprendraient son état.

Déstabilisée par les émotions qui la traversaient, elle posa la main contre le mur pour lutter contre la nausée qui lui montait aux lèvres. Tout irait bien, se dit-elle pour se rassurer. Elle était jeune et en bonne santé, elle s'en sortirait.

— Vous vous sentez bien, mademoiselle ?

Tournant la tête, Annalisa vit, à quelques mètres d'elle, une limousine gris argenté qui s'était arrêtée sur le seuil du haut portail maintenant ouvert. A l'arrière était assise une femme d'un certain âge, coiffée strictement mais avec une élégance certaine. Quant aux perles qui ornaient son cou, elles devaient valoir une fortune, songea-t-elle machinalement.

— Oui, merci, répondit-elle en se ressaisissant.

La femme l'observa avec attention, d'un regard bienveillant et doux.

— Pardonnez-moi, mais vous n'avez pas du tout l'air d'aller bien. Vous êtes si pâle… Vous rendiez-vous au palais ? Y avez-vous rendez-vous ?

Annalisa se raidit aussitôt. Elle avait été si absorbée dans ses pensées qu'elle ne s'était même pas rendu compte de la direction qu'elle prenait. Se tournant vers les hautes portes, elle aperçut les splendides jardins royaux et le dôme imposant qui surmontait le palais.

Etait-elle venue inconsciemment ici à cause de Tahir ? se demanda-t-elle en sentant son ventre se retourner. Cela faisait plus d'un mois que…

« Si tu es enceinte, je veux que tu me le fasses savoir. »

Elle frissonna en refermant instinctivement les bras sur sa poitrine.

— Etes-vous venue voir quelqu'un ? reprit la femme.

— Non ! répondit-elle vivement.

Puis elle se tut. Elle devait le dire à Tahir. Même si elle était quasiment certaine qu'il lui demanderait d'interrompre sa grossesse. Il avait le droit de savoir qu'elle portait son enfant.

Et elle désirait cet enfant, quoi qu'il arrive.

Cette certitude la réconforta et lui redonna des forces. Bien sûr qu'elle le désirait ! Même si elle n'avait pas encore bien assimilé ce qui lui arrivait, cette perspective la remplissait d'une joie pure et immense.

— En fait…

Elle regarda la femme qui attendait patiemment sa réponse. Etait-elle une diplomate ? Ou une amie de la famille royale ?

Tahir était parent avec le roi. Peut-être le connaissait-elle ?

Se sentant affreusement empruntée, Annalisa avança lentement vers le véhicule, convaincue qu'il fallait qu'elle profite de cette opportunité.

— Vous êtes très aimable de me poser la question, dit-elle en souriant poliment. J'espérais entrer en contact avec quelqu'un au palais. Il s'appelle Tahir. Je ne connais pas son nom de famille. Il est grand, mince, avec des yeux très bleus. Récemment, il a été blessé dans un accident d'hélicoptère.

L'expression de la femme ne changea pas et elle sentit ses espoirs s'anéantir. C'était stupide d'espérer qu'il soit encore là.

— Mais cela ne fait rien, continua-t-elle. Il n'est proba…

— Vous avez rencontré Tahir après son accident ?

— Je… Oui. Dans le désert. J'ai fait ce que j'ai pu pour le soigner, mais…

Devant l'expression stupéfaite de la femme, Annalisa se raidit tandis qu'une crainte affreuse l'envahissait. Elle s'approcha encore de la voiture, mais un garde s'interposa aussitôt.

Il *fallait* qu'elle sache.

— Il va mieux, n'est-ce pas ? demanda-t-elle à la femme. Il va bien ? Ses blessures à la tête… elles n'étaient pas… ?

Fatales. Elle n'avait pu prononcer le mot.

— Non, non, rassurez-vous, fit son interlocutrice en lui adressant un sourire réconfortant. Il va tout à fait bien à présent. Et d'après les médecins, il vous doit la vie.

A ces mots, Annalisa sentit un immense soulagement se répandre dans son cœur.

Le sang battait tellement fort dans ses tempes qu'elle n'entendit pas ce que lui disait encore la femme. Le garde lui prit le bras et la guida vers le véhicule tandis que le chauffeur venait ouvrir la portière.

A l'intérieur régnait une forte odeur de cuir, mêlée aux effluves d'un parfum raffiné et coûteux. La femme installée sur la banquette était vêtue d'un ensemble de soie couleur indigo et brodé d'argent, extrêmement élégant, et elle portait des sandales à hauts talons argentées.

Visiblement, il s'agissait de quelqu'un de très important, songea Annalisa en se raidissant.

— Ne soyez pas intimidée, dit la femme en lui faisant signe de monter dans la limousine. Vous voulez voir Tahir, n'est-ce pas ?

— Oui, murmura-t-elle. Mais s'il est encore au palais, je reviendrai plus tard, quand je serai plus présentable.

Elle désigna ses vêtements décontractés et ses chaussures souillées par la poussière.

— Votre tenue n'a aucune importance. Tahir sera ravi de pouvoir vous remercier personnellement. Je sais qu'il est au palais en ce moment même.

Elle lui fit de nouveau signe de monter et cette fois,

Annalisa obtempéra et s'assit précautionneusement sur la banquette en cuir.

Lorsque la portière se referma sur elle avec un clic, Annalisa sursauta. Gagnée par une appréhension terrible, elle se tourna vers sa compagne en se demandant s'il était encore temps de revenir en arrière. Après tout, elle pouvait téléphoner à Tahir au lieu de le voir en personne.

— Comment vous appelez-vous, ma chère ?

— Annalisa Hansen.

— Enchantée, Annalisa. Je suis Rihana Al'Ramiz, la mère de Tahir.

Stupéfaite, Annalisa ouvrit la bouche et la referma aussitôt.

Al'Ramiz. Il ne pouvait pas…

Pourtant, vu l'allure de cette femme, cela semblait tout à fait plausible.

— Enchantée, fit-elle d'une voix faible. Tahir m'avait dit qu'il venait à Qusay pour assister à un couronnement.

— Oui, en effet. Il s'agissait de celui de son frère Kareef.

— Mais…

Annalisa resta interdite. Tahir faisait partie de la famille royale ! Il avait dit être parent du roi, mais elle avait pensé qu'il s'agissait d'un lien distant. Mon Dieu, elle était assise aux côtés de la reine mère de Qusay !

— Je ne savais pas du tout…, bredouilla-t-elle.

Soudain, le monde sembla vaciller autour d'elle si bien qu'elle dut s'agripper au siège. Cette fois, c'en était trop…

Le contact d'une main douce posée sur la sienne l'aida à se ressaisir.

— Ne vous en faites pas. Vous vous sentirez mieux après avoir pris un rafraîchissement.

A cet instant, un serviteur ouvrit la portière et fit signe à Annalisa de sortir.

Elle obéit et se concentra pour tenir debout sur ses jambes tremblantes. Soudain, elle se sentait affreusement vide.

Rihana Al'Ramiz fit un geste vers le vieux palais qui se dressait majestueusement sous les rayons du soleil.

— Venez, dit-elle doucement. Vous n'avez rien à craindre.

Tout semblait si irréel…, songea Annalisa en s'efforçant de sourire. En outre, elle pressentait confusément que sa vie allait devenir de plus en plus compliquée…

— Je suis heureux de connaître votre avis, Akmal.

Tahir se dirigea vers l'immense fenêtre qui donnait sur la mer et se répéta pour la centième fois qu'il devait se montrer patient.

Cependant, la patience n'était pas son fort. Diriger un pays non plus !

Il avait du mal à croire qu'il n'avait pas réussi à échapper à ce terrible fardeau. Et que le Conseil voulait qu'il monte sur le trône, lui, le fils indigne banni par un père dépravé. Mais en dépit de tous ses efforts, il n'avait pas encore trouvé de parent lointain disposé à assumer ce rôle à sa place.

Comment aurait-il pu blâmer ses frères de renoncer à la Couronne ? S'il l'avait pu, il aurait fait la même chose…

— Un mariage serait approprié, Sire, dit son vizir d'un ton mesuré. Après la période… mouvementée de ces derniers mois, ce serait un excellent moyen de montrer la stabilité de la Couronne.

Tahir ne put réprimer un demi-sourire. *Mouvementée…* C'était la façon diplomatique d'Akmal pour dire que les frères Al'Ramiz avaient causé assez de remous dans le pays pour plusieurs décennies !

Bon sang ! songea-t-il en serrant les poings. Il ne pouvait pas rester là et devenir roi. Il n'avait nulle envie de s'engager dans de telles responsabilités, ni de s'installer où que ce soit à long terme.

— La princesse est…

— Merci, Akmal, l'interrompit-il en se tournant vivement vers son conseiller. Je suis certain qu'elle est la vertu même et qu'elle ferait une reine parfaite.

Il noua les mains derrière son dos en s'efforçant de se calmer. Après tout, le vieil homme ne faisait que son travail en le poussant à se marier.

— Néanmoins, reprit-il d'un ton plus doux, il est trop tôt pour songer au mariage.

— Mais, Sire…

Un coup frappé à la porte interrompit Akmal, et un serviteur entra en s'excusant de devoir déranger le roi.

— Qu'y a-t-il ? demanda Tahir, au contraire ravi de cette diversion.

— Son Altesse Rihana demande si vous voudriez vous joindre à elle pour le thé, Sire.

Sa mère l'invitait à prendre le thé ? C'était une première. Elle avait exprimé son soulagement de le savoir sain et sauf, l'avait accueilli et lui avait offert son soutien. Mais avec une courtoisie distante qui montrait sa bonne éducation et son respect de ses devoirs.

Et sans la moindre trace d'amour maternel.

Il avait brisé ce lien quand il avait été expulsé du pays, après avoir été trouvé au lit avec la maîtresse de son père.

Même si cette femme avait tout fait pour le séduire, Tahir n'avait pas protesté de son innocence. Car il avait été trop heureux de voir la fureur de son père.

Il était donc devenu le fils dont aucun parent n'aurait été fier. Et par son comportement distant, sa mère avait montré depuis longtemps qu'il avait détruit tout lien entre eux.

Alors, pourquoi cette invitation soudaine ?

— Je serai ravi de la rejoindre, dit-il en se tournant vers Akmal. Si vous voulez bien m'excuser ?

— Bien sûr, Sire, fit celui-ci en s'inclinant profondément.

Il s'arrêta net sur le seuil de la pièce.

Le soleil de l'après-midi passait par les larges fenêtres et projetait des reflets dorés dans les cheveux bruns de la jeune femme.

Son estomac se noua tandis que les souvenirs déferlaient en lui. De longues tresses soyeuses lui caressaient la peau tandis qu'il tremblait de plaisir et de volupté… Des yeux sombres et souriants le regardaient, emplis de désir… Des lèvres sensuelles erraient sur sa peau avec de plus en plus d'audace…

Quand elle se tourna vers lui, son cœur se mit à battre comme un fou.

— Annalisa !

Il était déjà au milieu de la pièce quand il se souvint de l'endroit où il se trouvait.

Alors qu'il l'avait laissée en colère et blessée, mais en bonne santé, elle avait l'air bien trop pâle. Elle avait minci et son front était plissé, comme si elle souffrait. Quant à sa belle bouche sensuelle, elle se serrait nerveusement tandis que son regard évitait le sien.

Il continua à avancer.

— Bonjourn Tahir, dit sa mère en se levant du divan où elle était installée, je suis ravie que tu viennes te joindre à nous.

Il s'immobilisa et s'inclina profondément devant elle.

— Bonjour, Mère.

Puis il lui adressa un regard interrogateur. Mais le visage de la reine mère resta impassible. Bon sang, que se passait-il ?

— Bonjour, mademoiselle Hansen, ajouta-t-il.

La jeune femme le fixa, l'air visiblement surpris. Sûrement parce qu'elle ne l'avait jamais vu aussi formel. En réalité, à cet instant il ne se sentait pas du tout formel. Au contraire, le sang pulsait dans ses veines…

Surpris par la réaction de son corps, Tahir se redressa. Exceptée sa nuit avec Annalisa, sa vie sexuelle était inexistante depuis des mois. Et après son complet rétablissement, il n'avait pas ressenti le moindre intérêt pour les beautés qui ne manquaient pourtant pas à Qusay.

Or, un seul regard posé sur Annalisa et…

Il s'assit rapidement sur le siège que lui désignait sa mère.

Un service à thé ancien et raffiné trônait sur une table basse. Et sur un chariot en or étaient disposées des pâtisseries et des figues. Apparemment, Annalisa n'avait pas touché à l'assiette posée devant elle.

— Mlle Hansen est venue ici pour te voir, Tahir, commença sa mère en le regardant calmement. Je l'ai rencontrée à l'entrée des jardins du palais.

Il frémit. Que lui avait dit Annalisa ?

— Je savais que tu voulais la remercier, poursuivit-elle en se tournant vers son invitée avec un sourire chaleureux. Nous avons une dette immense envers vous, Annalisa.

Puis la reine mère se tourna vers la table basse et se pencha pour soulever délicatement un verre ouvragé en or. Elle le tendit ensuite à son fils avec un sourire poli.

Tahir la remercia, tout en regardant Annalisa qui restait silencieuse.

En dépit de l'hospitalité bienveillante de la reine, elle semblait mal à l'aise et crispée, et il dut faire un effort pour ne pas aller la prendre dans ses bras pour la rassurer. Mais ç'aurait été stupide, songea-t-il en resserrant les doigts sur son verre.

— Comment vas-tu ? demanda-t-il en cherchant à croiser le regard de la jeune femme.

— Bien, merci, répondit-elle, le visage baissé.

Quelque chose n'allait pas, il en était certain. Il reposa son thé sur la table. Quelqu'un lui avait-il fait du mal ? A cette pensée, il eut l'impression de devenir fou.

Soudain, le téléphone du salon sonna. La reine prit l'appareil posé sur un guéridon.

— Si vous voulez bien m'excuser, dit-elle bientôt en s'adressant à Annalisa et à son fils, je vais prendre cet appel dans la pièce à côté. Quelques problèmes de dernière minute pour la réception que je vais donner au palais.

La jeune femme rougit tout en serrant les mains sur ses genoux.

— Je vous en prie, Madame, fit-elle avec embarras.

Tahir attendit que sa mère soit sortie du salon, puis, envahi par un pressentiment étrange, il se tourna vers Annalisa.

Elle n'aurait jamais dû s'aventurer au palais, songea-t-elle en regardant Tahir. Le soleil rehaussait les contours puissants de son visage, projetant des reflets bleutés sur ses cheveux noirs. Au fond de ses yeux brillait une lueur indéfinissable qui fit naître un frisson au plus profond d'elle-même.

Il était encore plus imposant que dans son souvenir. Plus viril. Plus sensuel. Il avait suffi d'un regard pour qu'elle comprenne qu'elle risquait de retomber sous son charme.

Quand il vint vers elle, elle se leva aussitôt et il s'arrêta.

— Je suis heureux de te voir, Annalisa.

Elle aurait voulu pouvoir dire la même chose. Le costume traditionnel qu'il portait renforçait sa haute stature et sa virilité. Il était trop grand, trop sûr de lui… et trop séduisant.

Hélas, il était loin de lui être indifférent.

— Tu vas bien ?

— Oui, mentit-elle. Et toi ?

— Je suis en pleine forme, répondit-il en esquissant ce demi-sourire qui la faisait fondre.

Effrayée devant l'intensité de ses émotions, Annalisa détourna les yeux.

— Je ne m'attendais pas à te voir ici, poursuivit-il en se rapprochant d'elle.

— Je suis arrivée à Shafar hier soir. Et je pars en Europe demain.

Mais pourrait-elle vraiment s'en aller ? A présent, tout son avenir était remis en question.

— Quelque chose ne va pas ? Tu as des ennuis ?

Elle le regarda. Si elle ne l'avait pas mieux connu, elle aurait pu croire qu'il était *vraiment* inquiet pour elle.

Durant un instant, elle ferma les yeux et essaya de retrouver ses forces. Quand elle les rouvrit, Tahir s'était encore rapproché d'elle.

Réprimant un frisson involontaire, elle jeta un coup d'œil vers la porte que la reine avait refermée sur elle en sortant.

— J'avais besoin de te voir.

— Et apparemment, c'est important. S'agirait-il de notre petite chèvre ?

— Non. Elle a trouvé un bon foyer. La plus jeune fille de l'un de mes cousins l'a adoptée.

Comme si elle était venue au palais pour parler à Tahir de ce petit animal…

— Tu…, reprit-elle en se forçant à rassembler tout son courage et en redressant le menton. Tu avais dit que s'il y avait… des conséquences, je devais te tenir au courant.

Devant l'expression froide et distante de Tahir, elle se mit à trembler.

— Eh bien, il y en a. Je suis enceinte.

Un silence pesant s'installa entre eux. A présent, les yeux de Tahir avaient perdu toute chaleur.

Brusquement, elle se détourna et contempla le jardin baigné par la lumière dorée du soleil.

— Qu'envisages-tu de faire ? fit-il d'une voix dure.

A quoi s'était-elle donc attendue ? A ce qu'il la prenne dans ses bras et lui dise qu'elle lui avait manqué ? Qu'en la quittant, il avait commis l'erreur la plus grave de sa vie ?

Atterrée, elle se rendit compte qu'effectivement, c'était ce qu'elle avait espéré. Qu'elle s'était accrochée à ce mirage.

— Je ne sais pas, répondit-elle en posant instinctivement la main sur son ventre. Mais je veux cet enfant.

Après être resté silencieux durant un moment interminable, Tahir parla enfin.

— Et quand tu as découvert qui j'étais, tu t'es empressée de venir me mettre au courant, n'est-ce pas ? répliqua-t-il.

— Que veux-tu dire ?

— Que l'occasion était trop belle de profiter de ma position.

Pendant quelques instants, Annalisa contempla le visage méfiant de Tahir. Puis, comprenant le sens de ses paroles, elle se sentit envahie par un mélange de colère et d'indignation.

— Tes propos ne méritent aucun commentaire, fit-elle sèchement. Mais je vais néanmoins te dire ce que je pense : tu as un ego *monstrueux* ! Une femme vient t'annoncer que tu lui as fait un enfant et tu ne parles que de *toi* ?

Mon Dieu, elle était si naïve. Même après la façon dont il l'avait traitée, elle s'était attendue à une réaction plus noble de sa part.

— Tu veux me faire croire que l'annonce de ta grossesse n'a rien à voir avec mon nouveau statut ?

Pour la première fois de sa vie, elle eut envie de gifler quelqu'un.

— Je suis enceinte. Et cela n'a rien à voir avec ta fortune ou le fait que tu sois le frère du roi. Je n'en savais rien avant que ta mère ne me l'apprenne.

— Et tu n'as pas pu résister au désir de lui annoncer ta nouvelle croustillante ! répliqua-t-il d'un air furieux.

— Je ne lui ai rien dit ! protesta-t-elle avec véhémence.

L'air incrédule, il croisa les bras sur son large torse. Soudain, Annalisa se sentit terriblement petite et impuissante.

— Alors, pourquoi nous a-t-elle laissés seuls, contre toutes les règles du protocole ?

Horrifiée, elle sentit un frisson la parcourir. La reine avait-elle deviné ?

En tout cas, elle ne resterait pas là à se laisser insulter. Elle avait fait son devoir, et maintenant, c'était terminé.

Mais quand elle voulut se diriger vers la porte, Tahir lui prit le poignet et l'immobilisa.

— Laisse-moi partir, s'il te plaît, dit-elle d'un ton sec.

— Où vas-tu ?

— Chez ma tante. Je dois préparer mes bagages, répondit-elle en tentant en vain de se dégager. S'il te plaît, lâche-moi.

— Tu peux rester ici, répliqua-t-il brusquement.

— Non. Ce n'est pas la peine.

Elle voulut reculer mais il se rapprocha d'elle. A sa grande consternation, elle sentit son corps réagir à sa proximité.

— Si, au contraire.

La lueur qui scintillait au fond de ses yeux fit naître un violent frisson au creux de ses reins.

— Nous devons parler, ajouta-t-il.

— Non, je m'en vais.

— Je ne crois pas, dit-il d'une voix soudain rauque en lui caressant l'intérieur du poignet.

Stupéfaite, Annalisa vit une lueur incandescente irradier de ses yeux. Aussitôt, une vague délicieuse se déploya au plus profond de son intimité.

— Je m'en vais, répéta-t-elle.

Il secoua la tête d'un air sombre. Tout désir avait maintenant disparu de son regard.

— Tu m'as sauvé la vie, aussi ma famille et moi te devons-nous l'hospitalité. D'autre part… si tu t'en vas, je te ferai revenir. Alors, pourquoi compliquer les choses ?

— *Me faire revenir ?* répéta-t-elle d'une voix indignée. Pour qui te prends-tu ?

Il inclina la tête en faisant un geste gracieux de la main.

— Pour ce que je suis : le cheikh Tahir Al'Ramiz, roi de Qusay, répondit-il avec une lueur amusée au fond des yeux. Autrement dit, ton souverain.

Chapitre 8

Pour la première fois, Tahir réalisa qu'il était roi.

S'il n'était pas disposé à la laisser partir, Annalisa ne pouvait pas s'échapper.

Quel genre d'individu était-il donc ? se demanda-t-il en se passant une main sur le visage. Et comment son peuple pouvait-il désirer pour monarque un homme comme lui ?

Annalisa avait été sincère, il en était certain, à présent. Elle était venue au palais en ignorant totalement sa véritable identité. Et il comprenait qu'elle se sentait totalement désemparée devant la gravité de sa situation : elle portait l'enfant de son souverain.

Les rideaux avaient été tirés pour laisser entrer l'air frais de la nuit. La lueur de la lune tombait sur le large lit, faisant ressortir le contraste entre la peau claire des bras nus d'Annalisa et ses longs cheveux épars sur l'oreiller.

Comment osait-il venir ainsi dans la chambre d'une femme qui le méprisait ? N'avait-il donc aucun amour-propre ? Aucun scrupule ?

Incapable de dormir après avoir passé des heures à travailler sur des documents officiels, il s'était levé avant d'arpenter les couloirs du palais. Et il s'était retrouvé devant la suite où reposait l'invitée officielle de sa mère.

A présent, il était là, comme un voyeur, rivé au sol devant la jeune femme profondément endormie. Elle ne portait ni soies ni dentelles comme ses maîtresses habituelles, mais un simple T-shirt de coton blanc. Pourtant, elle était terriblement attirante et son corps réagissait violemment à sa vue.

— Qui est là ? chuchota-t-elle soudain.

— Ce n'est que moi, répondit-il en s'avançant vers le lit.

Il sourit avec dérision. Comme si cela pouvait la rassurer !

— Que veux-tu ? fit-elle en remontant le drap sur elle.

— Te voir, dit-il sincèrement.

— Tu ne devrais pas être ici.

Sans s'attarder sur ses paroles, il se rapprocha du lit.

— Ton billet d'avion a été annulé. L'argent sera reversé sur ton compte.

— Tu n'avais pas le droit de faire cela ! s'exclama-t-elle en se redressant brusquement.

Devant la vue de ses seins ronds moulés par le T-shirt, il sentit son sexe se durcir.

— Comment veux-tu que nous parlions de l'avenir si tu es en Scandinavie ?

— Tu as abusé de ton pouvoir, protesta-t-elle en croisant les bras sur sa poitrine.

— Je t'ai pris un rendez-vous chez une gynécologue.

— Je peux m'en occuper moi-même. Tu n'as pas le droit de prendre possession de ma vie, ni de me forcer à rester ici.

L'énergie était revenue dans sa voix, constata-t-il avec soulagement. En début d'après-midi, elle avait été si pâle…

— Tu es l'invitée de ma mère, quoi de plus agréable ? Et en allant à ce rendez-vous, tu pourras être rassurée.

— Dois-je comprendre que tu ne me crois pas ?

— Je te crois, Annalisa, dit-il en laissant errer son regard sur la rondeur adorable de ses seins.

— Très bien, répliqua-t-elle d'une voix crispée. Alors maintenant, tu ferais mieux de t'en aller.

Tahir franchit le dernier pas qui le séparait encore du lit.

— Tu n'as pas envie que je t'aide à te rendormir ?

— Non ! s'exclama-t-elle d'une voix affolée.

Sa protestation ne fit qu'exacerber son désir.

— Je pourrais te persuader, tu sais…

— C'est pour cela que tu es venu dans ma chambre ? le coupa-t-elle. En aurais-tu assez de tes superbes maîtresses ?

Elle ne pouvait pas savoir à quel point elle avait raison. Jamais il n'avait désiré une femme comme il la désirait.

Lorsqu'il passa doucement le bout du doigt sur son bras nu, elle frémit violemment. Cependant, elle le laissa faire.

— Dis-moi, combien y en a-t-il eu, Tahir ?

— Je ne suis pas un saint, répliqua-t-il d'une voix sourde.

— Ça, je l'avais compris, murmura-t-elle. Et y a-t-il un risque que tu m'aies transmis autre chose ?

Il lui fallut quelques instants pour comprendre le sens de sa question.

— Tu es bien la fille d'un médecin, répondit-il, à la fois admiratif et agacé. Je ne suis pas totalement inconscient, Annalisa, et je suis en bonne santé.

— Tu m'en vois ravie. Pour notre enfant.

Notre enfant.

Ces mots lui firent l'effet d'une douche froide et il recula brusquement. Il avait failli oublier cette complication.

Il était et serait toujours un solitaire. Aussi n'avait-il rien à offrir à un enfant ou à une partenaire à long terme.

Après avoir tourné les talons, il se dirigea vers la porte.

— Nous parlerons plus tard, dit-il sans se retourner.

— Mais pas ici, répliqua-t-elle rapidement. Je ne veux plus te voir dans ma chambre. Jamais.

Les muscles tendus à l'extrême comme s'il venait de recevoir un coup, il s'arrêta. Il n'avait pas ressenti cette sensation depuis des années, et il avait oublié que cela faisait si mal.

— Comme il vous plaira, mademoiselle Hansen. Je ne mettrai plus les pieds ici, à moins d'y avoir été invité.

Annalisa le regarda partir en se raidissant. Non, elle ne voulait pas de lui dans sa chambre.

Alors, pourquoi avait-elle attendu en tremblant de voir s'il se contenterait de lui caresser le bras ?

Elle remonta ses genoux sur elle pour se protéger. Non seulement elle était enceinte, mais en plus, elle ne pouvait dominer son attirance pour Tahir. Alors que pour lui, elle n'était qu'une possibilité de divertissement.

Décidément, sa situation était *très* compliquée.

— Par ici, s'il vous plaît, dit le valet de pied en s'inclinant devant elle.

Annalisa hésita à sortir de sa chambre. Au cours de ces derniers jours, cette pièce avait été un véritable refuge pour elle.

Chaque jour, la mère de Tahir était venue lui rendre visite et, contrairement à ses craintes, elle s'était montrée amicale et dénuée de tout jugement. Rihana Al'Ramiz devait être au courant de la visite de la gynécologue, mais elle n'en avait soufflé mot. Avait-elle deviné qu'Annalisa portait l'enfant de son fils ?

Elles parlaient de tout sauf de Tahir, et un vrai lien amical se développait entre elles, dépassant les lois de l'hospitalité.

Quant à Tahir, depuis son intrusion dans sa chambre, le premier soir, et sa tentative de séduction, il n'avait pas réapparu devant elle.

Apparemment, il avait quitté la capitale pour des affaires

urgentes, mais elle soupçonnait qu'il ne s'agissait que d'un prétexte commode pour ne pas se retrouver en face d'elle.

— Madame ? fit le valet. Si vous voulez bien me suivre ?

Annalisa redressa les épaules et franchit le seuil de sa chambre. Elle ne pouvait pas se cacher indéfiniment, surtout des membres de sa propre famille. Pourtant, quand elle avait appris que son oncle Saleem était là, son ventre s'était noué. Elle n'avait jamais aimé le mari de sa tante.

Que voulait-il ? Il n'avait jamais approuvé ses manières « occidentales » et il ne s'était jamais bien entendu avec elle et son père.

Tout en suivant le valet dans les couloirs du palais, elle sentit son appréhension s'accroître. Ils traversèrent des salons somptueux et des cours intérieures d'une beauté à couper le souffle. A chaque pas, elle se sentait une intruse dans ce monde de privilèges où tout était réglé par un protocole dont elle ignorait tout.

— Nous sommes arrivés, Madame, fit le valet en ouvrant de hautes doubles portes dorées. Des rafraîchissements ont été servis. Si vous avez besoin de quoi que ce soit, sonnez et je viendrai aussitôt.

Puis il s'effaça pour la laisser entrer avant de refermer les portes derrière elle.

L'air déterminé, Saleem se tenait debout au milieu de la pièce, les pieds écartés. S'il était impressionné par la somptuosité de l'endroit, il n'en montra rien.

— Bonjour, mon oncle. Je suis contente de ta visite. Ma tante n'est pas venue avec toi ? demanda-t-elle d'un ton léger malgré son appréhension.

— J'étais venu voir le roi, mais comme on m'a dit qu'il n'était pas au palais, j'ai demandé à te voir.

Apparemment, cet entretien n'allait pas être agréable…

— Veux-tu t'asseoir ? demanda-t-elle en désignant un élégant canapé.

— Mademoiselle se comporte comme si elle était chez elle, on dirait.

— Je suis l'invitée de la mère du roi et je…

— Ne me prends pas pour un idiot ! l'interrompit-il en venant vers elle, les yeux étincelants.

Serrant nerveusement les mains l'une contre l'autre, Annalisa redressa le menton. Elle avait vu Saleem intimider sa tante et refusait de se laisser impressionner par lui. Cependant son pouls battait sauvagement et elle se sentait terriblement vulnérable.

— Tu peux faire avaler ton histoire à des imbéciles, mais moi, je sais pourquoi tu es ici. Tu es son invitée à *lui*, n'est-ce pas ? Sa maîtresse. Sa putain !

Effrayée par la violence de son oncle, Annalisa recula d'un pas.

— Je me demande comment il a eu le culot de t'installer au palais — mais bon, étant donné sa réputation, je ne devrais pas être étonné. Tu as vraiment bien choisi !

Figée d'horreur, Annalisa se raidit et se sentit blêmir. C'était pire que tout ce à quoi elle s'était attendue.

— Je ne suis la putain de personne, fit-elle en serrant les poings. Tu n'as pas le droit de…

— J'ai *tous* les droits. Maintenant que ton père et ton grand-père sont morts, tu es sous ma responsabilité.

— Non ! protesta-t-elle vivement. Je suis seule responsable de moi-même.

— Pas quand tu fais retomber la honte sur la famille, vociféra-t-il. J'aurais dû m'y attendre, vu la liberté dans laquelle tu as grandi. Ton père…

— Ne dis pas un mot contre mon père, l'interrompit-elle en avançant vers lui. Il en valait dix comme toi.

Une lueur de surprise traversa le regard de Saleem et, durant un instant, ils restèrent silencieux. Son cœur battait si fort qu'elle en avait le vertige.

— Et que dirait-il, s'il te voyait en ce moment ?

Annalisa vacilla comme si elle avait reçu un coup. Son père serait de son côté, elle n'en doutait pas. Mais il serait tellement déçu. Alors qu'il lui avait appris la valeur de l'amour, elle en vivait un si pâle reflet.

— Te rends-tu compte de ce que tu as fait ? continua son oncle. Toutes sortes de commérages circulent sur toi et le roi. Vous avez passé des jours et des jours dans le désert, complètement seuls…

— Et qu'aurais-je dû faire, d'après toi ? Le laisser mourir quand il est arrivé en titubant à mon campement ? répliqua-t-elle en le foudroyant du regard. Quant aux commérages, je n'ai pas besoin de chercher loin pour en trouver la source !

Les ragots n'avaient pas pu venir du palais. Ni de ses autres parents, ni du chef de la caravane, un vieil ami de son père.

Voyant Saleem fuir son regard, elle comprit qu'elle avait touché juste.

— Tu ne m'as jamais aimée et tu as profité de ce prétexte pour salir mon nom.

— Comme si j'avais besoin d'un *prétexte* ! gronda-t-il. Tu es enceinte ! Ah, tu ignorais que j'étais au courant, hein ?

Une grimace déforma son visage et il lui prit le coude brutalement.

— Espèce de petite garce, tu ne t'es même pas donné la peine de cacher les preuves. Ta tante a trouvé le test de grossesse en triant tes affaires, quand ton amant a envoyé ses serviteurs pour les emporter.

Il y avait tant de haine sur son visage qu'elle frémit.

— Elle était si perturbée que j'ai deviné que quelque chose n'allait pas. Et il ne m'a pas fallu longtemps pour lui faire avouer la vérité.

Mon Dieu, pourvu qu'il n'ait pas usé de violence sur sa pauvre tante…

— Qu'as-tu à dire pour ta défense ? fit-il en lui tordant sauvagement le bras.

— Elle n'a rien à dire à un individu de votre espèce. Lâchez-la immédiatement !

Aussitôt, Saleem obéit et Annalisa s'écarta de lui en titubant.

L'air était maintenant empli d'une menace bien plus puissante que les sarcasmes de son oncle. Lorsqu'elle se retourna, elle vit Tahir à l'entrée de la pièce, plus imposant que jamais. Son visage était calme mais une lueur impitoyable éclairait son regard.

Un soulagement immense l'envahit, mais ses genoux étaient affreusement faibles.

— Votre Majesté, dit son oncle en s'inclinant rapidement.

— Tu vas bien ? demanda Tahir en se tournant vers Annalisa.

— Oui, répondit-elle d'une voix faible.

Il se dirigea rapidement vers Saleem.

— Si jamais j'apprends que vous avez usé de violence contre une femme, n'importe quelle femme, je vous ferai regretter d'être en vie, fit-il d'un ton à la fois calme et tranchant. Et je le saurai, croyez-moi.

— Il ne s'agissait pas de violence, Sire, protesta Saleem. Mais d'honneur.

— Vous avez un étrange sens de l'honneur, répliqua Tahir avec mépris.

Puis il se tourna de nouveau vers Annalisa.

— Tu vas retourner dans tes appartements. Le valet t'attend pour t'y raccompagner.

— Cette affaire me concerne, dit-elle fermement.

Durant quelques instants, le regard bleu perçant de

Tahir soutint le sien, jusqu'à ce que des ondes brûlantes se déploient en elle. Finalement, il hocha la tête.

— En effet. Me fais-tu confiance pour la régler ?

Il n'avait peut-être pas reconnu que le bébé était le sien mais, à cet instant, Annalisa comprit que personne ne les défendrait mieux, elle et son enfant, que Tahir.

— Oui, je te fais confiance, murmura-t-elle.

Chapitre 9

Annalisa inhala à fond l'air frais parfumé de sel. Après cette horrible scène, elle s'était rendue dans le jardin donnant sur la plage privée du palais pour y réfléchir tranquillement.

Mais elle restait indécise. Devait-elle partir ? Et si oui, où aller ? Dans son village natal ? Devait-elle s'attendre au même traitement de la part du reste de la famille ?

Un sanglot lui monta à la gorge. Certainement pas. Ils se montreraient plus charitables. Mais pour l'instant, elle n'avait pas envie d'aller s'en assurer.

— Annalisa ?

Elle se retourna et vit Tahir se diriger vers elle à grands pas. Et aussitôt, un violent frisson naquit au plus profond d'elle-même.

— Merci de t'être occupé de lui. Si tu n'étais pas arrivé…

— N'y pense plus, il est parti, dit-il en lui prenant la main.

Une sensation délicieuse se propagea aussitôt en elle.

— Je suis désolée, fit-elle en baissant les yeux.

— Regarde-moi !

Son ton brusque lui fit relever vivement la tête.

— Tu n'as pas à t'excuser. Je regrette seulement de ne pas être arrivé plus tôt pour l'empêcher de te voir, dit-il. Il ne viendra plus t'importuner. Jamais.

— Merci, dit-elle avec un immense soulagement.

— Tu as reçu un choc, répliqua-t-il, le visage sombre. La gynécologue a insisté : tu dois te reposer.

— Comment sais-tu ce qu'elle a dit ? demanda-t-elle en fronçant les sourcils. Le secret professionnel ne s'appliquerait-il pas au palais ?

Profondément choquée, elle dégagea sa main. Elle avait l'habitude de prendre ses propres décisions, d'être utile et active. A présent, elle avait perdu toute indépendance. Après ce violent entretien avec Saleem, elle découvrait maintenant qu'elle n'avait même plus de droits sur son propre corps.

— J'étais inquiet à ton sujet.

— Vraiment ? riposta-t-elle en le regardant droit dans les yeux.

Aussitôt, des souvenirs troublants déferlèrent en elle.

— C'était impardonnable de ma part de te laisser dans un tel moment. Je suis désolé.

Aussitôt, elle sentit son indignation s'évanouir, remplacée par une immense lassitude. En tant que roi, il avait d'autres responsabilités…

— On avait besoin de toi ailleurs. Je comprends.

— Ce n'est pas une excuse.

Une lueur d'inquiétude sincère traversa son regard.

— Tu devrais aller te reposer, dit-il doucement.

Puis il s'assit à côté d'elle. La proximité de son corps la réchauffait, même aux endroits où ils ne se touchaient pas, et une sorte de force irrésistible l'attirait vers lui. Annalisa respira à fond en tentant de se ressaisir.

— Il est temps que nous résolvions ceci, dit-il enfin.

— De quoi parles-tu ? Tu veux faire effectuer un test ADN pour être sûr que le bébé est de toi ?

— Non. Je sais qu'il est de moi.

Il se redressa.

— Cette nouvelle m'a causé un grand choc, ajouta-t-il.

— Tu as cru que je mentais.

— Ce n'était pas la première fois qu'une femme venait m'annoncer qu'elle portait mon enfant, répliqua-t-il sans la quitter des yeux. Mais c'est la première fois que c'est vrai.

Un goût amer monta aux lèvres d'Annalisa. Ainsi, elle n'était qu'un numéro sur une longue liste. Mais elle, elle n'avait pas été assez calculatrice pour prévenir une grossesse.

— Et maintenant, tu me crois ?

— Oui, parce que je te connais.

Elle aurait tant voulu pouvoir dire la même chose. Tahir la rendait confuse. Etait-il un égoïste sans cœur, ou un homme sensible capable d'éprouver de la compassion ?

— Malheureusement, la visite de ton oncle change certaines choses, reprit-il. A présent, il est impossible de garder notre relation secrète.

— Que penses-tu qu'il va faire ? demanda-t-elle.

— Rien. Il ne dira rien à personne.

Vu son expression, mieux valait ne pas être à la place de Saleem…

— Mais il en a déjà assez dit, reprit-il. Quand ta grossesse commencera à se voir, les gens se souviendront de ses paroles et comprendront que l'enfant est de moi.

C'était stupide, mais elle ne put s'empêcher de ressentir un plaisir secret à l'idée que Tahir ait accepté qu'elle soit enceinte. Qu'il ne lui demanderait pas d'avorter.

— Cela ne se produira que si je reste à Qusay, précisa-t-elle.

— Peu importe, répliqua-t-il d'une voix tendue. Le mal est fait. Où que tu ailles, cela te suivra. Il n'y a pas d'issue.

Il avait parlé d'un ton si sentencieux qu'Annalisa frémit.

— Il n'y a qu'une solution, poursuivit-il lentement. Nous devons nous marier.

— Tu plaisantes ! s'écria-t-elle aussitôt avec incrédulité.

— Tu crois que j'ai le cœur à plaisanter ? riposta-t-il en se levant brusquement avant de faire les cent pas devant elle. Tu crois que j'ai envie de me marier ? Que je n'ai pas pensé à toutes les autres alternatives ?

Un tel dédain se lisait sur ses traits fiers, mêlé à un dégoût profond… Elle se sentit affreusement blessée et humiliée.

Il n'avait aucun désir de l'épouser. Même si elle-même ne se sentait pas prête au mariage, cela ne diminuait en rien la douleur causée par son rejet.

— Je ne savais pas que Saleem allait venir ici, expliqua-t-elle. Et je n'avais pas l'intention d'en parler à quiconque.

Il repoussa ses paroles d'un geste.

— Je sais. De toute façon, cela n'a pas d'importance, ce qui compte, c'est de trouver une solution.

Elle serra nerveusement ses mains l'une contre l'autre en refoulant les souvenirs douloureux qui rejaillissaient en elle. Ceux des rêves qu'elle avait nourris quelques années plus tôt, lorsqu'elle était tombée amoureuse de Toby.

A cette époque, elle s'était attendue à ce qu'il lui demande de l'épouser, mais en vain. Toby était reparti au Canada où il avait accepté un poste de géologue. Au lieu de revenir à Qusay comme il le lui avait promis, elle avait appris quelques mois plus tard qu'il avait épousé une autre femme. Une Canadienne, qui faisait partie de son monde. Pas une femme comme elle, à cheval entre deux cultures et qui, dans l'une comme dans l'autre, était considérée comme une étrangère.

Etait-elle condamnée à demeurer toujours une étrangère, qui ne méritait pas d'être aimée ?

— Le mariage n'est pas la seule solution.

Quand elle se marierait, ce serait par amour. Comme ses parents. Pas par convenance, comme le lui proposait froidement Tahir.

— Que proposes-tu d'autre ? Comptes-tu élever cet enfant illégitime sous mes yeux ?

— Serait-il le premier ? répliqua-t-elle en relevant le menton.

— Je te l'ai déjà dit, fit-il d'un ton cinglant. Aucune autre femme n'a porté mon enfant.

— Je n'ai pas besoin de rester sous tes yeux.

— Tu as l'intention de quitter le pays ?

Se sentant harcelée, elle secoua la tête en silence.

— Tu veux vraiment que notre enfant naisse hors mariage ? reprit-il.

— Non, dit-elle tristement. Mais je ne veux pas que…

— Tu ne veux pas quoi, Annalisa ? l'interrompit-il.

Elle se mordit la lèvre, car elle ne pouvait vraiment pas lui parler des craintes qui l'assaillaient.

Pouvait-elle lui faire confiance ? Remettre son sort et celui de son enfant entre ses mains ? A Qusay, un mari avait tout pouvoir sur son épouse. Sa parole faisait loi.

Et si, en plus, ce mari était le roi…

— Annalisa, regarde-moi. Réponds-moi.

Elle se retourna lentement. Il était tout près d'elle. Même s'il ne la touchait pas, elle se sentait si faible en sa présence… Si seulement il l'avait tenue dans ses bras comme il l'avait fait dans le désert… Elle avait tellement envie de s'abandonner dans sa chaleur. Mais si elle se laissait aller ainsi, elle se retrouverait dans une position encore plus vulnérable.

Elle leva les yeux vers les siens, contempla sa bouche ferme et déterminée.

— Merci de ta proposition, dit-elle d'une voix basse. Mais je…

Brusquement, elle détourna la tête.

— Je ne sais pas. J'ai besoin de temps.

Elle avait *besoin de temps* !

Pensait-elle que sa grossesse resterait indéfiniment invisible ?

Un assaut de culpabilité lui noua le ventre. Il avait cédé à la tentation et c'était elle qui en payait le prix.

Annalisa était si fière, si têtue, qu'elle n'accepterait pas son aide. Le souvenir de la scène avec son oncle lui soulevait le cœur. Il ne pouvait la laisser affronter ce genre de situation seule.

Il se passa la main nerveusement dans les cheveux en faisant les cent pas dans son appartement, en proie à un mélange d'émotions contradictoires.

Depuis quand une femme osait-elle lui résister ? Habituellement, elles tombaient à ses pieds comme des fruits mûrs. Et pourtant, *elle* hésitait.

Il fallait qu'il l'aide. Même si elle ne désirait pas qu'il le fasse. Même si elle ne le désirait pas, lui, Tahir.

Car il ne pouvait la laisser vivre sa grossesse et élever son enfant seule. *Leur* enfant. Il avait peut-être vécu une vie dissolue, mais il n'était pas dénué de tout principe moral.

La société de Qusay n'était pas faite pour les mères célibataires. La scène avec son oncle l'avait confirmé. Elle ne serait jamais bien accueillie, ni l'enfant, surtout quand on saurait que Tahir était le père. Ils avaient besoin de protection, même si l'idée de devenir responsable d'une famille lui était insupportable.

Il se rappela son père, offrant un visage respectable en public, alors qu'en privé, il se comportait en brute cruelle. Un tel homme n'aurait pas dû avoir d'enfant.

Et si Tahir portait la même tare ?

Même s'il n'avait pas le goût de la violence comme son père, comment savoir quelle sorte de mari et de père il ferait ?

Chapitre 10

La réception se déroulait paisiblement et les invités bavardaient en souriant.

Tahir salua un ambassadeur, tout en s'étonnant encore de s'être si bien adapté à son nouveau rôle… Il devait travailler de longues heures, mais ses talents d'homme d'affaires lui rendaient la tâche plus facile.

Sauf avec Annalisa. En effet, elle avait réussi à l'éviter depuis leur dernière conversation, le rendant de plus en plus frustré.

Il promena son regard dans l'immense salon et arrêta ses yeux sur elle. Vêtue ce soir-là d'une robe de soie couleur ambre, elle était plus ravissante que jamais.

A cet instant, elle sourit. De ce sourire qu'elle ne lui avait plus adressé depuis la nuit qu'ils avaient passée ensemble.

Elle souriait à un homme : jeune et beau.

Tahir se raidit. Soudain, elle pencha la tête, comme pour mieux entendre ce que lui disait son compagnon.

Une rage formidable circula dans son sang. Une colère possessive qui exigeait une action immédiate.

Sans se soucier des regards tournés vers lui, il se dirigea à grands pas vers Annalisa. Cette femme était à lui, même si elle refusait de l'admettre, songea-t-il en serrant les poings.

Depuis trop longtemps, il n'avait fait qu'accomplir son devoir. A présent, il était temps d'agir en homme, pas en roi.

— Vraiment ? C'est très intéressant, murmura Annalisa en reculant discrètement d'un pas.

Elle avait apprécié cette conversation jusqu'à ce que l'atmosphère prenne soudain un tour très intime. *Trop* intime. Avait-elle encouragé involontairement son compagnon ? se demanda-t-elle avec appréhension.

Tournant la tête dans l'espoir d'apercevoir Rihana, elle croisa le regard de Tahir qui la contemplait farouchement.

L'homme avec qui elle bavardait se retourna vivement et bafouilla :

— Votre… Votre Majesté…

— Je ne vous dérange pas ? répliqua Tahir après avoir incliné brièvement la tête.

— Bien sûr que non, Sire, s'empressa d'affirmer l'homme.

Son regard passa d'Annalisa à Tahir, puis il recula en murmurant des excuses.

Choquée par le comportement de Tahir, Annalisa sentit une bouffée de colère l'envahir.

— Votre Altesse, dit-elle en inclinant la tête, et d'un ton qui lui montrait clairement ce qu'elle pensait de son attitude.

— Ne t'adresse pas à moi de cette façon, Annalisa.

Elle redressa la tête. Dieu merci, il avait parlé d'une voix à peine audible, si bien que personne d'autre n'avait pu entendre ses paroles.

— Et n'espère pas que quiconque vienne à ton secours, continua-t-il d'un ton mordant. Personne ne bougera. C'est l'un des privilèges de ma position.

— Je ne cherche pas de secours. Pourquoi en aurais-je besoin ?

— Si tu flirtes avec moi comme tu viens de le faire avec cet homme, tu en auras besoin. Et, crois-moi, je ne serai pas aussi facile à évincer, fit-il avec un sourire prédateur.

— Je ne flirtais pas, dit-elle.

Mais elle ne put s'empêcher de rougir.

A cet instant, Tahir se rapprocha d'elle et elle se trouva enveloppée dans sa chaleur. Les battements de son cœur s'accélérèrent. Son corps se souvenait si bien des délices qu'ils avaient partagées, malgré tous ses efforts pour les oublier…

L'atmosphère se mit à vibrer d'une tension à peine supportable. Elle recula, mais il avança en même temps.

— Ne fais pas cela, chuchota-t-elle.

— Pourquoi pas ?

— Tout le monde nous regarde.

— Et alors ? répliqua-t-il avec un sourire glacial. Il va falloir que tu t'y habitues. Puisque tu portes mon bâtard, tu attireras toujours les commérages.

Annalisa réprima un sursaut et sentit son corps se raidir sous le coup. Elle recula de nouveau en posant une main sur sa poitrine pour calmer les battements désordonnés de son cœur. Comment pouvait-il se montrer aussi cruel ?

— Ne parle pas de lui de cette façon, murmura-t-elle.

— Tu ne peux pas regarder la vérité en face, Annalisa ?

Une douleur insupportable l'étreignit. La perspective d'épouser cet homme la terrifiait. Une telle union l'étoufferait, l'anéantirait. Elle et son enfant avaient besoin d'amour, pas d'un mariage dépourvu de tout sentiment.

— L'endroit est mal choisi pour en parler, dit-elle dans un souffle.

— Ah vous voici, mes enfants !

Au son de la voix de Rihana, Annalisa serra fortement les paupières et afficha un sourire tremblant. Puis elle se tourna vers son hôtesse. La reine mère sourit, mais avec une retenue manifeste.

— Tu ne dois pas monopoliser notre invitée, dit-elle à son fils.

Puis, à la grande surprise d'Annalisa, elle lui prit le

bras. Tahir échangea alors avec sa mère un regard tendu qu'elle ne comprit pas.

— Surtout que tu es le centre de l'attention, reprit Rihana avec fermeté. Quoi que tu aies à lui dire, tu le feras en privé. Notre famille a déjà suscité assez de commérages.

Surprise, elle comprit que la reine la protégeait de son fils.

— Tu as raison, Mère, comme toujours, fit celui-ci en s'inclinant.

Ensuite, il se tourna vers Annalisa.

— Comme tu viens de le dire, l'endroit est mal choisi pour cette conversation. Nous la terminerons plus tard.

Puis, après leur avoir adressé un sourire, il s'éloigna de sa démarche à la fois souple et assurée.

— J'espère que vous pardonnerez à Tahir, dit Rihana en lui tapotant la main. Il n'a pas encore appris la patience. Il vit seul depuis trop longtemps.

Lorsqu'elle se tourna vers elle, Annalisa découvrit avec surprise de la tristesse au fond de ses yeux.

— Mais il n'a pas toujours été ainsi, reprit la reine. Et le plus terrible, c'est qu'il n'a jamais obtenu la chose qu'il désirait plus que tout. La seule qui comptait vraiment pour lui.

A quoi faisait-elle allusion ? se demanda Annalisa. Si elle le savait, elle pourrait peut-être commencer à comprendre Tahir ?

Durant un instant, elle crut voir des larmes scintiller dans le regard de Rihana. Mais cela devait avoir été une illusion, car celle-ci avait déjà repris sa contenance. Elle lui tapota de nouveau la main.

— Si vous êtes patiente, je suis sûre que vous découvrirez… qui est vraiment mon fils.

Lorsqu'elle regagna sa chambre en fin de soirée, Annalisa vit une haute silhouette surgir devant elle. Même si elle s'était attendue à voir Tahir, elle sentit son pouls s'accélérer. Sans dire un mot, elle le suivit dans les couloirs vides du palais et ils arrivèrent bientôt dans le jardin où il lui avait demandé de l'épouser.

Avait-il choisi délibérément cet endroit ? se demanda-t-elle, les nerfs tendus. La lune brillait au-dessus de la baie, créant une atmosphère des plus romantique.

Lorsqu'il l'invita à s'asseoir, elle resta immobile.

— Ma mère s'est entichée de toi, dit-il d'un ton neutre.

— C'est une femme charmante et très intéressante, répliqua-t-elle en haussant les épaules. Et puis, elle s'est montrée très aimable avec moi.

— Oui, en effet, fit-il en laissant errer ses yeux sur elle. Et tu n'as pas besoin de te justifier.

Elle se raidit et croisa les bras mais, lorsque sa bouche forma le demi-sourire qu'elle aimait tant, un trouble profond l'envahit.

Brusquement, il se détourna avant de se mettre à marcher nerveusement de long en large.

— Je te demande d'excuser mon comportement de ce soir, reprit-il enfin d'une voix sourde. Je n'ai aucune excuse, surtout en public. Je t'ai vue avec ce type et…

Il fit un geste violent.

Visiblement, il n'avait pas l'habitude de s'excuser. Mais Annalisa sentit qu'il y avait autre chose. Se pouvait-il que Tahir soit… *jaloux* ?

Impossible ! Car cela aurait voulu dire qu'elle comptait pour lui. Or, ce n'était pas le cas.

— Tu n'acceptes pas mes excuses ? demanda-t-il devant son silence.

— Non, je… Enfin, si. Evidemment.

— Bien, dit-il en lui adressant un regard sérieux qui lui rappela l'homme qu'elle avait connu à l'oasis.

Celui dont elle était tombée amoureuse.

Aussitôt, elle s'ordonna d'arrêter de fantasmer. Mais elle ne put supprimer la chaleur que ce regard avait fait naître en elle.

— Tu as eu le temps de réfléchir à ma proposition, poursuivit-il. J'ai été plus que patient.

Le cœur battant à tout rompre, elle soutint son regard et, lorsqu'il lui prit la main, le désir la submergea aussitôt. Toute son indignation et sa souffrance avaient disparu.

— Ce n'est pas ce que nous désirons, toi et moi. Mais nous sommes coincés par les circonstances, dit-il d'une voix grave. Je suis sûr que tu comprends que c'est la seule solution.

Avant qu'elle n'ait pu lui répondre, il leva la main et lui repoussa une mèche de cheveux derrière l'oreille. Surprise par la douceur de son geste, Annalisa retint son souffle.

Il y avait des moments, comme celui-là, où elle désirait tellement lui faire confiance. Oublier ses doutes et ses craintes, accepter sa force, se laisser aller sans plus se poser de questions.

Lentement, il lui caressa la joue, le cou, la gorge. Elle retint un gémissement : elle le désirait avec une telle force, une telle intensité…

— Si nous nous marions, tout ira bien, continua-t-il d'une voix aussi hypnotique que ses caresses. Notre enfant bénéficiera de la protection de notre famille. Tu veux le protéger, n'est-ce pas ?

Incapable de prononcer un mot, elle hocha la tête en silence. La chaleur qui émanait de son regard l'envoûtait. La magie était de retour, songea-t-elle en sentant des vagues d'excitation et de plaisir déferler dans tout son être.

— Le mariage vous protégera tous les deux, Annalisa. Vous serez en sécurité. Tu ne manqueras de rien et tu seras respectée, poursuivit-il. Et tu n'as pas besoin de t'inquiéter, je n'interviendrai pas dans ta vie, sauf en ce qui concerne les obligations royales. Tu vois, tu as tout à gagner de ce mariage de convenance.

Il fallut un temps incroyable pour qu'elle assimile complètement ses derniers mots.

Ainsi, il ne parlait pas d'un vrai mariage. Affreusement blessée, elle eut l'impression d'avoir reçu un coup dans le ventre. Quelle idiote elle avait été, encore une fois !

Vivraient-ils seulement ensemble ? Il aurait des maîtresses, elle n'en doutait pas un instant. Comment le supporterait-elle ? Il les installerait même probablement au palais !

Une nausée atroce lui monta aux lèvres.

— Annalisa ! fit-il d'une voix inquiète.

Sans l'écouter, elle se laissa tomber sur le banc, car toute force avait quitté ses jambes tremblantes.

— Je vais chercher un médecin.

— Non ! protesta-t-elle en s'efforçant de se ressaisir. Je me sens bien, ne t'en fais pas.

Elle le regarda en essayant de lui dissimuler son désarroi. Il lui avait offert son soutien par respect des convenances. Pour la respectabilité. Pour que rien ne vienne troubler l'équilibre du trône. Et non parce qu'il ressentait quelque chose pour elle.

Son cœur se serra douloureusement. Avait-elle le choix ?

Tahir lui offrait la sécurité pour leur enfant.

— Très bien, murmura-t-elle.

C'était la seule solution. Tout le reste n'était que pur fantasme. Et pourtant, elle hésitait encore.

— J'accepte de t'épouser, articula-t-elle enfin avec difficulté.

Chapitre 11

— Parfait. Je savais que tu serais raisonnable, dit-il avant de s'asseoir à côté d'elle sur le banc.

La senteur de sa peau, mêlée à celle de l'air parfumé de sel, l'envahit tout entière. Au-dessus de leurs têtes, les étoiles scintillaient sur un ciel de velours.

Cette nuit était faite pour le romantisme, et Tahir venait de lui dire qu'elle était *raisonnable.* Le mot pesait si lourd dans sa poitrine…

Cependant, lorsqu'il pencha la tête et lui effleura le dos de la main du bout des lèvres, sa caresse la transporta aussitôt dans un autre monde.

Un monde où le désir et l'espoir se réveillaient malgré elle. Pourtant, elle ne devait pas se laisser aller à ses rêveries stupides, songea-t-elle en tentant de retirer sa main. Mais Tahir la garda fermement dans la sienne. Puis il déposa un baiser dans le creux de sa paume.

Il la devinait si bien, se dit-elle en frémissant violemment. A cet instant, la langue de Tahir lui caressa la peau et une coulée de lave brûlante se répandit aussitôt en elle.

Où étaient passées ses résolutions ? Sa force ?

Comme s'il sentait sa faiblesse, il lui embrassa les doigts, puis l'intérieur tendre du poignet, exacerbant ainsi la myriade de sensations délicieuses qui ondoyaient en elle.

Cette fois, lorsqu'elle voulut dégager sa main, il la laissa faire. Mais quand il releva la tête, ce qu'elle découvrit au fond de son regard la fit tressaillir au plus profond de sa féminité.

— Non, Tahir…

Les mots s'éteignirent sous la caresse de ses lèvres, et leurs bouches se mêlèrent bientôt comme s'il s'agissait de la chose la plus naturelle du monde.

Annalisa posa les mains sur son torse dans l'espoir de le repousser… Mais au contraire, elle savoura la sensation de ses muscles fermes sous ses doigts.

Un frisson brûlant la parcourut. Elle avait envie de cette étreinte depuis si longtemps…

Lorsqu'il la serra contre lui, elle se sentit envahie par un vertige délicieux tandis qu'il approfondissait leur baiser. Sans plus tenter de résister, elle s'abandonna aux sensations merveilleuses que lui seul savait faire naître en elle.

Quand elle lui passa les bras autour du cou, il poussa une plainte rauque. Puis il la souleva et l'installa sur ses genoux. Enivrée par sa chaleur, elle sentit une spirale d'excitation se dérouler en elle.

Après avoir glissé la main dans son décolleté, il caressa le bord du tissu lentement, et elle ressentit une véritable ivresse à l'idée qu'il allait déchirer la soie précieuse et les broderies en or pour caresser sa peau nue.

A cet instant, il posa la main sur son sein et en titilla la pointe durcie. Submergée par un déferlement de volupté, elle gémit, tandis que son corps frémissait avec fièvre.

Puis, soudain, Tahir écarta son visage du sien. Ils haletaient tous les deux et, quand elle sentit la preuve de son excitation contre sa hanche, elle s'immobilisa brusquement.

A cet instant, il lui adressa un sourire triomphant et viril. Aussitôt, tout enchantement disparut et Annalisa revint brutalement à la réalité.

— Tu ne veux pas ? fit-il d'une voix chaude et sensuelle.

Que lui arrivait-il ? Où était passée sa fierté ? Sa maîtrise d'elle-même ? se demanda-t-elle soudain avec honte.

Avec horreur, elle se rappela qu'elle ne représentait rien pour lui. Aussitôt, elle retrouva ses forces et le repoussa vivement. Cette fois, il se raidit et lui lança un regard noir.

Annalisa se leva et dut s'appuyer au dossier du banc car ses jambes tremblaient.

— Tu ne veux pas m'embrasser ?

— Non !

Visiblement, il ne la croyait pas.

— C'était une erreur, reprit-elle d'une voix mal assurée. Je… je ne veux pas que tu me touches.

Son regard soutint le sien. Devinait-il à quel point elle était proche de la capitulation totale ?

— Comme tu voudras.

Elle s'était si peu attendue à ces paroles qu'il lui fallut quelques instants pour les assimiler.

Mais le problème, c'était que, justement, elle *voulait* l'embrasser. Elle mourait d'envie qu'il la touche. Qu'il lui montre qu'il ressentait quelque chose pour elle, même si ce n'était qu'un pâle reflet de ce qu'elle éprouvait pour lui.

Cependant, il fallait qu'elle tienne bon. Qu'elle maîtrise ses émotions.

— Je vais mettre au point les préparatifs du mariage, dit-il. Tu n'auras à te préoccuper de rien. Repose-toi.

Ce brusque changement la laissa étourdie. Pouvait-elle l'épouser après cela ? Ne venait-il pas de lui prouver qu'il était encore plus dangereux qu'elle ne le pensait ?

— Je ne sais pas si…

— Plus d'hésitations, Annalisa, l'interrompit-il d'un ton sans appel. Nous nous marions, pour le bien-être de l'enfant.

Ses épaules s'affaissèrent. Elle devait se rappeler qu'ils se mariaient *uniquement* pour le bébé.

— Etant donné les circonstances, ce sera une cérémonie discrète, continua-t-il. Je suppose que tu ne désires pas te marier en grande pompe ?

Elle esquissa un sourire triste. S'ils s'étaient mariés par amour, elle aurait adoré un grand mariage. Mais tout espoir d'amour s'était évanoui comme un mirage. L'homme merveilleux qu'elle avait connu dans le désert avait disparu. Le vrai Tahir n'éprouvait aucun véritable intérêt pour elle.

— Annalisa ? Veux-tu inviter quelqu'un ?

Elle se tourna vers lui et secoua la tête en silence.

— Personne ? Je sais que tes parents sont morts, mais tu as de la famille ?

— J'étais proche de mon grand-père mais il est mort récemment, lui aussi. Le reste de ma famille se trouve à l'autre bout du pays. Ils ne sont pas comme Saleem, mais…

Mais elle ne savait pas comment ils réagiraient en apprenant la nouvelle de ce mariage.

— Mon père et moi formions un tandem, poursuivit-elle. Nous nous occupions beaucoup de la communauté et connaissions tout le monde, mais nous n'avions pas vraiment d'amis.

Sauf les scientifiques et les universitaires éparpillés aux quatre coins du globe.

— De toute façon, ajouta-t-elle après un instant, je n'ai jamais eu de vrais amis. J'étais différente. Je m'habillais et parlais différemment. Je jouissais de libertés dont mes semblables étaient privés. Même si je suis née ici, je n'y ai jamais été à ma place.

— Tu es seule, fit Tahir d'une voix étrange, comme s'il avait compris ce qu'elle avait voulu dire.

— Et toi ? répliqua-t-elle pour détourner la conversation. Ta famille et tous tes amis assisteront-ils au mariage ?

— Non, pas vraiment, répondit-il d'un ton amer.

— Mais tu es le roi ?

— Je suis le fils indigne, l'étranger, dit-il avec un sourire dénué d'humour. Je n'étais pas venu à Qusay depuis onze ans. Depuis que mon père m'a banni pour mon comportement scandaleux.

Banni ? Elle n'en avait rien su.

— Tu ne le savais pas ? murmura-t-il en observant son visage avec une attention extrême.

— Non. Mais durant toutes ces années, tu dois bien être resté en contact avec ta famille, même si ton père…

Son expression était si sombre qu'elle se tut.

— Il n'y a eu aucun contact. Mes frères ne savaient même pas où j'étais et, au début, je n'avais pas les moyens de m'offrir des appels longue distance. Après, je n'y voyais plus d'intérêt. La rupture était consommée.

Annalisa sentit la tête lui tourner. Au moment de son exil, il avait… dix-huit ans…

— Je suis parti sans un sou, continua-t-il. J'ai bâti ma richesse grâce à la chance, autour des tables de jeu, et avec beaucoup de travail, tout simplement. Je suis sûr que mon père a été très surpris — et très déçu — d'apprendre que j'avais réussi, au lieu de disparaître ou de mourir.

Elle dut serrer les poings pour ne pas tendre la main vers lui. Elle aurait tant voulu apaiser la souffrance qu'elle voyait dans ses yeux. Mais elle ne céderait pas à cette impulsion. Elle n'en avait pas le droit et, de toute façon, il serait furieux qu'elle ait deviné sa souffrance.

Soudain, elle se rappela sa douceur, avant qu'il recouvre la mémoire. Il avait compris son chagrin alors qu'elle avait tout fait pour le dissimuler. Elle se souvint de sa compassion, de l'humour dont il avait fait preuve pour alléger sa tristesse.

Il avait surgi du désert, plus préoccupé de la survie d'un petit animal que de la sienne propre. Il avait traité Annalisa avec tant de gentillesse et de respect…

Quel était le vrai Tahir ?

Etait-il possible que l'homme dont elle était tombée amoureuse dans le désert soit encore là, au fond de lui ?

— Mais ta mère sera présente, murmura-t-elle.

Il se raidit et son visage se fit plus dur encore.

— Elle sera invitée. Libre à elle de venir ou pas.

Après s'être interrompu un instant, il reprit d'une voix neutre :

— Mes frères sont occupés par leurs affaires et leurs nouvelles épouses. Rafiq est en Australie et Kareef au Qais. Ce sera un mariage modeste. Je te donnerai les détails en temps voulu.

Sur ces mots il se leva, lui signifiant ainsi clairement que la discussion était close. Puis il lui fit signe de passer devant lui pour retourner au palais.

— Ainsi, tu passé un bon moment avec les invités, hier soir ? murmura Tahir en acceptant la tasse de thé que lui tendait sa mère.

Les appartements de Rihana n'étaient pas le lieu idéal pour rencontrer Annalisa, mais il ne se faisait pas assez confiance pour se retrouver seul avec elle.

Lorsqu'il l'avait embrassée dans le jardin, la veille au soir, toutes ses résolutions s'étaient envolées en un clin d'œil. Il aurait pu la prendre là, sur le banc de pierre ! Mais la tristesse visible au fond des yeux de la jeune femme l'en avait empêché.

— Oui, répondit-elle. La réception était très réussie.

Elle était pâle et des ombres mauves soulignaient ses beaux yeux. Une vague de culpabilité l'assaillit de nouveau. Dans un moment d'égarement, il avait anéanti l'avenir d'Annalisa. En outre, il s'était piégé lui-même et allait se retrouver prisonnier du joug marital.

Un frisson le parcourut à cette perspective. Il avait toujours eu une horreur viscérale de tout engagement. Et pourtant, il le fallait.

Il ferait de son mieux pour la soutenir.

Soudain, il fut frappé par une découverte. Ces derniers temps, il avait été très occupé par l'apprentissage de son rôle de monarque. Et pas une seule fois il ne s'était ennuyé. Il s'était retrouvé confronté au défi, il avait traversé des moments de frustration, mais à chaque avancée, il s'était senti envahi par un vrai contentement.

Non, il ne s'était jamais *ennuyé*.

— Tahir ?

Deux paires d'yeux le dévisageaient avec perplexité.

Faisant un effort sur lui-même, il se mêla à la conversation, mais sans vraiment entendre ce qui se disait.

Il fallait qu'il mette un terme au fossé qu'il avait créé entre lui et Annalisa. Elle semblait si crispée… Ce n'était pas bon, ni pour le bébé ni pour elle.

Mais franchir ce fossé le rendrait vulnérable.

Annalisa le faisait douter de ses certitudes. Elle le faisait… ressentir des émotions auxquelles il n'était pas habitué. Comme la jalousie, la veille au soir. Celle-ci l'avait terrassé, annihilant toute sa raison.

— Qu'en penses-tu, Tahir ? demanda sa mère. Un système de santé décentralisé a-t-il vraiment des chances d'être instauré ?

Apparemment, elles venaient de parler des problèmes engendrés par le système actuel. C'était tout à fait le genre de sujets qui passionnait Annalisa, songea-t-il avec fierté.

— Puisque cela t'intéresse, viens à la prochaine réunion du comité qui travaille sur ce projet.

Sa proposition fut accueillie par un silence.

— Ce n'est pas habituel, dit sa mère. Normalement, seuls les officiels y participent.

Comme s'il ne le savait pas ! Bon sang, il en avait assez de toute cette bureaucratie ! Puisqu'il était obligé de gouverner ce pays, il le ferait *à sa façon* !

Tahir se pencha en avant.

— L'un de mes secrétaires vous informera toutes les deux de la date de la prochaine réunion.

— Oh, mais je ne pense pas…, commença Annalisa.

— Si, justement, tu *penses*, Annalisa, l'interrompit-il. Et c'est pour cela que je veux que tu sois présente.

Il était parfaitement sincère. D'autre part, il était persuadé que celui lui donnerait l'occasion de penser à autre chose qu'à sa grossesse. Après avoir mené une vie très active, se retrouver à ne rien faire ne lui convenait certainement pas du tout.

— Mère, dit-il en se tournant vers celle-ci, savais-tu qu'Annalisa a joué un rôle très actif dans le domaine médical, dans nos provinces ?

— Oui, répondit la reine mère avec un léger sourire. Et sa présence sera très utile. C'est une bonne idée.

Eh bien, sa mère semblait presque l'approuver avec chaleur… Quelle révolution !

— Mais je ne peux pas, murmura Annalisa. Je ne suis pas…

— Je serai très heureux que tu fasses partie du comité, l'interrompit-il de nouveau en se penchant vers elle. Et puis, ma mère sera présente à tes côtés.

La jeune femme cligna rapidement des yeux tandis qu'une adorable rougeur lui montait aux joues.

Un sentiment de triomphe emplit Tahir. Non, il ne lui était pas indifférent, même si elle rechignait à l'épouser.

Et puisqu'ils allaient se marier, il avait bien l'intention de profiter de *tous* les avantages de ce mariage. Bientôt, très bientôt, elle lui accorderait tout ce qu'il désirait.

Chapitre 12

Il s'appuya au dossier de son siège avec satisfaction. Depuis qu'Annalisa faisait partie du comité, le projet avait avancé deux fois plus vite qu'auparavant.

Elle avait réussi là où les officiels avaient échoué, obtenant l'approbation des responsables résidant dans les provinces les plus reculées. Par conséquent, le projet promettait de remporter un succès total.

Sa future femme était vraiment très douée. Non seulement elle réussissait à communiquer avec tout le monde, mais elle était également très intelligente et attentionnée.

Et elle l'excitait comme aucune autre femme.

A son grand étonnement, sa grossesse ne diminuait pas son désir. Au contraire, son état suscitait en lui des réactions brûlantes et possessives, si bien qu'il avait de plus en plus de mal à garder ses distances avec elle.

Cependant, même s'il dormait à peine, hanté par toutes sortes de rêves érotiques, cette retenue obligée lui procurait une satisfaction étrange. Parce qu'il avait l'impression de faire ce qui était *juste*. Et, à la voir resplendir et reprendre confiance en elle, il obtenait la certitude qu'il avait raison.

Il la regarda, penchée au-dessus des documents concernant le projet. Sans faire de bruit, il se leva et se posta derrière elle.

Le parfum de miel qui émanait de sa peau lui monta aux narines, faisant naître un tremblement sourd au fond de son être. Il inspira profondément cette senteur à nulle autre pareille, tout en réprimant son désir d'attirer la jeune femme contre lui.

Concentrée sur sa tâche, elle affichait une moue inconsciemment sensuelle, qui lui donnait envie de mordiller sa lèvre inférieure, jusqu'à ce qu'elle gémisse de plaisir.

Il désirait être avec elle, la posséder, la voir lui sourire…

Annalisa avait senti la présence de Tahir et, d'une main tremblante, elle reposa le document qu'elle était en train d'étudier.

— Viens, dit-il en lui prenant le coude pour l'inviter à se lever. Viens t'asseoir à côté de moi.

Puis il l'entraîna vers le coin repos installé au fond de son bureau. Automatiquement, Annalisa jeta un regard vers la porte : elle était fermée. Une vague de chaleur circula dans ses veines au souvenir de ce qui s'était passé la dernière fois qu'ils s'étaient trouvés seuls.

— Personne ne viendra nous déranger, dit-il.

Mais ses paroles ne la rassurèrent pas. Car elle se sentait terriblement excitée par sa proximité et la lueur sauvage qui éclairait son regard.

Depuis qu'il l'avait embrassée dans le jardin, elle se sentait sur des charbons ardents. Secrètement, elle avait souhaité qu'il revienne dans sa chambre comme le premier soir où elle avait dormi au palais.

Décidément, Tahir restait une énigme pour elle. Mais à présent, elle avait découvert en lui tant de raisons de l'admirer…

Il était un leader né. Doté d'une énergie fabuleuse, il possédait un charisme extraordinaire qui lui ralliait tout le monde. En outre, sous ses airs cyniques et en dépit de sa réputation scabreuse, elle soupçonnait qu'il était un véritable homme d'honneur.

Une fois qu'Annalisa fut assise sur le divan bas, il s'installa à côté d'elle, *tout près* d'elle.

Remarquait-il que son souffle devenait de plus en plus rapide ? se demanda-t-elle en refoulant un accès de panique.

— La date de notre mariage est fixée.

Leur mariage. Elle respira à fond tandis que son pouls battait la chamade.

— Quand aura-t-il lieu ? demanda-t-elle d'une voix faible.

Il ne fallait surtout pas qu'elle oublie qu'il ne s'agissait que d'un mariage de convenance, se dit-elle aussitôt.

Mais avec Tahir penché vers elle et lui prenant la main, elle ne pouvait réprimer le tumulte de sensations qui se déployait en elle.

— Dans une semaine. Nous serons alors mari et femme.

Du pouce, il lui caressa soudain l'intérieur de la main, provoquant ainsi des frissons sur sa peau. En même temps, le désir se mit à palpiter doucement au creux de sa féminité.

— Visiblement, ta mère n'est pas au courant, fit-elle pour faire diversion. Quand comptes-tu lui en parler ?

Sans doute n'était-il guère impatient d'annoncer la nouvelle de son mariage parce qu'il ne désirait pas vraiment l'épouser. Il était *obligé* de le faire.

L'air soudain distant, il recula légèrement.

— Etant donné ton hésitation, j'ai préféré garder le silence pour l'instant.

— Mais… c'est ta mère ! Elle doit se demander ce qui se passe !

— Elle sait que je désire que tu restes. Elle n'a pas besoin de connaître tous les détails de nos projets.

Surprise par la dureté de son ton, elle le regarda avec perplexité. Quelle sorte de relation entretenait-il donc avec sa mère ?

— Pourquoi ne l'aimes-tu pas ? chuchota-t-elle.

Stupéfaite d'avoir osé poser la question, elle se figea.

La main de Tahir se resserra sur la sienne comme un étau tandis que toute chaleur se retirait de son visage.

— Excuse-moi, reprit-elle rapidement. Cela ne me regarde pas…

— Tu te trompes, répliqua-t-il d'une voix horriblement sourde. C'est ma mère qui ne m'aime pas.

Dénué de toute émotion, son visage ressemblait à un masque de pierre. Pourtant, elle sentait une souffrance immense émaner de lui. Elle était là, palpable.

Puis, soudain, un sourire ironique se forma sur ses lèvres.

— Je ne suis pas vraiment un fils modèle, dit-il d'un ton détaché. J'ai déçu mes parents dès mon plus jeune âge.

Annalisa sentit son cœur se serrer douloureusement. Après avoir dégagé ses mains, elle osa les poser sur les avant-bras de Tahir.

— Je ne te crois pas.

Il lui adressa un regard glacial mais elle ne détourna pas les yeux. Elle agissait d'instinct, obéissant à ses émotions.

— Je ne vois pas comment tu pourrais le savoir, répliqua-t-il calmement.

— Je sais que ta mère t'aime, affirma-t-elle en redressant le menton.

Il haussa les épaules, puis il reprit son attitude arrogante.

— Je te suis reconnaissant de tes bonnes intentions, mais tous les parents ne sont pas comme les tiens, Annalisa.

— Je le sens dans la façon dont elle parle de toi, insista-t-elle, refusant d'abandonner.

Devant le regard stupéfait de Tahir, elle continua :

— Elle parle de vous trois. Elle est si fière de ses fils. Elle les trouve si forts, si dignes…

Il la contemplait avec une telle incrédulité qu'elle prit ses mains dans les siennes. Il *fallait* qu'il l'écoute.

— C'est vrai ! Elle dit que vous êtes différents mais

que vous avez en commun la force, la détermination, la passion, la fierté. L'honneur.

— Tu me confonds avec quelqu'un d'autre.

— Elle dit aussi que tu as repris le trône alors que tu ne le désirais absolument pas. Que tu t'y es résolu parce que tu as compris que c'était ton devoir.

Sans se laisser troubler par son air de plus en plus stupéfait, elle poursuivit.

— Elle m'a raconté que, même quand tu étais loin d'ici, tu finançais des organismes qui s'occupent d'enfants défavorisés et maltraités, ici à Qusay.

— Elle le savait ? demanda-t-il d'une voix étouffée.

Annalisa sentit son cœur se serrer. Elle aurait tant voulu l'apaiser, lui caresser la joue, les cheveux. Il avait l'air abasourdi, ébranlé au plus profond de lui-même.

Soudain, il retira brutalement ses mains des siennes.

— Quand on est riche, c'est facile de se montrer généreux.

Refusant de se laisser intimider, elle répliqua :

— Tu n'as donc pas remarqué la façon dont elle te regarde ?

Au début, elle avait été déconcertée devant l'attitude de Rihana. Alors qu'elle s'adressait à son fils avec un détachement poli, elle le couvait véritablement des yeux lorsqu'il ne la regardait pas. Puis elle avait compris qu'ils étaient séparés par une blessure probablement ancienne, mais encore très vivace.

— J'ai peut-être compté pour elle autrefois, dit-il d'une voix crispée. Mais c'était il y a très longtemps. Jusqu'à mon retour récent à Qusay, ma mère ne m'avait pas adressé une seule fois la parole. Ni durant mon exil, ni au cours des années précédentes.

Une lueur glacée traversa son regard.

— Même le jour où mon père m'a banni, elle a refusé

de me parler. Alors, tu comprendras que j'aie du mal à te croire.

Brusquement, il se leva et se dirigea vers la porte.

— Je ne mens pas, Tahir, tu le sais, dit-elle en se levant à son tour.

Elle aurait été incapable de l'expliquer, mais elle était certaine que Rihana aimait son fils.

— Tu devrais peut-être lui demander pourquoi elle refusait de te parler, ajouta-t-elle après avoir rassemblé tout son courage.

Durant un bref instant, il s'arrêta sur le seuil de son bureau.

— Le sujet est clos, dit-il d'une voix sombre. Je ne veux plus en entendre parler.

Puis il sortit en laissant la porte ouverte derrière lui.

Incapable de se calmer, Tahir se dirigea vers une autre aile du palais et sortit bientôt dans le jardin. « Ta mère t'aime. » Il était véritablement hanté par les paroles d'Annalisa.

Il avait cessé d'y croire depuis des années. Puis cela n'avait plus eu d'importance. Il était devenu adulte. Il avait survécu, seul — totalement seul.

Il n'avait pas besoin d'être aimé.

Soudain, il s'immobilisa. Il se souvenait des bras doux et chauds de sa mère, et des sourires tendres qu'elle lui adressait lorsqu'il était petit. Seulement quand ils étaient seuls. Et au fur et à mesure que les années avaient passé, elle était devenue de plus en plus distante avec lui.

Comment aurait-il pu l'en blâmer ?

Il s'était efforcé de plaire à son père, mais quand il était devenu évident qu'il n'y parviendrait jamais, que celui-ci le détestait, Tahir avait plongé dans l'excès avec une ardeur qui avait rivalisé avec celle de son géniteur.

Nerveusement, il se passa une main sur le visage. Il n'était pas de ceux qui inspiraient de l'amour. Ni de ceux qui le recherchaient. L'amour n'était que chimère et ce n'était pas pour lui.

Dans son innocence, Annalisa s'imaginait que les liens familiaux étaient forcément doux et chaleureux. Mais ce qui le frappait, c'était que, l'espace d'un instant, il avait *désiré* la croire, dans toutes les fibres de son corps.

Lui, Tahir Al'Ramiz ! Fils dépravé d'un père dépravé. Lui pour qui personne ne comptait.

Sauf une jeune femme aux yeux tendres et à l'esprit indomptable.

Cette révélation était si inattendue qu'il se sentit vaciller et dut se raccrocher au dossier d'un banc.

Annalisa comptait pour lui… Et terriblement…

Combien de temps resta-t-il immobile ainsi, tandis que des sensations inconnues bouillonnaient en lui ? Il aurait été bien incapable de le dire.

Secouant soudain la tête comme pour émerger d'un rêve éveillé, il regarda autour de lui et se rendit compte qu'il se trouvait devant les appartements de sa mère.

Par hasard ? Par un choix inconscient ?

Son cœur se mit à battre follement et il se détourna pour s'en aller, mais il s'arrêta. Les paroles d'Annalisa résonnaient dans sa tête.

Sans pouvoir s'en empêcher, il s'approcha de la porte et frappa du poing contre le lourd panneau de bois. Quand la voix de sa mère répondit, il se força à tourner la poignée et entra.

Rihana leva les yeux de son livre et, pendant un bref instant, il vit une lueur heureuse traverser son regard. Puis son expression retrouva sa placidité habituelle.

Tahir respira profondément et avança dans le jardin d'hiver de sa mère.

— Annalisa n'est pas là, malheureusement, dit-elle d'une voix calme. Si tu veux revenir plus tard, je l'attends pour le thé.

— Je sais, dit-il d'une voix rauque.

Il toussota avant d'ajouter :

— C'est toi que je suis venu voir.

Cela faisait maintenant plusieurs heures que Tahir était avec sa mère. Il se sentait dans un état étrange, comme si son équilibre intérieur s'était modifié.

Sa mère leva les yeux de l'album et lui adressa un chaud sourire qui l'enveloppa comme une caresse.

C'était incroyable : elle possédait une quantité inouïe de photos dont il ignorait l'existence. On l'y voyait à cheval, sur la plage, sautant d'une jeep au retour d'une excursion dans le désert, avec un sourire timide sur son visage d'adolescent.

Annalisa avait eu raison. Sa mère n'avait jamais cessé d'aimer son plus jeune fils. Il avait été trop pris dans son amer combat contre son père pour comprendre à quel point la haine de celui-ci avait affecté Rihana, et l'avait contrainte à dissimuler ses sentiments.

Il lui rendit son sourire et la regarda. Il se sentait… submergé, comme si toutes les émotions qu'il avait appris à refouler refluaient maintenant avec trop de force.

— Mère, je…

A cet instant, un craquement sourd se fit entendre. Il se leva aussitôt et vit les murs et le plafond trembler. Un jour, il avait assisté au même phénomène au Japon.

— Un tremblement de terre ! s'exclama-t-il en prenant la main de sa mère pour qu'elle se lève. Vite, viens par ici.

Puis il l'entraîna dans la cour en la portant à moitié.

Le bruit sinistre avait maintenant cessé, mais au loin, il entendit un vacarme assourdissant. S'agissait-il d'un autre tremblement ou de la chute d'un bâtiment ? Instinctivement, il serra Rihana contre lui pour la protéger. Regardant le toit, il n'y vit aucun dégât. Il n'entendit pas non plus de cris.

— Assieds-toi ici, ordonna-t-il en la poussant doucement vers un banc. Je reviendrai vite m'occuper de toi, ou j'enverrai quelqu'un.

— Tahir !

Lorsqu'il se retourna, il découvrit une telle inquiétude sur les traits de sa mère qu'il eut envie de rester avec elle pour la rassurer. Mais il devait aller voir si d'autres avaient eu moins de chance qu'eux.

— Sois prudent, murmura-t-elle.

Ces deux simples mots lui firent chavirer le cœur. Après être revenu vers elle, il la prit doucement dans ses bras avant de l'embrasser sur la joue.

— Je ferai attention, ne t'en fais pas. Mais surtout, reste ici et attends-moi.

Il y avait des dégâts considérables. Pas au palais même, mais dans la vieille ville, qui avait été sérieusement touchée. De vieux immeubles et des murs d'adobe s'étaient écroulés dans les ruelles, rendant les opérations de sauvetage encore plus difficiles.

Heureusement, le séisme s'était limité à la capitale, épargnant les provinces du royaume.

En fin d'après-midi, Tahir s'affairait encore à diriger les opérations et à rassurer. Mais sous son calme apparent, une crainte atroce lui glaçait le cœur, menaçant de paralyser son cerveau.

Car Annalisa avait disparu.

Le palais et les jardins avaient été fouillés dans leurs moindres recoins, ainsi que les rues alentour.

Avait-elle regagné sa province, blessée par leur dernière entrevue ? La culpabilité le taraudait sans répit. C'était sa faute si elle était partie. Il s'était montré brutal avec elle. Il l'avait punie pour avoir tenté de combler le fossé qui s'était creusé entre lui et sa mère.

Jamais il ne s'était senti aussi impuissant. Si quelque chose arrivait à Annalisa…

Finalement, il décida d'aller marcher un peu avant la tombée du jour. Il fallait qu'il fasse une pause. Dans les rues, les gens le saluaient avec respect. En vérité, c'était le désir de retrouver Annalisa qui le guidait.

Il avait presque perdu espoir quand il parvint dans une zone particulièrement touchée par le séisme. Des blessés étaient allongés sur des civières improvisées, et des lampes avaient été installées autour du site, pour aider les équipes de secours.

Soudain, son regard fut attiré par une silhouette penchée au-dessus d'une victime. Une lampe projetait des reflets dorés sur la chevelure de la femme qui lui tournait le dos. D'un geste impatient, elle repoussa ses longues tresses d'un geste familier à Tahir.

Aussitôt, il sentit une émotion inouïe lui monter à la gorge et s'avança parmi les gravats. A cet instant, elle se retourna et s'appuya à un restant de mur pour se soutenir. Non seulement ses vêtements étaient chiffonnés et sales, mais surtout, une marque brun foncé maculait son chemisier.

Horrifié, il se rendit compte que c'était du sang. Lorsque soudain elle vacilla dangereusement, il se mit à courir. Il arriva juste à temps pour la recevoir dans ses bras avant qu'elle ne s'effondre sur le sol.

Le cœur battant à tout rompre, il la serra contre lui. Elle était chaude, merveilleuse — et vivante.

Il regarda autour de lui à la recherche d'un médecin mais elle ouvrit les yeux et lui dit :

— Repose-moi par terre, s'il te plaît. J'ai du travail.

— Du travail ? s'exclama-t-il en contemplant son visage exténué.

— J'aide à soigner les blessés. Il faut que tu me laisses.

— Mais toi aussi, tu es blessée, fit-il, terrifié par l'intensité des émotions qu'il ressentait.

— Ce n'est pas mon sang, Tahir.

Sans l'écouter davantage, il s'adressa à un médecin aux cheveux blancs. Celui-ci lui expliqua qu'Annalisa était là depuis longtemps, mais qu'elle n'était pas blessée.

Cependant, il ne pouvait se résoudre à la lâcher. Son instinct lui dictait d'ignorer ces paroles rassurantes et la demande d'Annalisa.

— Tu dois te reposer. Tu es enceinte. L'aurais-tu oublié ?

A ces mots, le silence se fit autour d'eux. Puis le médecin l'approuva et remercia Annalisa avant de lui dire qu'elle en avait assez fait et pouvait aller se reposer. De toute façon, ils allaient emmener les blessés à l'hôpital, ajouta-t-il.

Sans plus attendre, Tahir reprit le chemin du palais avec son précieux fardeau.

— Tahir..., fit-elle, sans plus aucune trace de colère dans la voix, je peux marcher, et je me sens parfaitement bien, je t'assure.

Mais il continua d'avancer en la tenant serrée dans ses bras. Il ne voulait pas la lâcher. Il ne la laisserait pas partir. Jamais plus.

Cette certitude l'aveugla avec une clarté éblouissante : il ne pouvait pas la laisser partir, car il avait *besoin* d'elle.

Chapitre 13

Lorsque Annalisa se réveilla, il était déjà tard. En dépit de son extrême fatigue, elle n'avait pas beaucoup dormi, passant et repassant les événements de la veille dans son esprit : le tremblement de terre, les blessés…

Et Tahir, surgissant soudain de nulle part et la prenant dans ses bras. A ce souvenir, son cœur tressaillit.

Il s'était conduit avec une détermination farouche et elle avait rapidement compris qu'elle n'avait pas la moindre chance de lui échapper. Mais désirait-elle encore partir ?

Dans ses bras, elle se sentait exactement à sa place.

Il ne l'avait lâchée que lorsqu'ils étaient arrivés dans sa chambre. Puis il ne s'était écarté d'elle qu'après l'avoir déposée sur son lit. Et lorsqu'un serviteur lui avait apporté un repas léger pendant qu'une femme de chambre lui faisait couler un bain, il était encore resté à côté d'elle.

Le visage indéchiffrable, il l'avait contemplée en silence.

Une tension puissante avait vibré entre eux. Une tension qu'elle n'avait pu vraiment identifier, mais qui avait fait couler une lave brûlante dans ses veines.

Quand la femme de chambre avait annoncé que son bain était prêt, il s'était éclipsé brusquement.

Lorsqu'il la regardait de cette façon, elle sentait tous ses doutes fondre. Etait-elle stupide de se laisser aller ainsi à l'espoir ? L'attitude de Tahir était-elle seulement destinée à protéger leur enfant ?

Pourtant… elle ne pouvait s'empêcher d'espérer qu'il s'agissait d'autre chose.

Un peu plus tard, en sortant de la salle de bains, elle vit une haute silhouette se détacher de la fenêtre.

— Tahir ?

Le désir l'enflamma tout entière. Cela faisait si longtemps qu'elle le réprimait… La veille au soir, quand il l'avait tenue serrée dans ses bras, ce désir l'avait embrasée.

Elle voulait appartenir à Tahir.

Toutes ses craintes s'effaçaient devant les sentiments qu'elle éprouvait pour lui. Comme si, soudain, sa logique habituelle ne fonctionnait plus. Des sensations délicieuses naissaient en elle et fusaient dans toutes les cellules de son corps. Une chaleur intense s'épanouissait et se répandait entre ses cuisses.

Tahir était si magnifique, si grand et viril, et si séduisant avec son pantalon noir et sa chemise blanche. La mâchoire serrée, il la contemplait avec une lueur étincelante au fond des yeux. Fascinée, elle ne pouvait détourner les siens de son beau visage.

Elle le rejoignit et une fois qu'elle fut devant lui, il posa la main sur son épaule. Il avait l'air farouche, impressionnant, mais elle ne ressentait aucune peur. Car il y avait aussi de la chaleur dans son expression. Une chaleur délicieuse.

D'instinct, elle comprit qu'il luttait avec lui-même. Elle n'avait que très peu d'expérience, mais elle devina qu'elle exerçait un pouvoir sur lui. Le même que celui qu'il exerçait sur elle.

Même s'il était le roi, dans le domaine de l'intimité, ils étaient égaux. Cette découverte lui donna une force inconnue.

— Tahir ? répéta-t-elle doucement.

Il laissa retomber son bras et un soupir s'échappa de ses lèvres.

— *Habibti.*

« Ma chérie. » Il avait prononcé ces mots d'une voix qu'elle ne lui avait jamais entendue.

Soudain, elle remarqua les ombres qui soulignaient ses yeux. Etait-il resté debout toute la nuit ?

Elle ouvrit la bouche pour lui demander où en étaient les opérations de secours, mais il lui posa un doigt sur les lèvres. Sa senteur virile l'inonda. La senteur de Tahir. Un violent frisson l'ébranla, tandis que l'émotion qu'elle lisait sur ses traits fatigués balayait tous les souvenirs de leur passé tumultueux.

Durant un long moment, ils restèrent ainsi face à face, attirés l'un vers l'autre par une force si puissante qu'elle semblait remplir toute l'atmosphère.

Puis, incapable de résister plus longtemps, Annalisa leva la main vers lui. Un muscle tressaillit à sa joue tandis qu'il la dévorait du regard.

Elle avait besoin de le toucher, de vérifier que ce qui se passait était bien réel.

Avant qu'elle n'ait pu poser la main sur son visage, il la prit dans ses bras et l'attira contre lui avant de la serrer avec passion, comme s'il voulait ne plus jamais la lâcher.

Sous son oreille, elle sentit le cœur de Tahir battre violemment. Submergée par un torrent d'émotions, elle ferma les yeux pour refouler les larmes qui se pressaient à ses paupières.

Doucement, Tahir lui saisit le menton et releva son visage vers le sien, puis il prit sa bouche avec une ardeur sauvage. Et bientôt, sa langue fouilla sa bouche, comme s'il réclamait son dû.

Il la désirait autant qu'elle le désirait.

Annalisa répondit à sa fougue avec passion, se haussant

sur la pointe des pieds pour enfouir les mains dans ses cheveux épais et doux.

Avec un gémissement sourd, il lui fit creuser les reins tandis que ses jambes puissantes entouraient les siennes avec impatience. Elle s'abandonna à son ardeur, envahie par une vague chaude et délicieuse. Le désir se faisait de plus en plus exigeant.

Quelques instants plus tard, elle se retrouva sur le lit et Tahir s'installa au-dessus d'elle. Une telle passion étincelait dans ses yeux bleus… Rien qu'à les regarder, Annalisa se sentait transportée dans une spirale menant au paradis.

— Tahir…

Désir et espoir étaient contenus dans ce seul mot. A présent, elle se moquait éperdument de dissimuler ses sentiments. Tout lui semblait juste, à sa place.

Elle se détendit complètement, prête à l'accueillir en elle.

— *Habibti*, dit-il de nouveau.

Sa voix s'insinua en elle, l'enveloppa, réchauffant les moindres recoins de son corps, tandis qu'une émotion d'une intensité inouïe l'envahissait.

C'était de l'amour. Et elle ne pouvait plus le dissimuler.

Elle se souvint de la frayeur qui s'était lue sur le visage de Tahir la veille au soir, elle se rappela la façon dont il l'avait serrée dans ses bras. A présent, elle voulait l'apaiser et chasser toute inquiétude.

Après avoir posé la main sur son visage, elle suivit doucement sa mâchoire virile. Puis elle remonta jusqu'à ses pommettes, lui caressa le front, les oreilles, le nez, les lèvres. Elle étudiait son visage comme une aveugle, gravant chaque détail dans sa mémoire.

Quand elle sentit sa langue lui caresser la paume de la main, elle s'immobilisa. Il déposa alors un baiser brûlant sur sa peau.

Puis il s'écarta d'elle et se leva, la laissant abandonnée

et en proie au désir. Mais il s'agenouilla devant elle et lui caressa les jambes en remontant lentement la soie de sa chemise de nuit.

Une excitation folle s'empara d'Annalisa tandis que leurs regards se soudaient l'un à l'autre. Elle souleva les hanches pour qu'il puisse remonter encore le tissu. Bientôt, il fit passer la fine chemise de nuit par-dessus sa tête.

Après avoir laissé tomber celle-ci négligemment sur le sol, il se redressa et revint s'installer au-dessus d'elle en la dévorant du regard.

Sa taille s'était-elle déjà épaissie ? se demanda-t-elle soudain. Ses seins étaient plus épanouis. *Trop* épanouis ? Instinctivement elle leva les mains pour les cacher, mais il lui prit les poignets et écarta ses bras.

Elle sentait ses yeux errer sur sa peau, comme une caresse. De minuscules explosions se produisaient en elle, exacerbant son excitation. Ses seins semblaient gonfler et, entre ses cuisses, elle sentait se répandre la rosée de son désir.

Soudain, il se pencha et déposa un baiser sur son ventre, là où frémissait la nouvelle vie qu'ils avaient créée ensemble, et elle fut bouleversée par la révérence et la tendresse contenues dans son geste.

Il remonta sur sa poitrine avant de refermer la bouche sur le téton d'un de ses seins, et Annalisa ne put réprimer un gémissement. D'abord, il s'y prit doucement, puis avec de plus en plus d'avidité, et elle sentit tout son corps s'enflammer.

Ses mains glissèrent sur sa taille, avant de faire rapidement glisser sa culotte sur ses hanches, ses cuisses. Ensuite, il remonta lentement sur ses jambes, jusqu'à l'endroit secret où palpitait son désir. Quand ses doigts caressèrent le bourgeon épanoui, avant de s'aventurer dans son intimité avec une lenteur presque insoutenable, Annalisa sentit des sensations de pur délice déferler en elle.

Son cœur battait de plus en plus fort, de plus en plus vite. Sa peau frémissait. Tout son corps vibrait de désir. Elle souleva les hanches pour mieux s'offrir aux caresses de Tahir. Mais il prenait son temps, comme s'il voulait lui faire découvrir la moindre nuance de la volupté.

— Tahir..., gémit-elle, je voudrais...

Son regard brûlant caressa le sien.

— Eh bien, prends ce que tu veux, *habibti*, dit-il.

Après s'être redressé, il fit passer sa chemise par-dessus sa tête sans prendre la peine de la déboutonner et la laissa tomber sur le sol. Un instant plus tard, il s'était débarrassé également de son pantalon et de son caleçon.

Annalisa se rendit alors compte qu'il était pieds nus.

La gorge sèche, elle le regarda s'installer à côté d'elle, avant de s'appuyer sur un coude. Il semblait totalement détendu. Seul le rythme rapide auquel sa poitrine se soulevait trahissait son excitation. Et son érection puissante.

Elle se repaissait de la vue somptueuse de son corps magnifique. Comment avait-elle pu oublier sa beauté ? Ou avait-elle été si subjuguée lors de sa première expérience qu'elle ne l'avait pas vraiment regardé ? Cette fois, elle ne ressentait aucune nervosité, aucune anxiété. Elle n'était qu'amour et désir.

— Tu voix l'effet que tu me fais ? demanda-t-il d'une voix rauque, presque comme s'il souffrait.

Elle tendit la main et referma les doigts sur sa chair ferme. Sa peau était si douce. On aurait dit qu'un fourreau de soie entourait sa virilité.

La main de Tahir se referma sur la sienne avant de l'écarter, puis il roula sur le dos en l'entraînant avec lui. Ensuite, il la tint au-dessus de lui, tout en la caressant de son regard brûlant.

— Prends ce que tu veux, répéta-t-il dans un murmure.

Voulait-il dire… ? se demanda-t-elle en se sentant parcourue par un frisson d'un érotisme incroyable.

Enhardie par le désir qui étincelait dans ses yeux, elle s'installa sur lui et, lorsqu'elle sentit son érection chaude entre ses cuisses, un long frisson la parcourut tout entière.

Il lui prit la taille. Ivre de plaisir, elle le laissa faire, avide d'assouvir le désir qui la consumait.

Une seconde plus tard, il la pénétra profondément, envahissant tout son être.

Tahir était en elle. Il faisait partie d'elle, songea-t-elle avec émerveillement. Mais cette sensation n'était pas seulement physique. Son cœur était plein d'amour. De son amour pour Tahir.

— Tout va bien ?

Elle hocha la tête en silence tandis qu'il lui caressait les seins voluptueusement. Puis il se mit à bouger en elle, lentement d'abord, avant d'adopter un rythme de plus en plus soutenu.

Annalisa se pencha en avant et posa les mains sur ses épaules en plongeant son regard dans le sien. Il lui tenait fermement les hanches à présent, tout en poussant de plus en plus fort en elle, de plus en plus loin.

Soudain elle poussa un cri en s'abandonnant à une jouissance fabuleuse, tandis que mille sensations divines explosaient en elle. Un instant plus tard, Tahir la rejoignait à son tour dans l'extase, tout en murmurant son prénom.

Ensuite, il la tint un long moment serrée contre lui. Enivrée de sentir leurs deux cœurs battre à l'unisson, Annalisa poussa un long soupir de ravissement.

Elle avait trouvé sa place. Pour toujours.

Tahir serra Annalisa contre lui en caressant ses longs cheveux.

Il ne s'était pas trompé la veille au soir : il avait besoin d'elle.

Jamais l'acte physique ne lui avait procuré autant de plaisir. Mais à présent, il savait qu'il ne s'agissait pas que de sexe. Il ne pouvait mettre de nom sur l'émotion qui le submergeait, mais ce dont il était sûr, c'était qu'Annalisa était à lui. Et cette certitude était plus puissante que tout le reste.

Chapitre 14

— D'où proviennent ces cicatrices ? demanda-t-elle en lui caressant doucement les reins. As-tu eu un accident ?

Aussitôt, il sentit son corps se raidir. Lorsque ses maîtresses lui avaient posé cette question, il avait répondu que ces marques n'avaient aucune importance.

Mais cette fois, il sentait la vérité lui étreindre le cœur. Même s'il ne pouvait voir ces cicatrices, elles étaient la trace indélébile de ce qu'il avait vécu.

Il aurait pu mentir facilement à Annalisa, mais il ne le voulait pas. Pour la première fois, il avait envie de se confier. A elle. Elle qui ne s'était pas montrée effrayée par sa réputation déplorable, ni par sa nouvelle position. Elle ne réagissait jamais comme les autres femmes qu'il avait connues.

— Excuse-moi. Je ne voulais pas être trop curieuse.

— Ne t'en fais pas.

Elle lui adressa un sourire si doux que cela lui donna la force de parler.

— C'est la marque de coups de fouet.

— Comment ? fit-elle en plissant le front.

Un tel trouble se lisait sur ses traits qu'il se sentit envahi par le doute. Il voulut se lever, mais elle lui posa la main sur le bras pour le retenir.

Lorsqu'il vit son regard interrogateur et bienveillant, il

se rappela son incroyable force intérieure. Cette force lui avait permis de le soigner sans aucune aide dans le désert.

En dépit de son innocence, Annalisa était très forte.

— Dis-moi. S'il te plaît.

Il se laissa retomber sur le lit et il laissa la jeune femme glisser un bras autour de lui. Puis elle posa la tête dans le creux de son épaule et ses longs cheveux lui caressèrent le torse. Il aimait tant la sentir ainsi contre lui.

— Mon père me battait. Il le faisait souvent.

Ainsi, il y avait eu du vrai dans son délire, alors qu'il était malade dans le désert, songea Annalisa avec horreur. Il avait vraiment été battu. Pas une seule fois, mais régulièrement, avec un fouet.

Comment s'étonner qu'il cache son véritable moi… Qu'il soit si difficile à comprendre…

— Ne pleure pas, *habibti*, murmura-t-il en essuyant sa joue humide. Cela s'est passé il y a longtemps.

— Mais tu ne l'as pas oublié, même après toutes ces années. Et les cicatrices en sont encore visibles. Dans le désert, tu en rêvais chaque nuit.

— Oui, mais j'ai survécu, dit-il simplement.

— Tu as fait plus que cela, protesta-t-elle avec véhémence. Tu l'as dépassé. Regarde ce que tu es devenu.

— Arrête ces louanges, Annalisa, répliqua-t-il vivement. Ce n'est pas parce que je suis le roi que je suis quelqu'un de bien.

— Non, en effet. Mais tu *es* quelqu'un de bien.

— Je ne crois pas, fit-il avec un rire bref et dur. Je ressemble trop à mon père.

— Non. Tu n'es pas comme lui, tu n'es ni manipulateur ni cruel.

— Le mariage et la paternité feront peut-être ressortir ma véritable nature.

Atterrée, Annalisa se redressa et contempla son visage

sombre. Avait-il parlé sérieusement ? Il ne pouvait quand même pas redouter cela ?

Elle l'avait vu à l'article de la mort, dépouillé de tout artifice. L'homme qu'elle avait connu alors, et celui qui était là maintenant près d'elle, n'avaient rien de commun avec le monstre qu'il décrivait. Le vrai Tahir n'était ni cynique ni arrogant.

Elle se pencha vers lui et prit son visage entre ses mains.

— Tu n'as rien à voir avec ce monstre, tu m'entends ? dit-elle en retenant une colère qui la surprit elle-même. Je n'ai jamais rien entendu d'aussi stupide de ma vie. Ne dis plus *jamais* ça, ou je penserai que tu cherches à m'apitoyer.

Les yeux de Tahir s'agrandirent de surprise, comme si, après l'avoir prise pour un chaton, il voyait une tigresse se dresser devant lui.

— Tu ne peux pas te servir de ce prétexte pour rester en dehors de la vraie vie, reprit-elle.

— Tu ne sais pas de quoi tu parles, répliqua-t-il avec arrogance.

— Et toi, tu as passé l'âge de te voiler la face et il est temps que tu regardes la vérité en face.

Craignant d'avoir été trop loin, elle sentit son cœur battre violemment. Mais l'idée qu'il se compare à sa brute de père lui était insupportable.

— Pourquoi te battait-il ? enchaîna-t-elle. Il battait aussi tes frères ?

Durant un long moment, elle crut qu'il ne lui répondrait pas. Ses lèvres étaient serrées, tandis qu'un mélange d'émotions se bousculait dans ses yeux.

Soudain, il leva les mains et, avec une douceur infinie, il essuya les larmes qui roulaient sur ses joues.

— Je t'ai dit de ne pas pleurer, murmura-t-il. C'est un ordre royal.

Puis sa bouche esquissa ce demi-sourire qui la bouleversait.

Elle hocha la tête en silence. Il ne l'avait pas repoussée. Au contraire, il lui caressait doucement le visage.

— Non, il ne battait ni Kareef ni Rafiq, reprit-il. Seulement moi.

— Mais pourquoi ?

— J'ai passé des années à me poser cette question, pensant que c'était ma faute. Que c'était moi qui avais provoqué sa haine.

Il s'interrompit un instant avant d'ajouter :

— Il pensait que je n'étais pas son fils.

— Vraiment ? demanda-t-elle, stupéfaite.

— Oui. Après toutes ces années, ma mère m'a enfin dit ce qu'elle n'avait jamais osé me révéler avant.

Il poussa un long soupir.

— Le mariage de mes parents avait été arrangé par leurs familles. Mon père prenait du bon temps avec ses maîtresses mais il se montrait extrêmement jaloux de sa femme. La naissance de Rafiq a été difficile et, sur le conseil de son médecin, ma mère a passé plusieurs mois en France pour se reposer. Quand quelqu'un a dit devant mon père qu'elle s'était bien amusée avec ses amis, il en a conclu qu'elle avait pris des amants. Ce qui était faux. Et puis, j'ai bien les yeux bleus, mais plus foncés que mes frères. Je ne leur ressemblais pas.

— Ton père croyait que tu n'étais pas son fils parce que tes yeux étaient d'un bleu plus foncé ? fit Annalisa, éberluée.

— Il était déséquilibré, répondit-il en haussant les épaules. Ma mère lui a proposé de faire un test ADN, mais il était paranoïaque et craignait que cela ne se sache. Il ne supportait pas l'idée d'avoir été trompé par sa femme.

S'arrêtant un instant, il laissa échapper un long soupir.

— Pas étonnant que je n'arrivais jamais à le satisfaire, quoi que je fasse. Mais il ne pouvait pas m'accuser d'être un bâtard, car ç'aurait été reconnaître qu'il avait été incapable de garder sa femme. Alors, il a transformé ma vie en enfer.

— Et ta mère ? Il la battait aussi ?

— Non. Il avait encore plus de plaisir à la faire souffrir en me maltraitant, et en lui faisant comprendre qu'elle ne pouvait pas l'en empêcher. Il lui avait également fait comprendre que si elle me montrait de l'affection, il me le ferait payer.

— Comme elle a dû souffrir…

Rihana n'avait pas pu protéger son enfant. Et, subissant les lois conservatrices de Qusay, elle n'avait pu s'opposer aux agissements pervers de son mari.

— Je ne m'en étais jamais rendu compte, jusqu'à ce que tu me forces à aller lui parler.

— Que je te force… ?

— Je t'en suis reconnaissant, Annalisa, crois-moi, dit-il en lui caressant doucement le bras. Si tu n'avais pas abordé le sujet, je n'aurais jamais eu le courage d'aller la voir et je n'aurais jamais appris la vérité.

Il lui était *reconnaissant…*, songea-t-elle en se blottissant contre lui. Elle savourait les mots qu'il venait de prononcer. Ce n'était peut-être pas de l'amour, mais c'était un commencement.

— Durant toutes ces années, j'ai cru qu'elle s'en moquait, reprit-il d'une voix rauque d'émotion. A présent, je sais qu'elle a pris ses distances avec moi parce que le moindre signe d'amour de sa part aurait provoqué un châtiment cruel pour moi. Elle a essayé de me protéger de la seule façon qui était en son pouvoir.

Il posa doucement la main sur l'épaule d'Annalisa.

— Même après mon départ de Qusay, elle n'a pas manifesté d'opposition envers mon père. Elle craignait qu'il ne me tue si elle répondait à mes appels. Il savait que j'avais essayé d'entrer en contact avec elle et il l'avait menacée de représailles violentes si elle me répondait.

— Quel monstre ! s'exclama-t-elle en se serrant contre lui.

— Oui, c'était un vrai monstre. Même quand il est mort, ma mère ne m'a pas appelé. Elle pensait que, à cause de son comportement, elle avait détruit mes sentiments pour elle.

A présent, Annalisa comprenait les paroles de Rihana : Tahir avait obtenu tout ce qu'il désirait : le succès, la fortune, les femmes. Mais pas la seule chose qu'il désirait vraiment : l'amour.

Une crainte épouvantable la traversa. Il ne s'était engagé que dans un mariage de *convenance*. Accepterait-il ce qu'elle voulait lui offrir plus que tout ?

Accepterait-il son amour ?

Et serait-il capable de réciprocité ? De l'aimer ?

Après une nuit de passion et de tendresse qui lui avait fait monter les larmes aux yeux plus d'une fois, il l'avait quittée au petit matin.

Son amour pour lui était si fort qu'elle devait dire à Tahir qu'elle l'aimait, songea Annalisa.

Mais elle attendrait. D'autres avaient besoin de lui. Puis, elle devait reconnaître qu'elle craignait d'être rejetée.

Ce matin-là, elle était si préoccupée qu'il lui fallut un moment pour se rendre compte que tout le monde la regardait différemment au palais.

La nouvelle que Tahir avait passé la nuit avec elle devait s'être répandue. Ou peut-être ce changement était-il dû au fait qu'il avait dit en public qu'elle était enceinte.

Les gens refusaient de croiser son regard, s'inclinant plus bas que d'habitude sur son passage. Quand elle arriva à la salle d'audience, toutes les conversations cessèrent.

Raide, le pouls battant à folle allure, elle s'arrêta sur le seuil. Relevant le menton, elle posa la main sur son ventre en un réflexe protecteur.

Pensaient-il tous qu'elle n'était que la dernière conquête de Tahir ? se demanda-t-elle. Il était parti si brusquement ce matin, peut-être avaient-ils raison… Il lui avait confié une partie de son passé, mais cela ne voulait pas dire qu'il l'aimait.

Tournant brusquement les talons, elle se dirigea vers le bureau de Tahir. Son secrétaire privé se tenait dans l'antichambre.

— Excusez-moi, dit-elle. Pourriez-vous me donner un renseignement ?

— Bien sûr, répondit-il en se levant aussitôt avant de jeter un regard inquiet vers la porte du bureau du roi.

La prémonition d'un désastre imminent s'abattit sur Annalisa. Le personnel de Tahir s'était toujours montré agréable avec elle. Qu'y avait-il de changé ?

— Je voudrais que vous regardiez le planning du roi. Nous nous marions la semaine prochaine et je voudrais connaître l'horaire et le lieu, afin de pouvoir envoyer des invitations.

Car elle avait finalement décidé d'inviter sa famille. Jusqu'au cousin le plus éloigné. Pas question que la cérémonie ait l'air de se faire à la sauvette…

Le secrétaire eut l'air si surpris que sa réaction lui fit l'effet d'une gifle.

— Je vous prie de m'excuser, je…, bredouilla-t-il.

— Je ne désire que l'horaire et le lieu.

— Je crains que… Je crains que vous ne deviez vous adresser directement au roi. Il a modifié les arrangements.

— Vraiment ? fit Annalisa, en proie à une appréhension terrible. Que voulez-vous dire ?

— Il a tout annulé.

Elle accusa le choc et, machinalement, chercha un endroit où se raccrocher. Heureusement, sa main trouva le dossier d'une chaise et s'y agrippa.

Pourquoi Tahir avait-il changé d'avis ? Avait-il deviné ses sentiments ? La rejetait-il parce qu'il ne pouvait accepter son amour ?

— Asseyez-vous, je vous en prie, dit le secrétaire en lui prenant le coude.

— Vous en êtes sûr ? fit-elle d'une voix faible en se laissant faire docilement.

— A vrai dire, Sa Majesté a effectué les annulations voilà quelques heures. Vous devriez peut-être vous adresser à lui… ? Je vais vous chercher du thé, ajouta-t-il avant de s'éloigner rapidement.

S'était-elle trompée à ce point en se laissant aller à de stupides rêves d'amour partagé ? Comment avait-elle pu croire un seul instant que cela serait possible ?

Soudain, elle entendit le bruit d'une porte qui s'ouvrait, puis celui de pas résonnant sur le sol recouvert de marbre.

— … et votre comportement durant la catastrophe a été déterminant, Sire. Sans vous, les opérations n'auraient pas été aussi efficaces.

— Vous me flattez, Akmal. Et je vous remercie. Mais je me rends bien compte que je ne suis pas l'homme que mon peuple attendait sur le trône.

— Laissez-moi vous dire que vos actions vous ont gagné le respect de tous. Et votre décision d'annuler ce mariage ne fera que renforcer leur adhésion.

Horrifiée, Annalisa posa la main sur sa bouche pour ne pas crier.

Ils ne pouvaient pas la voir, car elle était cachée derrière un paravent incrusté de nacre. Mais, même si elle ne voulait pas entendre cette conversation, elle ne pouvait se résoudre à bouger.

— Je regrette que vous retardiez encore votre couronnement, Sire. Le pays a besoin de savoir la monarchie stabilisée.

— Et vous ne pensez pas que, dans cette perspective, épouser la mère de mon enfant serait une bonne idée ?

Au son de l'ironie contenue dans la voix de Tahir, Annalisa frémit violemment.

— Vos intentions sont louables, Majesté, mais nous savons tous les deux que l'enfant pourrait être élevé loin des regards. Avec suffisamment d'argent, il serait très bien élevé et éduqué. Et si vous désirez continuer à entretenir une relation discrète avec la mère…

Une nausée épouvantable monta aux lèvres d'Annalisa et elle n'entendit pas la fin de la phrase.

— D'autre part, reprit la voix d'Akmal, un tel mariage est impossible. Le roi doit épouser soit une femme de sang royal soit une citoyenne de Qusay. C'est inscrit dans la Constitution. Le père de cette femme était danois. Elle ne peut vous convenir comme épouse.

Ensuite, elle n'entendit plus rien car les portes se refermèrent sur les deux hommes.

Comment le conseiller de Tahir pouvait-il nourrir un point de vue aussi… féodal ! Ignorait-il donc qu'on était au vingt et unième siècle ?

Ainsi, ils parlaient d'elle comme d'un problème, une chose, qu'on pouvait déplacer, utiliser ou écarter à son gré !

Comment osaient-ils la diminuer ainsi ?

Envahie par une colère incroyable, elle se dirigea vers la porte et quitta la pièce.

Elle s'était demandé si Tahir pourrait jamais l'aimer, eh bien, elle connaissait la réponse à présent. Et elle savait exactement ce qui lui restait à faire.

Chapitre 15

Impatient d'aller rejoindre Annalisa, Tahir s'avança dans le couloir aux murs recouverts de fresques somptueuses.

La journée avait été difficile. En effet, il avait fallu mettre au point un plan d'urgence pour organiser l'hébergement des familles sinistrées, et le ravitaillement des gens qui s'étaient retrouvés totalement démunis après le tremblement de terre.

Puis il y avait eu la question de son mariage. Le conseil de la monarchie refusait de renoncer à ses vues conservatrices. Ils voulaient qu'il se marie, certes, mais avec une femme de *leur* choix.

Au souvenir de son entretien avec Akmal, il serra les mâchoires. Le vizir était déterminé à lui forcer la main et à lui faire épouser une princesse.

Il glissa la main dans la poche de son pantalon et la referma en souriant sur ce qu'elle contenait.

Grâce à ce présent, Annalisa ne lui résisterait pas.

— Qu'est-ce que cela signifie ? demanda-t-il en contemplant la valise ouverte sur le lit et à moitié remplie.

Entendant du bruit dans le dressing, il s'avança et s'arrêta net sur le seuil.

Annalisa était là, en culotte et soutien-gorge, avec à ses pieds la robe de soie écarlate brodée de perles — celle qu'il avait fait créer pour elle, en harmonie avec le diadème de perles et de rubis qu'il était censé lui offrir le jour de leur mariage.

Le visage blême, elle le contempla, les yeux remplis de colère.

Où était passée la femme adorable qu'il avait laissée au lit ce matin ?

— Je pars. Voilà ce que ça signifie. Et cesse de me regarder de cette façon ! lui lança-t-elle, les yeux étincelants. Je ne suis pas un jouet à ta disposition.

Puis elle se pencha pour ramasser la robe et la maintint devant elle.

— Tu ne vas nulle part, répliqua-t-il en s'approchant d'elle.

Lorsqu'elle recula, il sentit son sang se glacer dans ses veines. Il était impossible qu'elle parte ! C'était absolument *inconcevable.*

— Je pars et tu ne peux pas m'en empêcher, dit-elle en redressant le menton avec détermination.

Une sensation bizarre naquit au fond de son ventre, lui rappelant une émotion ancienne. D'anxiété. De peur.

A l'idée qu'elle puisse sortir de sa vie, un véritable précipice s'ouvrait devant lui. C'était bien pire que la souffrance qu'il avait endurée de la part de son père. Pire que le vide gris qui le hantait avant son arrivée à Qusay.

La souffrance le paralysait, lui glaçant le cœur.

Elle ne pouvait s'en aller. Il ne le permettrait pas.

— Pourquoi resterais-je, dis-moi ? reprit-elle d'un air farouche.

— Pour être avec moi, répondit-il en sentant toutes ses certitudes s'écrouler.

Le trouvait-elle finalement trop marqué par son passé ? Pensait-elle qu'il ne valait pas la peine de prendre le risque ?

Soudain, il crut voir des larmes scintiller au fond de ses yeux et fit un pas vers elle. Mais elle recula de nouveau.

— Etre avec toi ? Tu trouves que cela suffit ?

Les mots de la jeune femme lui transpercèrent le cœur. Après avoir enfin compris ce qu'il ressentait pour Annalisa, elle le rejetait.

Il aurait dû accepter sa décision, en homme d'honneur. Mais il n'avait jamais prétendu en être un. Surtout si cela impliquait de la laisser partir.

Lorsqu'il s'approcha d'elle avec une lueur incandescente au fond des yeux, Annalisa sentit tout son corps réagir aussitôt, malgré elle.

— Ne me touche pas !

Mais il était trop tard. Ses mains se refermaient déjà sur ses épaules pour l'attirer contre lui. Ses sens s'enflammèrent immédiatement tandis que la senteur de sa peau annihilait toutes ses résolutions.

— Tu aimes que je te touche, dit-il en lui glissant un bras autour de la taille pour la serrer davantage contre lui.

— Non !

Elle n'allait pas abandonner maintenant, alors qu'elle avait trouvé la force de prendre sa décision.

Mais elle ne parvenait pas à résister et quand il referma une main possessive sur son sein, elle sentit le désir déferler en elle.

— S'il te plaît, Tahir, non..., dit-elle en fermant les yeux.

En même temps, elle creusa les reins.

— Si, Annalisa. Tu seras à moi. Je suis prêt à tout pour cela. Je t'ai quittée une fois, mais cela ne se reproduira plus jamais. A l'oasis, je t'ai délibérément blessée pour que tu te détournes de moi. Parce que je savais que je ne te méritais pas, et ensuite, j'ai tout fait pour que tu me détestes.

Le timbre rauque de sa voix l'envoûtait.

— Mais je ne peux pas recommencer, ni m'obliger à te laisser partir. Tu ne peux pas attendre cela de moi.

Etait-ce vrai ? Annalisa ne parvenait pas à y croire. Pourtant, ses paroles expliquaient ses changements de comportement envers elle. Pouvait-il vraiment être sincère ?

Et, même s'il l'était, qu'est-ce que cela changeait ? Rien.

Elle secoua la tête. Il fallait qu'elle s'éloigne de lui avant de succomber de nouveau.

— Je ne peux…

— Si, Annalisa, tu le peux. Et tu vas le faire, affirma-t-il avant de se pencher pour l'embrasser dans le cou.

— Pendant combien de temps ? demanda-t-elle avec tristesse. Combien de temps faudra-t-il avant que tu te lasses de moi comme maîtresse et que tu choisisses une autre femme ?

A ces mots, il se figea. Puis il redressa la tête et la regarda d'un regard étrangement fixe.

— Il n'y en aura pas d'autre, dit-il d'une voix grave. Je n'ai jamais désiré une femme comme je te désire. Et cela ne cessera jamais.

Elle secoua la tête en essayant de refouler l'espoir suscité par ces paroles.

— Comptes-tu m'installer quelque part où tu pourras venir à ta guise, avant d'aller retrouver ton épouse royale ?

Il redressa la tête comme si elle l'avait giflé.

— De quoi parles-tu ? C'est toi qui vas être mon épouse.

Si elle n'avait pas entendu cette horrible conversation entre lui et Akmal, elle l'aurait cru.

— Tais-toi, dit-elle en le repoussant fermement. Ne fais pas semblant. Je sais que tu as annulé notre mariage, et je sais aussi pourquoi.

Puis, incapable de soutenir son regard perçant plus longtemps, elle détourna les yeux.

— Je sais que tu ne peux pas m'épouser, reprit-elle d'un ton amer. Parce que je ne conviens pas.

Il jura.

— Qui t'a dit cela ? demanda-t-il ensuite d'une voix coupante.

— Je l'ai entendu de mes propres oreilles, Tahir, répliqua-t-elle en tournant son visage vers le sien. Tu parlais avec Akmal. Cela ne sert à rien de le nier.

A ces mots, il l'attira contre lui et la serra dans ses bras.

— J'aurais vraiment préféré que tu n'entendes pas cette conversation.

— Je veux bien le croire, murmura-t-elle en essayant de résister à sa chaleur.

— J'ai cru que tu avais décidé que tu ne pouvais confier ta vie et celle de notre enfant à un homme comme moi, reprit-il d'une voix déformée par la souffrance. Que tu ne m'en trouvais pas digne, à cause de mon passé.

— Non ! protesta-t-elle, horrifiée qu'il ait pu penser cela. Il ne s'agit pas de toi, Tahir, mais de moi. Du fait que je ne conviens pas comme reine.

Elle releva la tête et le regarda dans les yeux.

— Et du fait que tu ne veux pas m'épouser. Alors, je t'en prie, ne rends pas les choses plus difficiles. Laisse-moi partir.

Sa voix tremblait tant qu'elle dut se mordre la lèvre pour garder le contrôle d'elle-même.

Il recula d'un pas et aussitôt, privée de la merveilleuse chaleur de son corps, Annalisa se sentit abandonnée. Il était là devant elle, grand et fier. Lui qui possédait son cœur et son âme, mais qui ne serait jamais à elle.

Un sanglot naquit dans sa gorge et elle serra les bras autour d'elle, s'accrochant à la soie écarlate de la robe. Son rêve était terminé.

— Tu es toute ma vie, Annalisa. Tu as fait de moi un être enfin entier. C'est ce qui compte.

Lentement, sans la quitter des yeux, Tahir mit la main dans sa poche et en sortit une petite bourse en velours brodé d'or. Puis il l'ouvrit et en sortit un objet étincelant.

— Tu seras la reine la plus fabuleuse que Qusay ait connue. Pas seulement à cause de ta beauté, de ta générosité et de ton intelligence, mais parce que je t'aime, Annalisa.

Il tendit la main vers elle.

— Tu m'entends ? Je t'aime et je veux que tu sois ma femme. Pas seulement pour le bien-être de notre enfant, mais parce que je ne peux pas imaginer ma vie sans toi.

Lorsqu'il ouvrit les doigts, mille reflets étincelèrent sous ses yeux, et Annalisa découvrit des émeraudes et des diamants d'une beauté inouïe.

Comprenant ce que c'était, elle retint son souffle : le Collier de la reine. On disait qu'il était le produit des premières exploitations des mines de Qusay. Ce bijou était offert à chaque nouvelle reine, comme symbole de son statut dans le royaume et de la fidélité de son époux.

Annalisa sentit ses genoux trembler et si Tahir ne l'avait pas prise dans ses bras, elle serait tombée sur le sol.

— Annalisa ! Dis quelque chose !

— Mais tu ne peux… Tu ne…

— Je ne peux pas t'aimer ? Bien sûr que si, murmura-t-il en la serrant contre lui. Peux-tu me pardonner de ne pas l'avoir compris plus tôt ?

Devant la lueur brûlante de son regard, elle sentit son cœur se gonfler d'une joie immense.

— Me fais-tu assez confiance pour accepter de devenir ma femme ? demanda-t-il avec une ombre subite au fond des yeux. Je ferai de mon mieux pour être un bon mari. Et j'apprendrai à être le père dont notre enfant aura besoin.

— Bien sûr que je te fais confiance, dit-elle en prenant

son visage entre ses mains. Je t'aime, Tahir. Je t'ai toujours aimé.

Enivrée par le feu qui couvait dans ses yeux, ivre de joie, elle rejeta la tête en arrière pour s'offrir à ses lèvres.

— Attends !

Après avoir relevé la tête, elle le laissa la faire pivoter sur elle-même devant le miroir. Puis il plaça le collier étincelant autour de son cou.

La robe était déjà tombée sur le sol, aussi Annalisa était-elle maintenant presque nue, vêtue de ses seuls sous-vêtements en dentelle, et du précieux bijou.

Lorsque, lentement, il dégrafa son soutien-gorge, elle s'abandonna contre lui en fermant les yeux.

— Mon épouse parfaite, murmura-t-il contre sa nuque en prenant ses seins dans ses mains chaudes. Tu vois, cette nuit je me suis rendu compte que je voulais que le monde entier sache que je t'épouse. C'est pour cela que j'ai annulé la cérémonie modeste que j'avais d'abord prévue. Notre mariage sera le plus somptueux que Qusay ait connu.

— Mais c'est impossible. La Constitution…

— Elle sera modifiée, l'interrompit-il. Si Qusay me veut pour roi, tu seras ma reine. Je vais poser mon ultimatum à Akmal, et crois-moi…

Il laissa échapper un rire malicieux.

— … je lui ferai admettre mon point de vue. Et maintenant, ouvre les yeux, *habibti*.

Soulevant les paupières, Annalisa sentit son corps ferme se presser contre le sien. Dans le miroir, elle vit les mains de Tahir errer sur son corps, qui ne portait plus que le collier pour toute parure. Puis sa main glissa vers le cœur de son intimité.

— Je veux que tu me regardes, murmura-t-il. Que tu me voies faire l'amour à ma merveilleuse fiancée.

Les célébrations avaient duré sept jours.

Cela avait été le mariage le plus somptueux que Qusay ait connu et, le cinquième jour, le couronnement avait eu lieu.

A présent, Tahir était vraiment roi et il sentait le poids des attentes et des responsabilités peser sur ses épaules. Mais il était confiant, car il savait qu'en acceptant de monter sur le trône, il avait pris la bonne décision.

La musique se déploya dans l'air embaumé de cette fin d'après-midi, où se mêlaient les parfums des épices agrémentant les viandes rôties préparées par les serviteurs.

Il poussa un long soupir heureux en observant les invités. Ceux-ci riaient et bavardaient, certains s'étant installés sous les vastes tentes ouvertes, dans lesquelles on apercevait les tapis et les coussins colorés. D'autres se promenaient dans les jardins ou sur la plage.

Pourtant, un seul être retenait vraiment son attention.

Annalisa. Sa femme. Sa reine. Son amour.

Toute la journée, elle avait affiché un sourire radieux.

— Tu as une de ces expressions…, fit une voix profonde à côté de lui. Ne sais-tu pas qu'un roi est supposé garder l'air digne et solennel en toutes circonstances ?

Il se tourna en souriant vers son frère Rafiq.

— Ne l'écoute pas, dit Kareef en se joignant à eux, il n'a rien à dire car il n'a d'yeux que pour Sera.

Tahir regarda les quatre femmes qui bavardaient non loin d'eux. Sera, la femme de Rafiq, avec sa beauté tranquille et sa nature douce, riait avec son amie d'enfance, Jasmine, l'adorable épouse de Kareef. Quant à Rihana, elle avait un air heureux qu'il ne lui avait jamais vu.

Et, au centre du petit groupe, il contempla la plus belle de toutes : Annalisa, qui tenait dans ses bras la petite fille adoptée par Kareef et Jasmine.

A la vue de sa femme serrant tendrement l'enfant

contre sa poitrine, une chaleur délicieuse se déploya en lui, mêlée à la fierté qu'il ressentait chaque fois qu'il pensait à l'enfant qu'elle portait. A présent, son ventre avait commencé à s'arrondir et il la trouvait de plus en plus belle et épanouie.

Cela faisait sept jours qu'ils n'avaient pas partagé le même lit, respectant scrupuleusement la tradition. Mais tout à l'heure…

Comme si elle avait deviné ses pensées, Annalisa releva la tête et croisa son regard. Une rougeur délicate lui monta aux joues et ses lèvres s'entrouvrirent en une invite inconsciente.

Il réprima un gémissement et la regarda se diriger vers lui. Le soleil faisait briller ses cheveux tandis qu'elle marchait. Elle s'approcha lentement tandis qu'il se rendait compte que ses frères s'éloignaient pour le laisser seul avec son épouse.

Puis elle fut là, devant lui, les yeux étincelant de joie.

— Tu sembles très impatient, fit-elle d'une voix tremblante.

— Je le suis, répliqua-t-il avant de lui prendre les mains pour l'attirer vers lui. Je te désire tellement que c'en est presque douloureux.

Ses lèvres formèrent un sourire irrésistible tandis que le désir flamboyait au fond de son regard.

— Dans ce cas, nous pourrions peut-être partir avant la fin des festivités, pour que je puisse… soulager ta souffrance.

Il la serra contre lui. Elle s'adaptait si bien à son corps, à ses bras, comme si elle avait été créée pour lui.

— Aucun regret d'être devenue ma reine ?

— Absolument aucun, répondit-elle en secouant la tête.

— Je t'aime, murmura-t-il dans ses cheveux en s'enivrant de son parfum de miel et de cannelle.

— Moi aussi je t'aime, Tahir. Et je t'aimerai toujours.

Ils passeraient toute leur vie ensemble, songea-t-il en fermant les yeux tandis qu'elle s'abandonnait contre lui.

Jamais il n'aurait cru qu'un tel bonheur était possible.

RAYE MORGAN

Un bébé au château

Traduction française de
CHRISTINE BOYER

DIADÈME

HARLEQUIN

Titre original :
BETROTHED TO THE PRINCE

Ce roman a déjà été publié en 2018.

Chapitre 1

La princesse Katianna Mirishevsky Roseanova-Krimorova, plus connue sous le nom de Tianna Rose, considéra avec dégoût l'homme affalé dans le pavillon de jardin. Il était évident qu'il cuvait son vin. Sans doute avait-il passé la nuit à faire la fête avant de s'écrouler, ivre mort, dans ce kiosque ouvert à tous les vents. Comment un domestique osait-il se conduire de manière si dépravée au sein d'une résidence royale ? se demanda-t-elle, choquée.

Sa mère aurait certainement qualifié cette attitude d'inadmissible. Chez ses parents, un tel comportement n'aurait jamais été toléré.

Mais ce laisser-aller général semblait être la norme dans la propriété d'Arizona des Roseanova, où vivait la branche royale exilée de la famille. Quand son taxi l'avait déposée à l'adresse indiquée, Tianna avait été très étonnée de voir les grilles du somptueux domaine grandes ouvertes, sans aucun gardien pour surveiller les entrées. Dans la maison où elle avait grandi, un tel laxisme aurait été impensable. Et elle n'était pas au bout de ses surprises ! Elle s'attendait en effet à être accueillie par un majordome ou, à la rigueur, par une servante, qui l'aurait introduite auprès du maître des céans. Or, manifestement, il lui faudrait se débrouiller seule pour le dénicher.

Elle remontait donc l'allée qui menait au château lorsqu'elle remarqua un charmant petit belvédère dressé près d'un lac artificiel. Apercevant quelqu'un à l'intérieur, elle s'y dirigea, dans l'espoir de trouver de l'aide. Mais décidément, elle jouait de malchance ! Soûl comme un Polonais, l'homme dormait à poings fermés.

Pourtant, même dans cet état, il lui parut si séduisant qu'elle ne put s'empêcher de le contempler un moment. Ses cheveux blonds et bouclés auraient eu besoin d'être un peu raccourcis, mais sa chemise blanche, quoique chiffonnée et déboutonnée, était bien coupée, et sa veste de cuir semblait de bonne confection. Ses traits harmonieux révélaient une personnalité volontaire et la petite fossette qui ornait son menton rehaussait une virilité qu'il incarnait à la perfection. Oui, à tout point de vue, cet inconnu était d'une beauté à couper le souffle. Dommage que, chez ses parents, les domestiques soient dotés d'un physique plus ordinaire, songea la jeune femme avec regret.

L'envie de le réveiller d'une légère bourrade la traversa mais elle y renonça, préférant ne pas heurter d'entrée les coutumes locales. Mieux valait sans doute poursuivre son chemin vers le château.

A cette heure matinale, il ne faisait pas très chaud et elle resserra frileusement contre elle les pans de sa veste rouge. Avec un dernier regard sur les larges épaules du beau blond assoupi, elle s'apprêtait à tourner les talons lorsque, horrifiée, elle sentit des doigts puissants l'attraper par le poignet.

— Ne vous sauvez pas, Petit Chaperon rouge, murmura une voix enrouée. Il n'est pas très prudent de se promener seule dans cette forêt. L'ignorez-vous ?

— Laissez-moi ! cria-t-elle en tentant de se libérer.

L'homme battit des paupières.

— Pardonnez-moi, je me croyais encore dans mes rêves, dit-il sans desserrer son emprise.

Furieuse, à présent, elle tira sur sa main.

— Ecoutez, commença-t-elle.

Mais il ne l'écoutait manifestement pas du tout.

— Vous êtes si belle que vous allez hanter mes songes ma vie durant, reprit-il, malicieux. Et vous y tiendrez le rôle principal, j'en suis certain.

— J'espère les transformer en cauchemars ! lui lança-t-elle.

Décidée à lui faire lâcher prise, elle lui tordit les doigts d'un coup sec.

— Aïe ! cria-t-il en réprimant un juron.

Péniblement, il se mit sur son séant et se frotta les articulations.

— Qu'est-ce qui vous prend ?

Mais Tianna n'était pas d'humeur à discuter. La tête haute, elle se dirigea d'un pas vif vers l'allée, sans un regard en arrière. *In petto*, elle se félicita d'avoir suivi des cours de self-défense. Les imbéciles qui considéraient les princesses comme des proies faciles à tourmenter en étaient pour leurs frais. Voilà longtemps qu'elle n'avait eu l'occasion de mettre en pratique les conseils de son professeur particulier.

L'incident tombait bien. Elle avait justement besoin de remonter dans sa propre estime avant d'affronter l'épreuve qui l'attendait dans cette maison. En effet, elle était venue rompre ses fiançailles avec Garth Franz Josef Mikeavich Romano Roseanova, prince de Nabotavia. Il lui faudrait se montrer intraitable pour lui faire comprendre qu'elle n'avait aucune intention de l'épouser, même si des dizaines de papiers officiels certifiaient qu'elle s'y était engagée.

Pas question de se marier avec lui, ni maintenant, ni jamais.

Comme elle traversait le parc, elle découvrit avec ravissement une tonnelle couverte de rosiers grimpants d'un magnifique rouge sombre. Elle s'y arrêta pour admirer la vieille bâtisse. A la vue des multiples tours et balcons qui ornaient la demeure royale, la jeune femme ne put s'empêcher de rire.

— Seul un prince issu de l'est de Nabotavia aurait pu avoir l'idée de bâtir, au cœur de l'Arizona, un château du Moyen Age !

Elle-même venait de l'ouest de ce royaume d'Europe centrale. Comme tous les Roseanova, elle avait été contrainte à l'exil, vingt ans auparavant, lorsque la révolution avait renversé la monarchie au pouvoir. La plupart de leurs compatriotes avaient également trouvé refuge aux Etats-Unis. Ils y avaient mené une existence plutôt agréable en attendant le moment opportun pour chasser les oppresseurs et reprendre leurs droits. Au début de l'année, le miracle avait eu lieu : les rebelles avaient été désavoués par le peuple qui plébiscitait le retour de la royauté. Aussi, la jeune génération, dont faisait partie Tianna, était-elle censée se préparer à regagner Nabotavia, son pays natal, qu'elle ne connaissait qu'à travers ses légendes.

Mais les projets personnels de Tianna se conciliaient mal avec ce nouvel impératif. Elle ignorait les intentions du prince Garth à ce sujet mais, pour sa part, elle n'avait aucune intention de retourner en Europe. C'était une des raisons qui l'avaient décidée à rompre leurs fiançailles.

Quelques gouttes de pluie tombèrent sur son visage et elle leva les yeux vers les nuages sombres qui obscurcissaient le ciel. Au loin, le tonnerre gronda. Heureusement, elle n'était plus très loin.

Comme elle se hâtait vers le château, des éclats de voix attirèrent soudain son attention. Des hommes hurlaient, juraient, et des femmes poussaient des glapissements aigus. Tendant le cou, elle repéra la cause de ce vacarme. Deux grosses vaches avaient envahi le potager et bon nombre de gens tentaient de les en faire sortir. Voilà donc à quoi étaient occupés les domestiques et les gardiens ! se dit-elle.

Avec un léger haussement d'épaules, Tianna poursuivit son chemin. Mais comme elle entrait dans une magnifique cour pavée, d'étranges braillements la firent s'arrêter net. Les sourcils froncés, elle chercha l'origine de ces cris. Ils venaient d'un parterre de primevères le long de l'allée. En s'approchant, elle aperçut un panier d'osier qui s'agitait. Que pouvait-il contenir ? Des chatons ? Des chiots ?

Comme elle en soulevait la couverture, son cœur bondit soudain dans sa poitrine. Deux grands yeux bleus se posèrent sur elle et une petite bouche forma un O de surprise.

— Un bébé ! s'écria Tianna. Qu'il est mignon !

Elle jeta un rapide coup d'œil autour d'elle, certaine que quelqu'un devait veiller sur l'enfant. Mais il n'y avait personne. Peut-être la nounou l'avait-elle laissé quelques instants pour aider les autres membres du personnel à chasser les vaches du potager ? Décidément, les employés de ce château manquaient de sérieux ! Quel endroit bizarre ! se dit-elle, se félicitant de ne pas épouser le prince et de ne pas être obligée de vivre dans un tel capharnaüm.

Mais la pluie s'intensifiait. Sans hésiter, elle s'empara du nourrisson pour le mettre à l'abri, à l'intérieur. Pour aller plus vite, elle emprunta l'entrée de service.

En pénétrant dans une immense cuisine, elle ébouriffa ses cheveux humides et appela :

— Bonjour ! Il y a quelqu'un ?

Une jeune fille au nez en trompette apparut.

— Bonjour ! Vous postulez pour le poste de pâtissière, n'est-ce pas ? Vous êtes en avance.

Perplexe, Tianna la considéra, bouche bée, en serrant contre elle le nourrisson.

— Le poste de pâtissière ? Pas du tout. En fait, je… je suis venue voir le prince.

Les yeux de son interlocutrice s'agrandirent de stupeur.

— Le prince ? Désolée, mais il est absent.

— Absent ? répéta Tianna, catastrophée.

Pourtant, avant son départ, elle avait demandé à la secrétaire de sa famille de vérifier qu'il se trouvait bien en Arizona cette semaine. Zut ! Elle aurait dû s'en assurer par elle-même.

Pour tout compliquer, elle s'était rendue ici en cachette. Ses parents la croyaient à Phoenix, chez une amie. Mais en réalité, elle s'était envolée pour Flagstaff dans l'espoir de convaincre le prince Garth d'annuler leurs fiançailles.

Ils avaient été promis l'un à l'autre depuis des années, alors qu'ils n'étaient encore que des enfants. Cette union avait été organisée par leurs parents respectifs dans le but de rapprocher les deux branches de leur grande famille. Aux yeux de Tianna, ces considérations n'avaient plus aucune importance. Et comme le prince ne lui avait jamais témoigné le moindre intérêt — ils ne s'étaient d'ailleurs jamais rencontrés —, elle avait bon espoir de retrouver sous peu sa liberté. Mis devant le fait accompli, son père n'aurait alors plus qu'à s'incliner.

— Où est-il parti ? demanda-t-elle à la servante.

La fille haussa les épaules.

— Au Texas, si j'ai bien compris.

— Oh, non !

Elle avait donc fait tout ce chemin pour rien !

— Avez-vous une idée du moment où il reviendra ?

— Non, mademoiselle. Je suis désolée. Il n'était pas souvent ici ces temps derniers.

Dans ses bras, l'enfant émit un petit cri et Tianna le berça un instant.

La servante paraissait ennuyée.

— A qui est ce bébé ?

— Je n'en sais rien, répondit Tianna en écartant la

couverture pour lui permettre de le voir. Quelqu'un l'a laissé dehors, et comme il commençait à pleuvoir, j'ai pensé qu'il valait mieux le rentrer. Sa maman ne doit pas être loin.

A ces mots, la jeune fille secoua négativement la tête.

— Non, mademoiselle. Il n'est pas d'ici. Si un nourrisson vivait dans ce château, je serais au courant.

— Pour l'amour de Dieu, ce n'est pas possible ! s'écria Tianna.

Elle se pencha vers l'enfant, attendrie par cet adorable petit être sans défense. Comment se faisait-il que ce si joli poupon soit tout seul, sans personne pour s'occuper de lui ? Le cœur serré, elle se remémora une fillette qui s'était également sentie abandonnée à un âge trop tendre. Un peu tendue, elle le serra plus étroitement contre elle et lui murmura des paroles apaisantes.

Mais la servante poursuivait ses explications.

— Cook, la cuisinière, est avec les autres dans le potager en train de chasser les vaches. Elles ne cessent de s'échapper de leurs champs pour venir se régaler des salades.

Désignant une chaise à Tianna, elle ajouta :

— Asseyez-vous, mademoiselle. Cook ne devrait plus tarder. Je vais la prévenir que vous êtes là pour le poste de pâtissière.

Avant que Tianna n'ait pu lui répéter qu'elle ne postulait pas pour un emploi, la jeune fille sortit en courant de la pièce.

La princesse sourit au bébé.

— Tu es adorable, murmura-t-elle en lui embrassant le haut du crâne. Mais que vais-je pouvoir faire de toi ?

Elle promena les yeux autour d'elle, cherchant un endroit où poser son précieux chargement. Malgré sa taille impressionnante, la cuisine réussissait à paraître familiale, chaleureuse et intime. Des casseroles et des poêles étaient empilées ici et là, et des herbes aromatiques poussaient devant la fenêtre.

En entendant des pas s'approcher, Tianna tourna la tête, dans l'espoir de voir arriver quelqu'un à qui elle pourrait expliquer la situation, car la jeune servante ne lui semblait pas être la bonne interlocutrice.

Un grand blond entra, la tête entre les mains, comme s'il souffrait d'une migraine.

Tianna retint son souffle en reconnaissant l'inconnu éméché du kiosque. Pétrifiée, elle n'osait plus bouger. Une femme de son rang, qui se flattait de prendre les événements de la vie avec hauteur, n'allait certainement pas se laisser déstabiliser pour si peu, mais, debout, il lui parut encore plus séduisant.

De son œil exercé de photographe, elle admira ce chef-d'œuvre viril. Sa beauté était stupéfiante et il irradiait de charme et d'assurance. Si elle n'avait pas appris que le maître de céans était absent, elle l'aurait certainement pris pour lui.

Cela dit, les quelques princes qu'elle avait rencontrés ces dernières années lui avaient semblé insignifiants et sans caractère. Ils n'étaient que le pâle reflet des hommes charismatiques qui avaient gouverné leur pays à une époque. Ce beau blond avait l'air trop vivant, trop resplendissant de santé pour être aristocrate. Elle l'imaginait davantage en guerrier… un guerrier qui aurait un peu trop abusé de vin, la veille au soir.

— Ne nous sommes-nous pas déjà rencontrés quelque part ? lui lança-t-il en clignant des yeux, comme si la lumière du jour l'éblouissait.

— On peut dire ça, répondit-elle sèchement, décidée à ne pas lui montrer à quel point il la troublait. Je ne suis pas étonnée que vous ayez du mal à vous en souvenir, vous dormiez à moitié.

— Ah oui ! Vous êtes la muse de mon rêve…

Il lui décocha un sourire qui la fit fondre mais qui fut de courte durée. Avec un soupir, il se massa les tempes.

— Je suis désolé de vous donner une image si déplorable de moi, ajouta-t-il. Mais ma nuit fut longue et un peu arrosée…

— Manifestement.

— A votre ton, je devine que vous désapprouvez les excès d'alcool, ajouta-t-il avec un regard sardonique. Je suppose que vous n'avez jamais bu plus que de raison, n'est-ce pas, Petit Chaperon rouge ?

— Jamais.

— C'est bien ce que je pensais. Vous êtes d'une grande sagesse, c'est écrit sur votre front.

Avec un soupir, il poursuivit :

— Mais cette fois, j'ai retenu la leçon. Cette cuite m'a mis à terre et sera la dernière. Je ne toucherai plus jamais une goutte d'alcool. C'est juré.

Promesse d'ivrogne, songea-t-elle.

Mais elle se contenta de le dévisager en serrant le bébé contre elle. Sa beauté la fascinait.

Il ouvrit un tiroir, en sortit des cachets d'aspirine, et en mit deux dans un verre d'eau qu'il avala avec une grimace.

— J'espère que cette saleté viendra vite à bout de mon mal de crâne, dit-il.

Se laissant tomber sur une chaise, il prit sa tête entre ses mains et se demanda — ce n'était pas la première fois qu'il se posait cette question — pourquoi il s'infligeait en permanence cette autopunition. Certes, voilà longtemps qu'il ne s'était pas soûlé. S'enivrer ne l'amusait plus. Avec les années, le whisky le rendait de moins en moins euphorique et de plus en plus malade. Mais la veille au soir…

Pourquoi se mentir ? Il savait très bien ce qu'il avait tenté d'oublier avec une bonne bouteille. Il n'acceptait toujours pas la mort de ses parents, assassinés pendant la révolution, et hier était le vingtième anniversaire de ce triste événement. Heureusement, l'année prochaine, il serait sans doute trop occupé à Nabotavia pour avoir le temps de penser à ce rituel funèbre.

Il ouvrit les yeux et croisa le regard vert de la jeune femme qui arpentait la pièce de long en large. Soudain, il eut honte d'être dans un tel état face à cette inconnue. Elle lui paraissait si jeune, si élégante, si fraîche ! Comparé à elle, il avait l'air vieux et minable. Il se redressa.

— Que portez-vous ? s'enquit-il soudain en désignant le petit paquet qu'elle avait dans les bras.

Elle serra plus étroitement son chargement et y déposa un petit baiser.

— Un bébé.

A ce mot, il se sentit tout à fait réveillé.

— Un bébé ?

En un éclair, il mesura la portée de cette déclaration et se raidit.

— Est-ce le vôtre ?

— Non. Quelqu'un l'a laissé dans la cour. Comme il commençait à pleuvoir, je l'ai rentré dans la maison.

Il ne la crut pas et tenta de se rappeler si elle était accompagnée d'un nourrisson lorsqu'il l'avait vue dans le kiosque. Mais il était alors tellement mal en point qu'il était incapable de le dire. Fronçant les sourcils, il la dévisagea avec attention. L'avait-il rencontrée auparavant ? Non, il s'en souviendrait. Et jusqu'ici, elle ne prétendait pas le contraire.

— J'ignore tout des enfants, expliqua-t-il dans un effort pour engager la conversation. J'ai entendu dire qu'ils étaient des humains en devenir mais j'ai mis du temps à l'admettre, et, pour tout vous avouer, j'en doute encore souvent.

Manifestement, elle ne prêtait aucune attention à ses plaisanteries — douteuses, il est vrai. Focalisée sur le nourrisson, elle lui murmurait de douces paroles. Elle paraissait curieusement attachée à ce bébé qu'elle affirmait ne pas connaître. Il ne pouvait donc pas s'empêcher de nourrir des suspicions.

Depuis des années, il veillait à ce qu'aucune femme n'ait un jour la possibilité de lui faire porter la paternité de son rejeton. Certaines avaient essayé — en vain, heureusement — et, depuis lors, il restait prudent.

Très jeune, il avait appris que son rang et ses titres lui interdisaient d'établir des relations normales avec autrui. La plupart des gens s'approchaient de lui dans l'espoir d'obtenir une faveur, de bénéficier de son influence ou simplement pour se vanter de compter un prince de sang parmi leurs connaissances. Les rares fois où il s'était allé à l'oublier, il l'avait payé cher. Aussi se tenait-il en permanence sur ses gardes et préférait-il donner l'image d'un homme superficiel et cynique afin de dissimuler à des tiers malintentionnés — et ils étaient légion — sa sensibilité et sa vulnérabilité.

— Et que fait cet enfant ici ? reprit-il.

Elle le dévisagea comme si elle commençait à douter de son intelligence.

— Ce n'est qu'un bébé ! Comment pourrait-il l'expliquer ?

— N'est-il pas à vous ?

— Non ! Comme je vous l'ai dit, je l'ai trouvé dans la cour.

— C'est en effet ce que vous avez prétendu… A qui est-il donc, d'après vous ?

— Je n'en ai aucune idée. Mais comme cette propriété est ouverte à tous les vents, n'importe qui aurait pu le déposer.

— Exact.

Il n'était pas convaincu mais cela n'avait pas d'importance. De toute façon, ce bambin ne l'intéressait pas. En revanche, il n'était pas insensible aux charmes de la jeune femme qui le berçait.

— Vous trouvez donc qu'il règne ici un certain laxisme ?

— Cela crève les yeux, répondit-elle sans se donner la peine de prendre de gants. Ce domaine va à vau-l'eau. On y entre comme dans un moulin, personne n'est au courant de rien, les domestiques ne sont pas à leur poste…

— Si vous deviez le diriger, il en serait tout autrement, je suppose : vous réorganiseriez la maisonnée en deux temps trois mouvements.

— Je m'en sais capable.

Le comportement de cette inconnue lui plaisait. Rencontrer une femme séduisante qui ne semblait pas vouloir se répandre en courbettes et en œillades sous prétexte qu'elle se trouvait en présence d'un prince était rafraîchissant.

— Vraiment ? Et que feriez-vous pour améliorer la situation ?

Elle lui jeta un regard de biais avant de se remettre à caresser tendrement le bébé.

— Ma priorité absolue serait sans doute de vous renvoyer, lui assena-t-elle sèchement.

— De me renvoyer ?

Un instant, il la dévisagea avant d'éclater de rire.

D'un ton désapprobateur, elle poursuivit :

— Jamais je ne garderais un domestique de votre acabit. D'ailleurs, quelles fonctions occupez-vous exactement dans ce château ?

Il lui sourit. Elle ignorait vraiment qu'il était prince. Merveilleux !

— Oh, elles sont assez vagues ! On me garde surtout pour distraire la galerie. Je joue le rôle d'amuseur public, si vous préférez.

Manifestement, elle n'en crut pas un mot.

— Eh bien, sachez que vos pitreries m'agaceraient. Au lieu de chercher à faire de l'humour avec des plaisanteries qui ne font rire que vous, rendez-vous plutôt utile. Auriez-vous l'obligeance de porter ce bébé un instant ?

A la vue du paquet rose qu'elle lui tendait, il secoua résolument la tête.

— Je vous l'ai dit, je n'y connais rien en matière de puériculture.

— Tenez-le quand même pendant que j'arrange un coin pour l'installer.

Pas question. La simple idée de toucher ce petit être lui donnait la frousse.

— Non, occupez-vous de lui, je me charge du reste.

Il se leva et promena les yeux dans la cuisine. Repérant un gros panier d'osier vide, il le recouvrit de la petite couverture.

— Voilà.

Avec précaution, Tianna coucha le bébé endormi dans ce berceau improvisé avant de le contempler avec ravissement.

— Il est à croquer.

Pour sa part, il n'avait jamais trouvé très beaux ces petits bouts d'hommes rouges et ridés, mais le visage de la jeune femme lui plaisait. Elle le regardait d'une façon étrange. Sans doute l'attirait-il — la plupart des femmes fondaient à sa vue — mais ses yeux de chatte reflétaient un mystère.

Elle était très, très belle mais, visiblement, elle ne se préoccupait pas de son apparence. A sa façon de se tenir, de se mouvoir, il était certain qu'elle se moquait de son image. Curieux mélange d'innocence et de sophistication, elle lui donnait l'impression de savoir beaucoup de choses mais de les avoir apprises dans les livres et non pas grâce à ses propres expériences, au contact de la vie et des gens.

— C'est drôle, reprit-il doucement en admirant les

mèches folles et dorées qui chatouillaient son cou soyeux. Vous ne ressemblez pas du tout à une pâtissière.

— Cela n'a rien d'étonnant, je n'en suis pas une.

Elle leva les yeux vers lui. Lui dire qu'elle était princesse ne lui effleura pas l'esprit. Elle ne se présentait jamais ainsi. Si elle l'avait pu, d'ailleurs, elle aurait retiré de ses veines toute trace de sang bleu, effacé de son existence tout ce qui avait trait de près ou de loin à la royauté. Bien sûr, elle était venue jusqu'ici justement à cause de ses origines et de ses obligations familiales, mais elle l'avait presque oublié.

D'un air perplexe, il insista :

— J'ai vu Milla, dans le hall, et elle m'a affirmé que vous sollicitiez ce poste.

Avec un soupir, Tianna répéta.

— Elle a tort, j'adore cuisiner mais pour mon seul plaisir.

Il fronça les sourcils. Après sa cuite de la veille, il avait du mal à réfléchir.

— Mais alors quel métier exercez-vous ?

— Je suis photographe.

Avec un gémissement, il renversa la tête en arrière.

— Ne me dites pas que vous êtes venue prendre quelques clichés croustillants de la famille royale !

— Non, rassurez-vous. Je me consacre exclusivement aux photos architecturales. Photographier des têtes couronnées ne présente aucun intérêt pour moi.

— Tant mieux. Dans le cas contraire, je vous aurais tiré les oreilles.

— Je vous déconseille d'essayer, riposta-t-elle, une main sur les hanches.

Elle ressemblait à une chatte sauvage, prête à lacérer le visage de celui qui lui manquerait de respect.

— Oh, pardonnez-moi, j'oubliais que vous étiez dangereuse !

A sa manière — à la fois sensuelle et ironique — de la considérer, un long frisson la parcourut.

Le souffle court, elle se sentit rougir jusqu'à la racine des cheveux, mais elle releva le menton.

— Pas du tout. Mais je sais me défendre, voilà tout.

— Je vous le confirme. Mes doigts en ont fait la triste expérience.

Il secoua sa main, qui ne semblait pourtant pas réellement blessée, d'un air accusateur.

— Vous m'avez fait une démonstration très convaincante de vos talents, tout à l'heure. Quels autres tours avez-vous dans votre sac ?

Un instant, leurs regards se croisèrent, parurent fusionner et crépiter.

— Je… je crois qu'il vaut mieux les passer sous silence, balbutia-t-elle en détournant les yeux. L'effet de surprise est primordial dans une attaque.

— Vous avez raison, je vais vous le prouver de ce pas, répliqua-t-il en se levant.

— Non, merci.

Elle tenta de s'écarter mais il fut plus rapide qu'elle.

— Si quelqu'un vous attrape comme cela, dit-il en lui enlaçant la taille et en la serrant contre lui, qu'allez-vous faire ?

Elle retint sa respiration. Son visage était si près du sien qu'elle sentait son souffle chatouiller sa joue, et sa barbe de trois jours picoter sa peau. Déconcertée, elle ne savait pas comment réagir.

— Je vais vous le dire, poursuivit-il d'une voix rauque. Vous devez relever le bras droit tout en tournant sur vous-même vers la gauche.

Il l'étreignait contre son corps puissant et elle devinait chacun de ses muscles dans son dos. D'instinct, elle s'apprêtait à obtempérer quand, dans un éclair, elle comprit que si elle suivait ses conseils, elle se retrouverait face à lui, dans la position idéale pour être embrassée.

L'idée ne lui aurait pas déplu si elle n'avait pas été certaine qu'il cherchait uniquement à se moquer d'elle. Elle se raidit. Pas question de tomber dans un piège aussi grossier ! Au lieu de quoi, se remémorant les leçons de son professeur d'arts martiaux, elle renversa la situation, se libéra et lui tordit le bras.

Il poussa un cri. Non seulement cette femme était ravissante mais elle était intelligente et ne se laissait pas marcher sur les pieds ! Réprimant un grand rire, il lui lança :

— Qu'est-ce qui vous prend ? J'essayais juste de vous montrer…

Dans un geste d'autodéfense, elle leva la main.

— N'approchez pas ! lui ordonna-t-elle.

A ce moment-là, la cuisinière fit son apparition, les joues rouges, l'air très contrarié. D'un regard, elle enveloppa la scène, adressa un signe de tête à Tianna, et fusilla d'un œil noir son assaillant.

— Jeune homme, vous connaissez le règlement, lui dit-elle fermement en secouant un doigt devant son nez. Dans ma cuisine, pas question de conter fleurette à qui que ce soit, c'est bien compris ? Maintenant, dehors !

Et d'un geste, elle lui désigna la sortie.

— Conter fleurette ? Ne vous inquiétez pas. Cette demoiselle sait se défendre.

Tianna le dévisagea et il soutint son regard avant de reporter son attention sur la cuisinière.

— Je ne faisais rien de mal, Cook. Je lui tenais compagnie en vous attendant. Cela me paraissait courtois de ma part.

Il arborait le sourire confiant de celui qui utilise son charme pour se sortir des difficultés de la vie et n'hésite jamais à s'en servir, certain que le stratagème marchera à chaque fois.

Mais la cuisinière ne fut pas dupe de son beau discours.

— Si vous voulez exercer vos talents de séducteur, trouvez un autre terrain de chasse. La cuisine est mon domaine réservé. Et j'ai du travail, ajouta-t-elle.

Une expression résignée se peignit sur les traits virils du jeune homme. Il se pencha vers la vieille femme et la salua avec un respect affecté.

— Cook, vous êtes ma fée protectrice, mon mentor, mon ange gardien. Comme toujours, des paroles teintées de sagesse tombent de vos lèvres délicates tels les pétales d'une rose…

A ces mots, Cook rougit et eut du mal à dissimuler le plaisir que lui faisait le compliment.

— Maintenant, débarrassez-moi le plancher.

Elle lui envoya un coup de torchon sur la tête mais, à son regard, Tianna devina son affection sans bornes pour le jeune homme.

— Et gardez votre poésie à deux sous pour vous.

— Eh, surveillez vos propos ! dit-il en se préparant à quitter la pièce. J'ai une réputation à défendre. Ne commencez pas à répandre des rumeurs sur mes dons poétiques.

Avant de tourner les talons, il déposa un petit baiser sur les joues rebondies de la vieille femme. Parvenu au seuil de la cuisine, il fit volte-face.

— Au revoir, adorable lady, lança-t-il à Tianna. J'espère que nous aurons l'occasion de nous retrouver.

Et, avec un bref sourire, il s'en alla.

Tianna pensa qu'elle ne le reverrait sans doute jamais et ne put réprimer un petit soupir de regret. Elle devait s'avouer qu'une petite amourette avec un homme de cette trempe ne lui aurait pas déplu. Un instant, elle imagina la scène : il l'embrasserait fougueusement au clair de lune, le parfum entêtant des roses les envelopperait…

La seule histoire d'amour qu'elle avait connue s'était mal

terminée et ne valait pas les efforts qu'elle avait déployés pour la faire aboutir. Mais elle avait le pressentiment qu'avec cet inconnu il en serait sans doute allé autrement.

— Ce chenapan a un cœur d'or, lui confia la cuisinière dès qu'elles se retrouvèrent seules. Mais il adore me faire enrager. Quel taquin !

Tianna sourit, tentant de recouvrer ses esprits perturbés par le souvenir du beau charmeur.

— Il est de votre famille, je suppose ?

A ces mots, la cuisinière manqua de s'étouffer.

— Ma famille ? Seigneur, non ! Ma chère, ignorez-vous donc à qui vous aviez affaire ? Il s'agit du prince Garth !

Chapitre 2

Stupéfaite, Tianna se sentit blêmir.

— Le prince Garth ! s'écria-t-elle en portant la main à son cœur. Mais… mais la jeune servante m'a dit qu'il était au Texas.

— Elle pensait que vous vouliez parler du prince Marco, c'est certain, répliqua Cook. Il se trouvait ici la semaine dernière.

Elle commença à s'activer dans la cuisine.

— Personne ne désigne Garth comme « le prince ». Il est le cadet, le fripon, le charmeur de la famille, ajouta-t-elle d'un ton affectueux.

Encore abasourdie, Tianna se laissa tomber sur une chaise. Ainsi, son fiancé officiel avait donc réellement tout du play-boy et du fêtard ! Délicieusement irrésistible au demeurant, il n'en était pas moins le dernier homme au monde qu'une femme sensée aimerait épouser. Elle avait hâte d'en informer son père. Furieux, il mettrait certainement lui-même tout en œuvre pour obtenir sous peu l'annulation de leurs fiançailles. Et ne s'était-elle justement pas rendue au château dans ce but ?

En réalité, elle avait de plus en plus de mal à se rappeler la raison de sa venue. Trop d'événements se succédaient depuis son arrivée.

La cuisinière la dévisageait en fronçant les sourcils.

— Bien, à présent, revenons à nos moutons. Vous

postulez pour le poste de pâtissière du palais, à ce que j'ai compris. Je ne vous attendais pas si tôt mais cela n'a pas d'importance. Mettons-nous au travail.

Tianna s'apprêtait à rectifier la situation mais son interlocutrice ne cessait de parler sans lui laisser la possibilité de placer un mot.

— Voilà de quoi exercer vos talents et votre créativité, poursuivait Cook en désignant une pâte à tarte. Pourquoi ne pas l'étaler dans un moule ? Cela nous donnera le temps de réfléchir à la manière dont nous allons la garnir. J'aimerais quelque chose d'original.

— Je ne suis pas ici pour occuper cet emploi.

— Non ?

— Non. Je suis…

Tianna devina qu'elle allait avoir du mal à expliquer pourquoi elle se trouvait là et pourquoi elle n'avait pas parlé à Garth lorsqu'elle en avait eu l'occasion. La situation commençait à lui échapper complètement. Il était sans doute temps pour elle de dire à tous qui elle était et de tenter de mettre un peu d'ordre dans cette affaire.

— En fait, voyez-vous, je suis la princesse Katianna de…

Malheureusement, ses paroles furent couvertes par des petits cris soudain. La cuisinière se retourna brusquement et regarda le couffin posé sur la table.

— Un bébé ! C'est vrai, Milla m'avait signalé que vous étiez venue avec votre enfant. Mais vous savez, nous n'avons rien pour accueillir un nourrisson. Vous auriez dû évoquer la question avant de vous présenter.

Tianna eut envie de s'arracher les cheveux mais se contenta de répéter :

— Il n'est pas à moi. Je l'ai découvert dans la cour.

A ces mots, Cook leva les yeux au ciel.

— Cela n'a aucun sens ! s'écria-t-elle.

— Je vous assure que c'est la vérité.

D'un coup d'œil, la vieille femme devina son irritation croissante.

— Bon, admettons. Mais alors d'où vient ce bambin ?

Bonne question. Si seulement quelqu'un connaissait la réponse ! Réprimant une envie de hurler, Tianna lui expliqua que la propriété étant très mal surveillée et ouverte à tout va, n'importe qui avait pu entrer et le déposer.

A contrecœur, la cuisinière parut accréditer cette hypothèse.

— C'est vrai. Nous manquons cruellement de personnel ces temps-ci et le domaine part à la dérive, dit-elle en secouant la tête. D'habitude, les malheureuses laissent leurs rejetons à l'entrée du parc.

Tianna fronça les sourcils.

— Vous voulez dire que des bébés inconnus atterrissent en permanence au château ?

La vieille femme haussa les épaules.

— Pas « en permanence », mais ce n'est pas la première fois. Les mères célibataires espèrent que nous allons prendre leurs progénitures sous notre aile et les élever comme des membres de la famille royale. Vous avez sûrement entendu parler de la légende du Bébé de la Rose. C'est une vieille histoire nabotavienne.

Tianna ne la connaissait pas mais n'était pas d'humeur à écouter un conte à dormir debout pour l'instant.

— Vous croyez donc qu'il a été abandonné par une femme désespérée ? s'exclama-t-elle en contemplant le petit être et regrettant de s'être déjà autant attachée à lui.

Comme l'enfant recommençait à s'agiter, elle le prit dans ses bras et tapota son petit dos en lui murmurant des paroles de réconfort.

— Sans aucun doute, conclut la cuisinière.

Elle se tourna vers Milla qui revenait du potager.

— Appelle l'orphelinat. Dis-leur que nous avons un nouveau pensionnaire à leur envoyer.

Le visage défait, Tianna leva les yeux. La pensée de cet adorable petit ange confié aux mains d'inconnus lui était insupportable.

— Ne vaudrait-il pas mieux prévenir la police ? Et peut-être les services sociaux ?

— Les services sociaux ? Seigneur, non ! Nous allons téléphoner à l'orphelinat nabotavien, c'est la meilleure solution. Ils se chargeront de lui. Nous autres, de Nabotavia, aimons nous occuper des nôtres.

Traversée par un doute subit, elle lança à Tianna :

— Vous êtes vous-même une ressortissante de notre belle patrie, n'est-ce pas, ma chère ?

— Bien sûr.

— Vous avez vécu un peu trop longtemps aux Etats-Unis, non ? Vous commencez à penser comme une Américaine. C'est également le cas de notre jeune prince. Quelle tristesse ! Heureusement, le retour au pays est proche.

Elle secoua la tête.

— Nous avons presque perdu nos racines, à mon avis.

— Vous vous préparez donc à rentrer à Nabotavia ?

— A vrai dire, une partie du personnel est déjà là-bas et voilà pourquoi je suis débordée. Je me retrouve seule à tenir cette maison à bout de bras et Dieu sait que je n'ai pas le temps de chômer !

Sur ces entrefaites, la jeune servante revint.

— L'orphelinat ne peut pas accueillir le bébé. Une épidémie de varicelle frappe l'établissement et tant que la maladie n'est pas enrayée, ils n'ont pas le droit de prendre de nouveaux arrivants. Il faut compter quatre ou cinq jours au moins.

Secouant la tête, la cuisinière prit un air accablé.

— Oh, Seigneur ! Quelle sera la prochaine catastrophe ?

Tianna hésitait. Elle avait la possibilité de dire qui elle était et tout changerait. Immédiatement, elle serait considérée comme une princesse, on lui donnerait une chambre agréable pour la nuit et elle ne reverrait sans doute jamais plus cet enfant.

Mais elle pouvait aussi laisser tout le monde croire qu'elle était à la recherche d'un emploi et rester ici un moment. Elle regarda le bébé. Ses grands yeux bleus la dévisageaient avec intensité et sa lèvre inférieure tremblait. Submergée par une vague de sentiment maternel, la jeune femme se sentit faiblir. Ce petit être lui paraissait si doux, si mignon, si plein de vie et surtout si fragile, si vulnérable ! Tianna savait ce qu'était être perdu et sans défense. Elle ne souhaitait un tel sort à personne, et surtout pas à un innocent. Elle devait faire quelque chose pour s'assurer que rien de fâcheux n'arriverait à cet angelot. Et comme elle avait l'expérience des petits, s'étant beaucoup occupée du fils de sa sœur, elle prit sa décision.

— Je... je peux peut-être m'en charger...

— Et comment vous appelez-vous, ma chère ?

— Tianna Rose.

Pour le moment, son nom usuel convenait très bien. Personne ne ferait le rapprochement avec Katianna Roseanova-Krimorova, la fiancée officielle du prince.

— Rose ? Seriez-vous apparentée à la famille royale, par hasard ?

Tianna croisa son regard mais elle n'avait pas l'habitude de mentir ouvertement.

— Peut-être.

Avec un petit rire, la cuisinière reprit d'un air entendu :

— Tout le monde rêve d'être de sang bleu... Après tout, c'est sans doute le ciel qui vous envoie. Quelqu'un doit s'occuper de ce bébé et je n'ose pas le laisser aux mains de Milla. Elle serait capable de l'oublier dans la cour. Que savez-vous en matière de puériculture, Tianna ?

Pour le prince Garth, conduire une Porsche faisait partie des grands plaisirs de l'existence. Toute en puissance et en finesse, sa voiture ressemblait à une femme sensuelle. Voilà peut-être pourquoi, tandis qu'il conduisait, les cheveux dans le vent, après un après-midi barbant à discuter avec ses avocats et des industriels, ses pensées s'envolaient vers la ravissante inconnue qu'il avait rencontrée ce matin.

Il se remémorait les charmantes courbes de son corps. Lorsqu'il l'avait serrée contre lui dans la cuisine, il s'était senti troublé. Elle était féminine jusqu'au bout des ongles. Sa grâce de chatte et sa beauté un peu hautaine l'avaient séduit au premier regard, mais ces charmes l'encourageaient plutôt à se tenir sur ses gardes. Dernièrement, il avait eu maille à partir avec ce genre de demoiselles et, à présent, il se méfiait.

Ah, les femmes ! Elles n'étaient jamais fair-play. Même celles qui semblaient au départ accepter les règles — c'est-à-dire prendre les jeux de la séduction et de l'amour avec légèreté —, et qui lui avaient juré de laisser leurs sentiments au vestiaire, finissaient toujours par exiger un engagement sur le long terme ou, pire, la bague au doigt. Et lorsqu'il repoussait leurs avances, elles s'arrangeaient toujours pour le lui faire payer.

Le mois dernier encore, il avait — bien malgré lui — défrayé la chronique avec un scandale impliquant une jeune rousse qu'il n'avait même pas embrassée. Elle avait été raconter à des journalistes un conte à dormir debout, disant qu'il organisait des orgies sur son yacht, faisait l'amour dans des lieux publics et Dieu sait quoi encore ! Tout cela parce qu'il avait cessé de répondre à ses appels téléphoniques et qu'il refusait de nouer une relation avec elle. Parfois, il avait l'impression que le sort s'acharnait sur lui.

D'un autre côté, il détestait penser au nombre de femmes dont il avait brisé le cœur. Cela dit, celui de certaines était vraiment très fragile. Garth en était finalement parvenu à la conclusion qu'il valait désormais mieux pour lui ne plus fréquenter personne. D'ailleurs, il était fiancé. Il n'avait pas besoin de chercher une compagne, alors pourquoi ne pas cesser définitivement de séduire tous les jupons du voisinage ?

Pourtant, la visiteuse de la matinée, aussi séduisante que dangereuse, l'intriguait. Elle lui avait affirmé être photographe alors qu'à l'évidence elle postulait pour un emploi de pâtissière. Elle allait certainement lui confectionner sous peu de bons petits plats. A cette idée, il sourit de nouveau. Laissant la voiture à Homer, le chauffeur, il se dirigea vers la cuisine et salua Cook d'un baiser sonore sur la joue.

— Ah, vous voilà ! dit-elle. Dînez-vous ici, ce soir ?

— Oui, je crois.

Il promena les yeux dans la pièce mais ne vit nulle part la jeune femme qu'il cherchait.

Cook le considéra en souriant.

— Parfait. Vous sortez beaucoup trop ces temps-ci. Rester un peu à la maison vous fera du bien.

D'un bref coup d'œil circulaire, Garth repéra Milla écossant des petits pois dans l'office et une jeune fille nettoyant la table.

— Qu'est-il arrivé à la nouvelle pâtissière ?

D'un geste du menton, Cook lui désigna la brune.

— Elle est là. C'est une travailleuse.

Garth fronça les sourcils.

— Non, je voulais dire l'autre, celle de ce matin.

Inquiet, il se tourna vers la vieille domestique.

— Vous ne l'avez pas renvoyée, j'espère !

— Oh, vous parlez de Tianna ! Elle a accepté de se charger du bébé trouvé dans la cour jusqu'à ce que l'orphelinat accepte de le prendre, ou que quelqu'un le réclame. Elle doit être à la nurserie…

Mais Garth était déjà sorti en sifflotant. Ainsi, elle se nommait Tianna. Un très joli prénom, typiquement nabotavien pour une très jolie fille typiquement nabotavienne. Contre tout bon sens, il brûlait d'envie de la revoir. Malgré sa réputation de coureur de jupons, non usurpée au demeurant, il n'avait encore jamais flirté avec une de ses employées. Ce n'était pas son genre. Cela dit, il n'avait jamais rencontré de domestique aussi belle auparavant. Elle était l'exception qui confirmait la règle.

Il se sentait d'excellente humeur en frappant à la porte de la nurserie.

— Entrez !

Un sourire charmeur sur les lèvres, il ajusta le nœud de sa cravate et tourna la poignée. Mais en pénétrant dans la pièce, au lieu de voir la surprise se peindre sur les traits ravissants de la dénommée Tianna, il se retrouva nez à nez avec une expression accusatrice.

— Ah, vous voilà ! s'exclama-t-elle.

Il s'arrêta net. Au moins ne l'avait-elle pas mis au tapis avec une prise de karaté, cette fois-ci.

— Qu'est-ce que j'ai fait ? répliqua-t-il sans comprendre.

D'un regard, elle lui indiqua que, s'il l'ignorait, son cas était plus grave encore qu'elle ne l'avait craint.

— Je vous attendais, dit-elle d'un air préoccupé. Je dois vous parler.

Son ton le surprit mais il fut heureux de constater qu'elle était aussi jolie que dans son souvenir. Ses cheveux cuivrés encadraient un visage fin aux lèvres pleines, et de grands yeux d'un vert lumineux et sertis de longs cils noirs. Elle lui plaisait et il s'interrogeait déjà sur la saveur de sa peau.

— J'étais en réunion tout l'après-midi. Des discussions longues et ennuyeuses avec des chefs d'entreprise et des avocats. Pourquoi ? Que se passe-t-il ?

Il demandait ce qui se passait !

Elle déposa avec précaution le bébé dans le vieux berceau de la famille pour se donner le temps de reprendre contenance. Comme elle caressait du bout des doigts la petite tête soyeuse, elle sentit une vague de tendresse la submerger. En la changeant, elle avait découvert qu'il s'agissait d'une petite fille. Qu'elle était belle, endormie sous sa couverture rose ! Tianna avait la ferme intention de la défendre. Elle était prête à tout pour s'assurer que sa protégée serait en sécurité et entre de bonnes mains.

Par chance, la nurserie regorgeait d'articles de puériculture, les enfants de Marco, encore très jeunes, y ayant séjourné peu auparavant. Milla avait été envoyée en ville acheter du lait en poudre et des petits pots, mais les armoires regorgeaient de couches et de draps ainsi que de tous les ustensiles nécessaires à un bébé. Et ce bout de chou était peut-être mieux loti dans la vie que Tianna ne l'avait craint au départ.

Elle regarda le prince Garth. Depuis plusieurs heures, elle ruminait sa colère contre lui, mais si elle commençait à tempêter, elle n'aboutirait à rien. D'ailleurs, à le dévisager, elle avait à présent la conviction qu'il n'était pas le monstre qu'elle s'était imaginé. Il prendrait certainement ses responsabilités.

— Avez-vous déjà entrepris des recherches pour retrouver la maman de ce petit trésor ? s'enquit-elle avec précaution.

Il parut déconcerté par la question mais répondit presque aussitôt.

— Ne vous inquiétez pas pour ça. L'orphelinat s'en

chargera. En général, les malheureuses récupèrent leur progéniture en quelques jours. Elles agissent ainsi à cause de la légende du Bébé de la Rose, vous savez.

Elle se mordilla les lèvres. Voilà deux fois que quelqu'un faisait allusion à cette histoire devant elle. Sans doute appartenait-elle spécifiquement à la culture de l'est de Nabotavia, parce qu'elle ne se souvenait pas en avoir jamais entendu parler. Mieux valait certainement l'écouter avant d'aborder le sujet crucial.

— Pourquoi ne prendriez-vous pas un siège pour me la raconter ? lui suggéra-t-elle en lui désignant un fauteuil.

Il la dévisagea et faillit éclater de rire. Elle lui parlait comme si… comme si elle était une princesse ! Bien sûr, il avait l'habitude d'être traité en égal par la plupart de ses interlocuteurs. Après tout, il avait passé la plus grande partie de sa vie aux Etats-Unis, dans l'armée américaine, en particulier, en tant que lieutenant-colonel. Mais chez lui, dans ce château, il en était autrement. Il était le maître des lieux et Tianna, son employée. A présent, elle n'ignorait sûrement plus qu'il était prince. Or, curieusement, elle ne semblait pas éprouver la nécessité de le traiter avec une déférence particulière. Un observateur extérieur aurait même pu parvenir à la conclusion inverse, à savoir qu'*il* travaillait pour *elle* !

— Vous êtes nabotavienne, non ? demanda-t-il en se laissant tomber sur une chaise. Vous la connaissez donc certainement.

— Je n'en ai gardé aucun souvenir. Pourquoi ne pas me rafraîchir la mémoire ?

— D'accord. L'histoire s'est déroulée il y a une centaine d'années à Nabotavia. A l'époque, le royaume traversait une période d'instabilité, les guerres se succédaient. La reine — mon arrière-grand-mère — avait donné le jour à trois garçons mais ne parvenait plus ensuite à porter d'autre progéniture. Or, elle rêvait d'une petite fille. De ce fait, elle fit une grave dépression. Tous les habitants du pays connaissaient sa tristesse à ce sujet. Puis, un jour, alors qu'elle traversait la roseraie, elle trouva un bébé fille, enveloppée dans une couverture rose. Elle l'adopta, l'éleva comme son propre enfant et la nomma même princesse. La fillette grandit et devint ma grand-tante, la princesse Elna. Pour respecter les désirs de la reine, elle ne s'est jamais mariée et a tenu compagnie à sa mère adoptive jusqu'à la fin.

— Très belle histoire.

— Oui. Ce genre de gratitude n'est plus très fréquent de nos jours, n'est-ce pas ?

Il lui décocha un sourire lumineux.

— Je ne me souviens pas beaucoup d'elle mais je sais qu'elle aimait passionnément la vie. Elle a fondé l'orphelinat et un hôpital pour les nécessiteux de Nabotavia. Tout le pays l'adorait et la considérait comme une sainte.

— Oui, la princesse Elna, acquiesça Tianna.

A présent, la mémoire lui revenait. Elle avait lu une biographie de cette aïeule lorsqu'elle avait douze ou treize ans.

— J'ai effectivement entendu parler d'elle, bien sûr. C'était une femme merveilleuse.

— En tout cas, elle est entrée dans la légende et cette histoire est devenue un mythe. Les gens ont cru que la famille royale prenait en charge des bébés. La roseraie étant ouverte au public, certaines femmes se sont mises à y laisser leurs progénitures avec de petits mots nous suppliant de les adopter. Avec le temps, cette pratique semblait passée de mœurs mais, j'ignore pourquoi, depuis quelques années des mères recommencent à abandonner leurs enfants au château. Mais, en général, elles n'osent pas s'aventurer dans le parc et les laissent à l'entrée.

D'un air pensif, Tianna hocha la tête avant de glisser un coup d'œil vers le berceau où dormait la petite fille.

Garth suivit son regard.

— Et vous, où l'avez-vous trouvée exactement ? s'enquit-il pour juger de sa réaction.

— Dehors, le long de l'allée.

— Et non pas dans la roseraie ?

— Non. En fait, elle était au milieu des primevères.

— Dommage, reprit-il. Quoi qu'il en soit, je ne me sens pas d'humeur à pouponner.

— Et si ce n'était pas une inconnue qui l'avait déposée dans le parc ? demanda-t-elle avec douceur. Et s'il s'agissait d'une femme que vous connaissez ?

Les sourcils froncés, il se cala dans son fauteuil.

— Où voulez-vous en venir ?

Elle se leva, fouilla dans un tiroir et revint, une enveloppe à la main. De là où il était, il sentait les fragrances de son parfum, un parfum de rose qui le hantait depuis le début de la matinée.

— Vous feriez mieux de prendre connaissance de cette lettre, dit-elle en la lui tendant. Je l'ai découverte dans les habits du bébé.

En proie à un malaise croissant, il s'empara de la missive.

— « Mon très cher Garth », lut-il.

Avec un gémissement, il poursuivit sa lecture.

— « Pourquoi m'as-tu fait cela ? Tu n'es jamais revenu me voir, tu ne m'as plus écrit. Je ne sais plus quoi faire. Je n'arrive plus à assumer seule cette maternité, la situation devient trop difficile. J'ai perdu ton amour et ton soutien. Mais ce bébé est le tien autant que le mien. Je te le confie pour que tu en prennes soin. Je t'aime encore et je t'aimerai toujours. Ton petit rayon de soleil. » Jolie tentative, le « petit rayon de soleil », dit-il d'un ton sardonique en repliant la feuille.

Avec une profonde inspiration, il regarda Tianna en face avant d'ajouter :

— Je présume que vous avez lu cette lettre.

Elle se mit à rougir, se rendant compte qu'elle avait fait preuve d'une indiscrétion majeure.

— Je… Je suis désolée, balbutia-t-elle. Je pensais…

— Bien sûr, reprit-il, écartant d'un geste ses excuses. Cela n'a aucune importance. En revanche, il est essentiel pour vous de bien comprendre qu'il s'agit d'une mauvaise plaisanterie.

— D'une mauvaise plaisanterie ?

— Bien sûr. J'ignore tout de cette femme. Et je ne suis pas le père de son bébé.

Tianna le dévisagea. Ainsi, il niait tout en bloc. Sans savoir pourquoi, elle s'était persuadée qu'il ferait au moins preuve de remords ou, mieux, s'engagerait à assumer ses responsabilités vis-à-vis de cette malheureuse. Mais tandis qu'elle fixait ses prunelles bleues, elle se rendit compte qu'il n'en avait aucune intention.

Pour la première fois depuis qu'elle avait découvert cette missive, le doute s'insinua dans son esprit. Peut-être avait-il raison ? Peut-être cette enfant n'avait-elle aucun lien de parenté avec lui ? A un certain niveau, elle ne demandait qu'à le croire. Pourtant, la lettre paraissait sincère. Et, en général, les femmes savaient qui étaient le père de leur bébé. Elle ne parvenait pas à imaginer une mère capable de confier sa progéniture à quelqu'un sans être absolument certaine de son fait…

— Je pensais que vous auriez au moins une idée de l'auteur de cette missive, dit-elle en le dévisageant d'un regard pénétrant.

— Non, je l'ignore complètement.

Les sourcils froncés, elle se pencha en avant. La fillette devait être âgée d'environ quatre mois.

— Et si vous remontiez en arrière… Où étiez-vous il y a un an ? C'est sans doute à cette époque que l'enfant a été conçu.

— J'étais à Nabotavia, dit-il froidement. Je combattais les rebelles.

Décontenancée, elle se tassa sur son siège. Cette information jetait une lumière nouvelle sur la situation.

— Mais peut-être cette femme s'y trouvait-elle aussi ?

Il serra les mâchoires.

— Ou peut-être est-elle une fille du coin qui a entendu parler de la légende du Bébé de la Rose et a voulu tenter sa chance…

— Peut-être.

Un bon moment, ils restèrent à se dévisager dans une atmosphère chargée d'étincelles. Soudain, Tianna eut l'impression de manquer d'air. Elle humecta ses lèvres, tentant de masquer son émoi, mais en voyant le regard viril du prince suivre le mouvement de sa langue, elle fut plus troublée encore et dut faire appel à toute sa volonté pour se rappeler l'objet de leur conversation.

— En tout cas, vous n'avez aucun besoin de vous inquiéter de cette question, dit-il enfin avec un léger haussement d'épaules. Je suis certain que la mère va vite être identifiée.

Avec un soupir exaspéré, elle revint à la discussion.

— C'est tout ce que vous avez à déclarer sur le sujet ?

— Qu'aimeriez-vous que je vous dise de plus ?

De plus en plus mal à l'aise, elle détourna la tête.

— Je ne sais pas. Peut-être que vous êtes désolé que ce pauvre bébé ait été abandonné, que vous allez vous démener pour retrouver sa maman. J'ai l'impression que vous vous en moquez !

Et si c'était plus qu'une impression ?

Malgré la tentation, il garda cette réflexion pour lui,

devinant qu'il déclencherait ses foudres s'il en faisait état à voix haute. Bien sûr, à un niveau purement humain, il se souciait de cette enfant. Mais elle restait pour lui une abstraction. Dans le grand ordre de l'univers, les femmes qui abandonnaient leurs enfants dans l'espoir de les faire adopter par la famille royale ne le passionnaient pas beaucoup, pourquoi le nier ? Il en avait tant vu ! Seule nouveauté, cette fois-ci, la jeune mère s'était crue obligée d'ajouter une lettre pour compliquer la situation, et Tianna l'avait découverte.

Il devait l'avouer, cette dernière l'intéressait davantage que toutes les femmes qu'il avait connues depuis très longtemps. La plupart de ses semblables se pâmaient en sa présence, lui envoyaient des œillades aguichantes, flirtaient, se répandaient en compliments ridicules pour lui faire comprendre qu'elles adoreraient se retrouver dans ses bras. Mais Tianna était différente. A ses réactions, il devinait qu'elle n'était pas totalement insensible à ses charmes. Mais elle s'efforçait de lui résister. Et, bien sûr, cela attisait son désir d'elle. Il la considérait comme un défi, qu'il rêvait de relever.

Pourtant, il devinait qu'il lui fallait donner l'impression de se préoccuper de ce bébé.

— Si cela peut vous satisfaire, je veux bien confier le cas à un expert, dit-il en sortant son portable.

Composant un numéro, il s'éclaircit la gorge.

— Janus ? J'ai du travail pour vous. Pourriez-vous me retrouver dans mon bureau dans… disons, cinq minutes ? Janus est mon valet de chambre, expliqua-t-il en raccrochant. C'est un homme de confiance. Il va régler la question.

L'œil noir, elle se raidit sur son siège. Elle était déçue de le voir refiler le dossier à un domestique, comme s'il se désintéressait complètement de l'affaire. Il se comportait comme un homme riche et influent qui refusait de se soucier des problèmes des pauvres gens. Cette attitude — typique à ses yeux des membres de la famille royale — était insupportable !

Il se leva.

— Le dîner est servi à 18 heures dans le petit salon.

— Je ne peux pas laisser le bébé.

— Mais si ! Je vous enverrai Bridget, une des servantes, elle s'en occupera. Elle surveille souvent les enfants de Marco.

— Non, vraiment, je ne crois pas que…

— Tianna.

Au ton de sa voix, elle releva la tête. Il n'ajouta pas qu'il était le patron et qu'elle devait se plier à ses volontés, mais l'intonation était claire. Il lui donnait un ordre.

La gorge serrée, elle eut du mal à déglutir. Soudain, elle vit son visage s'adoucir d'un sourire entendu.

— Nous avons besoin de temps pour faire plus ample connaissance, dit-il d'un air teinté de promesses.

Retenant son souffle, elle le regarda quitter la pièce et continua à fixer la porte longtemps après qu'il fut parti.

— Idiote, se reprocha-t-elle. Tu t'es laissé embobiner par ce type. Il t'a hypnotisée. Reprends-toi !

Avec un gémissement, elle se pencha vers le berceau.

Peu d'hommes avaient réussi à percer sa cuirasse intérieure. Et elle s'en félicitait. Elle ne voulait pas tourner comme sa jeune sœur, Jannika. Pendant toute son adolescence, Janni n'avait jamais hésité à faire les quatre cents coups, à sortir en cachette. Elle avait fini par tomber enceinte et par épouser un type que ses parents désapprouvaient. Mais à la naissance du bébé, son irresponsable de mari l'avait abandonnée et Janni avait été contrainte de revenir vivre dans la maison familiale. Pour rien au monde, Tianna n'aurait voulu suivre son exemple et connaître la honte et les regrets de sa cadette.

Toute sa jeunesse, Tianna avait fréquenté des écoles de filles, y compris au collège et au lycée. Les rares fois où elle avait eu l'occasion de rencontrer des représentants du sexe opposé, elle avait dû garder ses distances parce que, officiellement, elle était fiancée.

Pendant très longtemps, ces pseudo-fiançailles l'avaient sans doute protégée de bien des déboires. Mais dès qu'elle avait commencé à suivre des cours de photographie, elle s'était rendu compte que cet engagement était devenu un carcan. Tant qu'elle serait promise au prince de Nabotavia, elle serait liée à la monarchie, à ses devoirs et responsabilités, et n'aurait jamais la possibilité de s'installer à New York pour réaliser son rêve professionnel.

Aussi avait-elle décidé de prendre des distances, de cesser de se considérer comme « promise ». La suite était un classique du genre. Elle n'avait pas tardé à tomber folle amoureuse d'un de ses professeurs, subjuguée par sa maturité et son assurance.

Par chance, elle s'était arrêtée à temps, avant de perdre complètement la tête et de connaître le tragique destin de sa sœur. De toute manière, elle se considérait d'abord et avant tout comme une photographe.

Quoi qu'en pensent ses parents, elle était persuadée d'avoir beaucoup de talent. Elle avait fait quelques expositions, gagné plusieurs prix et avait finalement décroché un emploi à New York. Le jour où son futur employeur lui avait écrit pour lui confirmer son engagement avait été un des plus beaux de sa vie.

Bien entendu, son père s'y était opposé. « Ce travail n'est pas pour toi, avait-il tonné. Et tu vas bientôt épouser le prince Garth, de toute façon. »

Elle avait été un peu étonnée qu'il utilise cet argument pour la contrer. Depuis des années, il n'évoquait jamais ces fiançailles. Sa famille ne nourrissait pas des liens très étroits avec la communauté nabotavienne. Aussi Tianna avait-elle fini par penser que cet engagement ne représentait pas grand-chose aux yeux de ses parents non plus. Et elle s'en félicitait. Mais puisque ces fiançailles devenaient un obstacle à la réalisation de son rêve, il lui fallait à présent y mettre un terme. Elle était venue ici pour rompre et devait s'interdire de se laisser distraire de son but par une attirance qui ne pouvait qu'être passagère.

« De toute façon, se dit-elle avec un engouement feint, quand le bébé aura retrouvé sa mère, le prince en aura tellement assez de moi qu'il sera ravi de me voir partir. »

En tout cas, elle l'espérait.

Chapitre 3

A 18 heures précises, Tianna descendit dans le petit salon. Elle pénétra dans la pièce lentement, appréhendant un danger. Elle était si nerveuse qu'elle ne remarqua pas que le prince Garth la suivait et sursauta quand il prit la parole.

— Bonsoir.

Elle fit volte-face et tenta de ne pas sembler surprise.

— Bonsoir, dit-elle en tirant sur son col.

Pour le dîner, elle avait passé une longue robe moulante, boutonnée jusqu'au cou et ornée de dentelle blanche. Elle n'avait jamais porté ce genre de tenue auparavant, mais, comme elle n'avait pas pensé à emporter beaucoup d'affaires, la cuisinière lui avait conseillé de mettre les vêtements qui se trouvaient dans le placard de la nurserie. Par chance, certaines des précédentes nounous devaient être à peu près de sa taille, à défaut de partager ses goûts vestimentaires.

Le prince était habillé simplement mais avec élégance d'un pantalon de lin bien coupé et d'une chemise blanche qui mettaient en valeur son torse musclé. Il incarnait si bien la virilité que la jeune femme sentit son cœur s'emballer, et elle ne put s'empêcher de reculer tandis qu'il s'avançait vers elle, tant sa séduction lui paraissait dangereuse.

D'un geste, il lui désigna deux fauteuils dans un coin de la pièce.

— Voulez-vous vous asseoir ? Vous aimeriez peut-être prendre un verre avant de passer à table.

— Où sont les autres ? s'enquit-elle en promenant les yeux autour d'elle d'un air suspicieux.

— Il n'y a personne d'autre, répliqua-t-il avec un sourire. Nous ne sommes que deux.

Elle hésita et lui jeta un regard de biais.

— Je ne comprends pas, dit-elle enfin.

Avec un petit rire narquois, il lui saisit la main et la porta à ses lèvres.

— Mais si, bien sûr, vous comprenez très bien. Je vous ai invitée à dîner en tête à tête pour vous séduire. C'est évident. J'ai fait de même avec toutes les nounous qui se sont succédé au château. Il s'agit d'une sorte de cérémonie initiatique, si vous préférez.

Elle le dévisagea d'un œil noir. De nouveau, il se moquait d'elle, mais elle n'allait pas se laisser prendre au piège. Avec hauteur, elle se libéra de son emprise et s'installa dans un des deux fauteuils.

Sans se départir de son sourire ironique, il se tourna vers elle.

— Que désirez-vous boire ? s'enquit-il.

— Je croyais que vous aviez renoncé à l'alcool.

— Exact. Si le cœur vous en dit, Janus vous apportera un verre de porto ou d'autre chose mais, pour ma part, je vais me contenter d'un thé. A ce qu'il paraît, il facilite la digestion.

— Ce breuvage me convient tout à fait.

Elle se pencha avec grâce pour s'emparer de la théière. Surpris, Garth la regarda faire un instant. En général, les nounous ne prenaient pas l'initiative de servir le thé si on ne les en avait pas priées. Il avait l'impression que Tianna se comportait en maîtresse de maison. Elle paraissait d'ailleurs très à l'aise dans ce rôle, comme si elle l'avait tenu toute sa vie. Quelle surprenante jeune femme !

Comme il se laissait choir dans le fauteuil opposé, il se demanda pourquoi elle le troublait si profondément. Il savait très bien qu'il n'était pas le père du bébé dont elle se chargeait à présent avec tant de sérieux. Pourtant, il avait passé la fin de l'après-midi à se torturer la cervelle pour tenter de se remémorer toutes les filles qu'il avait connues un an auparavant, toutes les nuits de beuverie pendant lesquelles il aurait pu oublier ce qu'il avait fait.

Mais à l'époque, il avait rarement eu l'occasion de boire. D'ailleurs, même lorsqu'il lui arrivait d'abuser de la boisson, il n'avait jamais été ivre au point de perdre la maîtrise de lui-même. Voilà pourquoi il était si sûr de lui. Rien ne pouvait lui arriver, aucune mauvaise surprise ne lui tomberait du ciel, aucun « petit rayon de soleil » ne parviendrait à prouver qu'il avait conçu un enfant.

Néanmoins, le regard réprobateur de Tianna l'avait obligé à y réfléchir, à se replonger dans son passé pour s'assurer qu'il était dans le vrai. Depuis le premier instant où il s'était réveillé et l'avait vue dans le kiosque, comme une apparition, comme un personnage échappé de ses rêves, son équilibre intérieur était soumis à rude épreuve. Il grimaça. Ce trouble ne lui ressemblait pas. Il fallait y mettre un terme, se ressaisir.

De toute façon, cette attirance passagère n'avait aucun caractère de gravité. Il avait l'habitude des femmes, les connaissait bien et savait les prendre. Il n'allait pas tarder à maîtriser la situation.

Il accepta la tasse qu'elle lui tendait et la brandit comme pour porter un toast :

— A l'amour et à la beauté, dit-il.

Un éclair traversa les yeux de Tianna et elle leva la sienne.

— Et à l'intégrité, ajouta-t-elle.

Surpris, il en avala de travers.

— Tianna, commença-t-il d'un ton sévère, vous êtes beaucoup trop belle pour jouer les rabat-joie.

Les rabat-joie ! Avec un soupir, elle se cala dans son fauteuil et croisa les bras.

— Il est temps, je crois, de mettre les points sur les i. Vous avez la réputation d'un tombeur, je le sais, mais je ne suis pas une fille facile et je n'ai pas l'intention de vous suivre sur ce terrain.

Malgré la fermeté de son ton, Tianna n'ignorait pas que cette assurance n'était malheureusement qu'une apparence. Chaque fois qu'elle posait les yeux sur Garth, elle avait l'impression d'avancer sur des sables mouvants. Dans son regard viril brillait une lueur espiègle mais aussi autre chose, qu'elle ne parvenait pas à identifier mais qui la rendait nerveuse.

— Ne dites pas « fontaine… », Tianna, lui conseilla-t-il. Sur le long terme, tout est négociable.

— Non, vous avez tort. Je ne transigerai jamais sur certains principes.

Il haussa les épaules. La vie se chargerait de lui prouver le contraire. Avec le temps et un peu d'expérience, elle changerait d'avis.

Quelques instants, ils bavardèrent à bâtons rompus puis Janus apparut, une soupière dans les mains. Agé d'une quarantaine d'années, Janus était grand et bien bâti. Il était passé à la nurserie dans l'après-midi. C'était un homme séduisant aux yeux pétillants d'intelligence. Lorsqu'elle lui avait ouvert, il avait été droit au berceau et avait soulevé le bébé pour lui parler tendrement.

— Je suis sûre que vous êtes vous-même papa, lui avait-elle dit en riant.

Elle-même avait beaucoup appris en observant sa sœur

à l'œuvre, sans se rendre compte que ces compétences en puériculture allaient si vite lui être utiles.

— Non, avait-il répondu. Je n'ai jamais été marié. Mais j'ai une ribambelle de neveux et de nièces. Voilà pourquoi je ne me sens pas perdu avec des bambins.

Manifestement, il aimait les enfants et l'idée qu'il allait mener lui-même les recherches mettait un peu de baume au cœur de Tianna.

— Le dîner est servi, annonça-t-il avec un petit salut.

D'un geste galant, le prince Garth offrit son bras à la jeune femme pour la conduire à la table dressée au centre de la pièce. Elle admira les lourds couverts en argent massif, la fine vaisselle en porcelaine de Chine, les verres en cristal et les chandeliers. Janus déposa un velouté de homard dans leurs assiettes, posées sur une nappe de dentelle, avant de rejoindre la cuisine.

— Votre valet m'impressionne beaucoup, confia-t-elle à Garth.

Le prince hocha la tête.

— Janus a de multiples facettes. Non seulement il est efficace dans tous les domaines et me conseille comme personne — il m'a évité bien des erreurs et des soucis — mais il est également un peintre amateur de grand talent. Il consacre à son violon d'Ingres tous ses moments de liberté. Régulièrement, il travaille avec d'autres artistes à Sedona.

Avec un sourire, il ajouta :

— Si vous savez vous y prendre, il acceptera certainement de faire votre portrait.

— Ce serait formidable.

Elle se remémora celui qui ornait la bibliothèque de ses parents. Pour une raison qu'elle n'avait jamais comprise, elle y était représentée en Diane, la déesse de la chasse. Elle avait toujours trouvé ce tableau ridicule.

Mais Garth poursuivait ses commentaires sur son valet.

— Janus a pris soin de moi au moment de la révolution et il m'a amené aux Etats-Unis. Je lui dois la vie, déclara-t-il simplement.

Un long moment, tous deux restèrent silencieux. Tianna se rappelait que les parents du prince avaient été tués quand les rebelles avaient renversé la monarchie. Sans doute était-il très jeune à l'époque. Soudain, une vague de sympathie s'empara d'elle. L'histoire de leur pays était jonchée de tragédies et celle de Garth en était un exemple parmi tant d'autres. Mais à la lueur qui brillait dans son regard, elle devina que ce drame le hantait encore.

— Parlez-moi de vous, dit-il, rompant le silence. Où avez-vous vécu ?

— J'ai grandi près de Seattle, répondit-elle après un instant d'hésitation.

Lui donner trop de précisions risquait de lui mettre la puce à l'oreille. Peu de ressortissants de Nabotavia avaient élu domicile sur la côte Pacifique.

D'ailleurs, elle se demandait parfois si ses parents n'avaient pas profité de cet exil aux Etats-Unis pour prendre leurs distances vis-à-vis de la royauté. Elle et ses frère et sœur avaient été élevés dans une charmante banlieue de Seattle. Mais leur maison ne dépareillait pas dans le quartier. Seuls de rares proches savaient qu'ils faisaient partie de la famille royale. Elle avait connu une enfance normale, similaire à celle de toutes les petites Américaines de son âge. Bien sûr, un majordome dirigeait la maisonnée et ses parents étaient très pointilleux sur tout ce qui concernait la sécurité, mais les domestiques à leur service n'étaient pas plus nombreux que ceux de leurs voisins bien lotis.

Bref, apprendre d'où elle venait amènerait peut-être le prince à se poser des questions. Mais elle refusait de mentir. S'il l'interrogeait, elle assumerait.

Mais il ne parut pas en être surpris outre mesure.

— Cela ne m'étonne pas. Vous êtes assez typique de Seattle.

— Du genre provinciale et un peu étriquée ? s'enquit-elle en riant.

— Pas du tout. Au contraire, vous me semblez très bien élevée, ouverte au monde qui vous entoure et pleine de vie.

A ces mots, elle rougit légèrement. Il avait l'air sincère et elle apprécia.

— Je vous retourne le compliment. Avec votre teint bronzé et vos cheveux ébouriffés, vous avez tout d'un habitant d'Arizona de pure souche, mais je ne suis pas certaine que vous serez flatté de le savoir.

— Et vous m'avez dit être photographe, reprit-il. Parlez-moi de votre métier. Depuis quand l'exercez-vous ?

Comme d'habitude, une fois lancée sur le sujet, elle devint vite intarissable. Garth se cala sur sa chaise, opinant du menton tandis que Janus débarrassait et leur apportait un filet de saumon. Tout en observant la jeune femme, le prince l'écoutait avec une grande attention.

Sa lumineuse beauté et sa spontanéité le fascinaient de plus en plus. Il aimait la façon dont ses yeux brillaient lorsqu'elle parlait de son travail, la passion qui l'animait, la manière dont elle bougeait les mains pour donner plus de poids à ses paroles. Il appréciait le contraste entre l'aspect virginal de sa robe et les courbes généreuses qu'il devinait sous le tissu, la manière dont elle était coiffée, la barrette d'argent qui retenait ses cheveux dorés dont les lourdes boucles tombaient sur ses épaules.

Un instant, il se demanda ce qu'il ferait s'il n'était pas membre de la famille royale. Sortirait-il avec elle ? L'idée était très tentante, il devait l'avouer.

Mais bientôt, il retournerait à Nabotavia pour prendre sa place dans le futur gouvernement de son pays natal. L'année précédente, il avait combattu là-bas pour pousser les rebelles hors du royaume. Il avait cru que renverser ceux qui avaient tué ses parents et volé son enfance l'apaiserait. Mais ce n'avait pas vraiment été le cas. La blessure dans son cœur était toujours là. Peut-être ne guérirait-elle jamais.

— J'aimerais revenir au bébé quelques instants, dit-elle soudain.

Fronçant les sourcils, il sortit de sa rêverie.

— Si vous y tenez…

Elle hocha la tête d'un air résolu.

— Charger Janus de l'enquête était une excellente idée.

— Alors, vous êtes contente ?

— Certainement pas ! s'écria-t-elle, outrée.

A ces mots, il poussa un gros soupir.

— Et pourquoi ?

— Janus est formidable, mais ne voyez-vous pas que vous devriez participer vous-même aux recherches ? D'une façon ou d'une autre, l'existence de cette enfant vous concerne.

La bouche pincée, il commença à tapoter la nappe du bout des doigts.

— Et qu'attendez-vous de moi exactement ?

— Démenez-vous pour retrouver la mère de cette petite fille. Sans doute la connaissez-vous.

— Sûrement pas.

D'une voix passionnée, elle répliqua avec force :

— Comment pouvez-vous l'affirmer alors que vous ignorez qui elle est ?

Les yeux de Garth lancèrent des éclairs.

— Vous êtes l'employée la plus insubordonnée que ce château ait connue.

— Tant mieux. Il était grand temps que quelqu'un vous dise vos quatre vérités, non ?

Un instant ils s'affrontèrent du regard, mais la colère de Garth s'émoussa vite.

— Tianna, reprit-il avec calme. Détendez-vous. Il est inutile de s'énerver à ce sujet. Nous ne sommes pas des ennemis.

Il lui sourit et ajouta :

— Je n'essaie même pas de vous séduire !

— Cette dernière phrase vous trahit. Je ne vous crois pas.

Il se mit à rire et elle l'imita. Il avait raison. Pourquoi se tenait-elle autant sur la défensive avec lui ? Il n'était qu'un homme, après tout.

Avec une profonde inspiration, elle tenta de contenir ses émotions. Elle s'était rendue ici pour s'en faire un allié, pas pour se heurter à lui. Dans l'immédiat, elle devait s'occuper du bébé, mais ensuite elle espérait bien que Garth serait d'accord pour annuler leurs fiançailles. Elle obtiendrait bien davantage de lui si elle le caressait dans le sens du poil. D'ailleurs, elle n'avait rien à craindre.

Puis elle le dévisagea et retomba sur terre. De qui se moquait-elle ? Elle devait évidemment se tenir sur ses gardes. Il était si beau, si séduisant, si charmant, si désirable ! Elle se sentait comme une petite fille privée longtemps de confiseries et se retrouvant devant un paquet de bonbons. Relevant les épaules pour résister à la tentation, elle se tourna vers lui.

— D'accord, dit-elle. On fait la paix ?

Elle lui tendit la main et, sans hésiter, il s'en saisit.

— C'est mon plus cher désir, murmura-t-il d'une voix rauque qui la fit frissonner.

Heureusement, Janus arriva sur ces entrefaites avec le dessert, deux petites coupelles de crème brûlée, et la conversation devint plus légère. Lorsqu'ils eurent terminé leur repas, Garth lui parla de son retour prochain à Nabotavia.

Son enthousiasme la surprit.

— Ne croyez-vous pas que la monarchie a fait son

temps ? lui demanda-t-elle. J'ai l'impression que la royauté ne sert plus qu'à faire la fortune des tabloïds.

— Dans certains pays, peut-être, mais il en ira différemment à Nabotavia, répliqua-t-il avec force. Mon frère Marco et moi avons été élevés dans la perspective de gouverner le royaume. Nous allons nous investir totalement dans cette mission et la mener à bien.

— Votre optimisme fait plaisir à entendre. Mais, pour ma part, je n'ai pas l'intention de retourner là-bas. Comme je vous l'ai dit, je suis photographe. J'ai décroché un poste à New York et je compte m'y installer bientôt.

Il la considéra d'un air interrogateur.

— Mais alors pourquoi postuliez-vous pour un emploi de pâtissière ici ?

Alors qu'elle ouvrait la bouche pour répondre, elle s'interrompit soudain. Vu la tournure de la conversation, mieux valait peut-être ne pas le détromper sur ce dernier point, après tout.

— Euh, j'avais besoin de trouver du travail en attendant, improvisa-t-elle, le cœur battant. Prendre soin du bébé quelques jours me convient donc parfaitement.

Un instant, il la dévisagea d'un regard pénétrant. Il se souvenait très bien qu'elle lui avait affirmé qu'elle ne venait pas pour le poste de pâtissière mais elle ne s'était jamais clairement expliquée sur les véritables raisons de sa venue.

— Qui êtes-vous, Tianna ? demanda-t-il doucement, les yeux dans les siens. D'où venez-vous ?

— Je vous l'ai dit, de Seattle.

— Quel est votre nom de famille ? poursuivit-il, l'observant toujours avec curiosité.

— Rose, répondit-elle à contrecœur.

Inquiet, il fronça les sourcils.

— Rose ! N'est-ce pas le diminutif de Roseanova ?

— Rose n'est pas vraiment mon patronyme mais un bout de ce dernier.

Elle ne mentait pas. Officiellement, c'était son avant-dernier nom.

— Tant mieux. J'ai soudain eu peur que vous ne soyez une de mes cousines éloignées.

Il poussa un soupir.

— J'en ai une flopée. Bon nombre d'entre elles arrivent demain, d'ailleurs. Voilà pourquoi tout le monde s'active dans ce château. Pour tout arranger, la moitié du personnel est déjà retournée à Nabotavia, Marco n'est même pas là… Bref, c'est le bazar.

A ces mots, elle se sentit blêmir. Les parentes de Garth avaient toutes les chances d'être également les siennes. Après tout, ils avaient un arrière-arrière-grand-père commun. Si quelqu'un la reconnaissait, elle ne parviendrait plus à jouer cette mascarade. Mais elle s'en soucierait plus tard.

— Où se trouve votre frère ? s'enquit-elle.

— A Dallas, je crois, pour faire la connaissance d'une princesse qu'il doit épouser.

Elle savait que Marco avait perdu tragiquement sa première femme.

— Il a vécu un grand malheur, dit-elle tristement.

— C'est vrai. A présent, il a droit plus que tout autre au bonheur et j'espère qu'il le rencontrera à Dallas.

Visiblement, il ne semblait pas convaincu qu'une telle éventualité soit possible. Il arborait en permanence un insupportable cynisme. Sans doute l'amour n'était-il pour lui qu'une illusion. Et elle ? Y croyait-elle encore ?

— Et vous avez une petite sœur, non ?

Quelques mois auparavant, elle avait été présentée à la princesse Karina. C'était une adorable jeune femme et Tianna avait été ravie de discuter avec elle. Lorsqu'elle lui avait parlé de Garth, Kari avait secoué la tête.

— Ma pauvre ! Nos parents respectifs ont conclu un contrat qui vous engage à vous marier et vous ne vous connaissez même pas ! Cela n'a aucun sens !

— Je partage votre avis, avait répondu Tianna. Et je cherche désespérément à retrouver ma liberté.

— Mon frère sera sans doute votre meilleur allié. Je suis certaine qu'il sera d'accord pour annuler ces fiançailles qui n'en sont pas vraiment.

Le plan de Tianna avait alors germé dans son esprit. Si elle avait une chance d'éviter ce mariage arrangé, il fallait la tenter. Voilà pourquoi elle était venue.

Quand elle avait rencontré Garth, il lui avait paru à la hauteur de sa réputation, très séduisant. Sans doute n'accordait-il pas plus d'importance qu'elle à l'engagement signé en leurs noms par leurs familles. Mais serait-il d'accord pour le jeter au panier ? Une petite voix lui soufflait qu'il ne serait peut-être pas si simple de l'en convaincre. Mais elle devait tout mettre en œuvre pour y parvenir.

En attendant, il était temps pour elle de retourner s'occuper du bébé. Après avoir prié le prince de bien vouloir l'excuser, elle se leva et se dirigea vers la porte.

Garth la suivit, contrarié de la voir partir si tôt. C'était une très belle femme et il commençait à se rendre compte qu'il la désirait intensément, à un point qu'il n'avait jamais connu avec une autre. Il avait envie de l'embrasser, de la déshabiller lentement, de découvrir son corps somptueux à la lueur des bougies, de la caresser jusqu'à ce qu'elle crie de plaisir et le supplie de lui faire l'amour. Il ne lui restait plus qu'à réfléchir au moyen de parvenir à ses fins.

Depuis des années, il était rompu à ces jeux de l'amour et de la séduction. Il les appréciait beaucoup et l'emportait, en général. Mais cette fois, il en irait autrement. Avec cette femme, il devinait que sa stratégie amoureuse habituelle ne fonctionnerait pas. Sans doute devrait-il se donner davantage de mal, jouer la partie à un autre niveau, plus élevé.

— Tianna, dit-il doucement.

Sur le seuil de la porte, elle s'arrêta et se tourna vers lui, le dévisageant de ses grands yeux de chatte. Il lui effleura la joue en fixant sa bouche. Le désir pétillait en lui comme du champagne. Un baiser serait sans doute le sésame, pensa-t-il. Il se pencha doucement vers elle.

— Oh ! s'écria-t-elle soudain. J'ai oublié de vous dire que je crois avoir découvert le prénom du bébé.

Avec un soupir, il recula.

— Quoi ?

Pourquoi s'était-elle écartée au moment fatidique ?

Elle poursuivit :

— Ses vêtements étaient marqués du nom de Marika. N'est-ce pas charmant ?

Elle lui sourit comme si elle s'attendait à ce qu'il partage sa joie.

Garth sentit le sang affluer à ses oreilles, mais, sans paraître le remarquer, Tianna lui souhaita une bonne nuit et s'en alla. Il n'esquissa pas un geste pour la retenir.

Marika. C'était le prénom de sa propre mère, un surnom plutôt, que seuls ses proches utilisaient. Comment une étrangère aurait-elle pu le savoir ?

Il revint dans le petit salon en tremblant. S'agissait-il d'une coïncidence ? Sûrement. Et pourtant…

Un instant, un sentiment funeste l'accabla, mais il se reprit vite. Ce n'était pas possible. Ce bébé ne pouvait pas être de lui.

Chapitre 4

Tianna eut ensuite tout le temps de réfléchir à la situation. En effet, la petite Marika ne semblait pas très bien faire la différence entre le jour et la nuit. Cela dit, elle n'avait rien d'une enfant difficile — loin de là ! Elle paraissait pleine de vie, débordante d'énergie mais, alors que toute la maisonnée était profondément endormie, elle gardait les yeux grands ouverts et gazouillait en jouant avec ses mains.

Bien sûr, Tianna tenta de la bercer, de marcher en la portant dans ses bras, de lui parler. Pour la calmer, elle essaya même de lui chanter une berceuse. Mais, si elle obtint de grands sourires en guise de remerciement, la petite n'avait visiblement aucune envie de dormir. A la fin, Tianna se contenta d'attendre, assise près d'elle dans le vieux fauteuil à bascule, que ses petites paupières se ferment. Et de repenser à cette étrange journée. Les heures passant, la maison devenait de plus en plus silencieuse, les ombres grandissaient autour d'elle et de sombres pensées vinrent la hanter.

Tout en caressant doucement la fillette, elle promena les yeux autour d'elle. La pièce était très belle avec ces rideaux de velours et ce berceau antique, presque anachronique au milieu de la table à langer et du mobilier de puériculture moderne. Dans un coin de la chambre se trouvait un lit où elle dormirait — du moins, si Marika lui en laissait la possibilité ! En tout cas, elle était confortablement installée.

Mais qu'était-elle venue faire ici ? En arrivant, elle comptait discuter avec le prince Garth pour le convaincre de rompre leurs fiançailles. Et finalement, elle se trouvait à s'occuper d'un bébé qui était probablement l'enfant illégitime du prince ! Les événements prenaient décidément une tournure inattendue.

Cependant, elle savait qu'elle ne devrait pas s'attarder au château. D'ailleurs, elle avait certainement commis une grave erreur en dissimulant sa véritable identité. Mais si elle révélait qui elle était, plus personne ne la laisserait jouer les nounous, et voilà pourquoi elle avait préféré garder le silence. Lorsqu'elle songeait à cette petite fille, son cœur se serrait. Au premier regard, elle s'était sentie irrésistiblement liée à cette enfant.

Sans doute était-ce parce que la fillette était très jolie et de bonne composition. Mais elle devinait que ce n'était pas l'unique raison. Les traumatismes de sa propre enfance expliquaient sans doute tout autant son incroyable attachement pour ce bébé. La vue de cette pauvre petite abandonnée avait réveillé dans son cœur le souvenir d'une sombre époque, et les sentiments de solitude, d'insécurité et d'angoisse qu'elle avait elle-même éprouvés à un âge trop tendre. Elle se remémorait sa peur en ne voyant que des inconnus autour d'elle, et son désespoir à l'idée de ne peut-être jamais retrouver ses parents. Avec un frisson, elle s'efforça de chasser de sa mémoire ces terribles images et contempla l'adorable visage de la petite Marika. Et soudain, elle prit sa décision. Il n'était pas question de laisser cette enfant connaître le triste sort qu'elle avait elle-même affronté autrefois. Elle voulait tout faire pour lui éviter ses propres souffrances.

— Je vais prendre soin de toi, mon chou. Tu es la plus jolie petite fille du monde.

Tendrement, elle serra le bébé contre elle et l'embrassa.

S'apercevant que l'enfant se frottait les yeux, elle retint son souffle. Oui ! Enfin, elle fermait les paupières ! Elle s'endormait ! Avec un soupir de soulagement, elle la coucha dans son berceau et rejoignit à son tour les bras de Morphée.

Les premiers rayons du soleil apparurent trop tôt et les gazouillements ravis de Marika annoncèrent l'aube d'une nouvelle journée. Avec un grognement, Tianna se mit péniblement sur son séant. Encore assommée par le manque de sommeil, elle jeta un coup d'œil dans « l'armoire des nounous ». Elle choisit un sweat-shirt et un pantalon marron pour s'habiller. Ils étaient un peu grands pour elle mais, malgré tout, elle se réjouissait d'avoir tant d'affaires à sa disposition. Une fois prête, elle changea Marika et la descendit.

Avec ses planchers en vieux chêne recouverts de tapis persans, ses lourdes draperies aux murs et ses rideaux de velours, le château était magnifique. Les architectes avaient réussi le tour de force de donner l'impression que l'édifice datait de plusieurs siècles.

Des odeurs délicieuses flottaient dans l'air et lorsqu'elle ouvrit la porte de la cuisine, la pièce bourdonnait comme une ruche. Le jour se levait à peine, et pourtant chacun s'activait déjà.

Un grand sourire aux lèvres, Tianna salua le personnel qui s'agitait en tous sens. Puis elle chercha les biberons et le lait en poudre que Milla avait achetés la veille.

Dès qu'elle l'aperçut, Cook lui fit signe d'approcher.

— Comment se porte notre petit ange, ce matin ? lui lança-t-elle par-dessus le brouhaha général.

— Elle n'a pas beaucoup dormi. Pour tout dire, elle n'a pratiquement pas fermé l'œil de la nuit.

— Cela se passera mieux quand elle se sera un peu habituée à l'endroit, la rassura la cuisinière.

Comme Milla demandait la permission de tenir le bébé, Cook fronça les sourcils.

— Pas question ! Aujourd'hui, nous avons du travail par-dessus la tête. Nous attendons du monde cet après-midi, ce n'est donc pas le moment de chômer. Nous sommes déjà en retard. C'est moi qui bercerai cette petite chérie pendant que Tianna se préparera de quoi se restaurer un peu. A présent, va terminer de m'éplucher ces pommes de terre !

Ses réprimandes ne parurent pas beaucoup affecter Milla qui rejoignit Bridget et la nouvelle pâtissière pour une pause-café. Penchées au-dessus du bébé, elles la couvèrent d'un regard attendri, jouèrent avec ses petites mains, et embrassèrent le haut de sa tête. Tianna fut touchée de leur réaction. *Comme si Marika était vraiment ma fille*, se dit-elle, troublée. C'était la première fois qu'elle exprimait clairement cette pensée et elle savait qu'elle ne devait pas s'y attarder. Cette enfant n'était pas la sienne et ne le serait jamais. Il lui fallait veiller à ne pas laisser la petite prendre trop d'importance pour elle.

La fillette dans les bras, Cook était manifestement aux anges.

— Savez-vous comment elle s'appelle ? reprit-elle.

— Je crois qu'elle se nomme Marika.

— Marika ? Voilà un vieux prénom typiquement nabotavien. Malheureusement, il n'est plus très à la mode de nos jours.

Elle sourit au bébé.

— Elle est adorable ! J'aimerais vraiment que nous puissions la garder, celle-ci. C'est un amour.

Tianna avait fini de préparer le biberon et lui prit Marika des bras pour la faire boire. Serrer la petite contre elle et la nourrir la remplissait de joie. Elle éprouvait un bonheur pur à s'occuper d'elle, même si elle ne comprenait pas très bien pourquoi.

Une fois le biberon terminé, elle tapotait le dos de Marika dans l'espoir d'un rot quand Janus entra dans la pièce.

— Bonjour, lui dit-elle en souriant. J'espère que vous aurez de la chance aujourd'hui.

— De la chance ?

Il la dévisagea un instant, la mine perplexe, puis comprit.

— Ah, vous voulez parler de mon enquête pour retrouver la mère de ce bébé ! Oui, je vais m'y intéresser de près.

Il s'interrompit pour caresser la joue de Marika en souriant.

— Oui, petite jolie, dit-il d'un air joyeux.

Tianna aimait la façon dont il se comportait avec l'enfant. Il émanait de cet homme quelque chose de rassurant. Il allait résoudre le mystère, et sans doute très rapidement.

La faim commençant à la tenailler, Tianna se tourna vers Cook.

— Où le petit déjeuner est-il servi ? s'enquit-elle.

La cuisinière la regarda curieusement.

— En général, les nounous le prennent ici, avec le personnel, ou dans la nurserie.

Tianna se reprocha d'avoir oublié qu'elle n'était pas considérée comme une princesse dans cette maison. Elle se mordit la lèvre, se demandant comment rattraper sa bévue.

Mais Janus la sauva. Comme il s'apprêtait à tourner les talons, il se frappa le front.

— Pardonnez-moi de ne pas vous l'avoir dit plus tôt, mademoiselle : Sa Majesté est en train de se restaurer dans la salle à manger et vous prie de le rejoindre dès que vous en aurez la possibilité.

— Parfait.

Tianna glissa un œil vers Cook et, comme elle s'y attendait, découvrit un visage désapprobateur. La devinant sur le point de lui donner un bon conseil, Tianna préféra quitter la pièce à la hâte, n'ayant aucune envie de l'entendre pour l'instant.

— Voulez-vous que je m'occupe de la petite pendant que vous prenez votre petit déjeuner ? proposa Milla.

— Non, merci, lui répondit Tianna en s'en allant. Au besoin, je demanderai au prince de la porter.

Elle eut l'impression que tout le monde en resta bouche bée mais, sans s'y attarder, elle s'en alla. Janus la conduisit jusqu'à la salle à manger.

Comme elle entrait, Garth se leva pour l'accueillir. Tianna lui décocha un sourire lumineux.

— Bonjour, dit-elle avec chaleur.

Quand elle croisa son regard, un frisson la parcourut. Il semblait ravi de la voir jusqu'au moment où ses yeux se posèrent sur Marika.

— Pourquoi ne pas confier cette enfant à Bridget ? Elle pourrait la monter à la nurserie. Vous allez avoir du mal à vous restaurer avec un bébé sur les genoux…

— Vous avez raison, dit-elle, remarquant qu'il avait terminé son repas et se détendait devant sa tasse de café. Mais j'ai une meilleure idée. Vous pourriez la prendre.

— Moi ?

— Vous.

Sans lui laisser le temps de réagir, elle lui colla d'autorité la petite fille dans les bras avant de se verser un thé brûlant.

Un instant, il resta stupéfait, puis appela son valet.

— Janus, je vous en prie, débarrassez-moi vite de ce…

— Désolé, Votre Majesté, répliqua l'homme avec un sourire. Je dois attraper Homer au vol avant qu'il ne parte faire réviser la voiture, pour lui rappeler de faire contrôler le changement de vitesse, comme vous me l'aviez demandé.

— Ah oui, c'est vrai.

Garth regarda Janus quitter la pièce comme un naufragé

voyant un bateau passer sans s'arrêter. Il tenait Marika comme si elle était contagieuse.

— Tianna, c'est ridicule ! gémit-il.

D'un bref coup d'œil, Tianna s'assura qu'il ne risquait pas de laisser tomber l'enfant et ignora ses protestations. Avec appétit, elle s'attaqua à son assiette.

— Détendez-vous. Elle ne va pas vous mordre.

Il finit par s'installer avec raideur sur sa chaise, tenant la petite à bout de bras. La fillette le dévisagea de ses grands yeux bleus et éclata de rire.

Tout en se régalant de ses œufs au bacon, Tianna l'observait avec un amusement croissant.

— Que reprochez-vous donc à cet adorable poupon ? lui dit-elle.

— Je n'en sais rien. Je n'aime pas trop les bébés. Ils ne font que pleurer, ils sentent mauvais, ils veulent qu'on s'occupe d'eux…

— Ils sourient, ils rient, ils sont mignons…

— Ils recrachent leur lait.

— Oui, parfois, mais…

— Elle le fait, là ! hurla-t-il, horrifié. Prenez-la vite !

Tianna sauta sur ses pieds mais, au lieu d'obtempérer, elle s'empara d'une serviette propre, l'étendit sur l'épaule de Garth et lui dit :

— Voilà, tapotez-lui le dos pour lui permettre de faire son rot.

— De faire son rot ? répéta-t-il comme si elle parlait une langue étrangère.

— Oui, comme cela.

Lui saisissant la main, elle lui montra le geste. D'un air révolté, Garth l'imita, d'abord à contrecœur puis de meilleure grâce. Lentement, imperceptiblement, il commençait à trouver ses marques, à se débrouiller.

Tianna acheva son petit déjeuner mais elle observait

Garth qui s'efforçait de contenter la petite fille. Il fronçait toujours les sourcils, sans doute aurait-il préféré être ailleurs, mais peu à peu il se détendait. Soudain, le bébé se mit à pleurer.

Et c'est alors que quelque chose de magique se produisit. Un instant, le prince Garth oublia qui il était et murmura des paroles apaisantes à l'oreille de l'enfant.

Tianna retint son souffle. Avait-elle bien entendu ? Chuchotait-il réellement à Marika « tout va bien, ma puce » ?

Veillant à ne pas le regarder, elle se mordit la lèvre pour qu'il ne voie pas son hilarité. Mais il se répétait ! Elle eut beau appuyer sa serviette contre sa bouche pour se maîtriser, elle ne put retenir un sourire.

— Qu'y a-t-il de si drôle ? grommela-t-il.

— Personne ne rit ! prétendit-elle d'un air innocent.

Il la regarda avec fureur mais, à cet instant précis, un petit rot sortit de la bouche du bébé, qui parut assourdissant dans la pièce silencieuse, et tous deux éclatèrent de rire.

Bridget apparut alors sur le seuil de la porte. En voyant Garth serrer la petite fille contre lui, ses yeux s'agrandirent comme des soucoupes.

— La cuisinière m'envoie m'assurer que vous n'avez pas besoin d'aide avec Marika, dit-elle.

— Merci, Bridget, répondit Tianna, prenant les choses en main comme si donner des ordres aux domestiques lui était naturel. Je pense en effet que Son Altesse a suffisamment contribué aux soins de la petite pour la matinée. Vous seriez gentille de l'emmener à la nurserie et de la bercer jusqu'à ce que je monte. J'ai encore quelques points à discuter avec Son Altesse mais cela ne me demandera pas beaucoup de temps.

— Bien, mademoiselle.

Quand la jeune servante lui prit l'enfant des bras, Garth se détendit enfin.

Quelle aventure ! Personne ne lui avait jamais confié un nourrisson auparavant. Pourtant, il devait reconnaître que sentir cette petite vie contre lui, si fragile, si vulnérable, lui avait paru étrange et surtout émouvant. Cela dit, il espérait ne pas avoir à réitérer l'expérience et il se félicitait de l'arrivée de Bridget.

— A présent, parlons sérieusement, reprit Tianna, les yeux brillants. J'aimerais revenir sur la mère de Marika.

— Janus se charge de l'enquête, lui rappela-t-il avec un soupir.

— Je sais. Mais je me demandais si nous ne pourrions pas nous rendre nous-mêmes en ville, dans les endroits où les Nabotaviens ont l'habitude de se retrouver, pour interroger les gens…

— Tianna…

Il s'empara de sa longue main et la serra dans la sienne. Aux traits soucieux de son visage, à son ton passionné, il était évident que le sort du bébé lui tenait à cœur.

— Pourquoi vous préoccupez-vous autant de cette enfant ? s'enquit-il en cherchant ses yeux.

Déstabilisée, elle se libéra de son emprise et fit mine de boire une gorgée de jus d'orange pour se donner le temps de reprendre contenance.

— La véritable question est : pourquoi vous en désintéressez-vous autant ? répliqua-t-elle.

— Mais parce que je ne suis pas son père.

La veille au soir, après avoir entendu le prénom de la petite fille, il avait été traversé d'un doute. La coïncidence paraissait trop étrange pour être le simple fruit du hasard. Mais à une époque, Marika avait été un nom très répandu à Nabotavia. D'ailleurs, il ne voyait pas comment il pouvait en être autrement.

— Comment osez-vous l'affirmer ?

— Parce que je le sais ! Que puis-je vous dire de plus ?

Elle secoua la tête et il suivit du regard le mouvement de ses cheveux bouclés, la manière dont de petites mèches folles caressaient son cou gracieux au passage. Il ne comprenait pas comment une de ses employées parvenait à le troubler à ce point. Cette femme le touchait, l'émouvait. Il la désirait. Fronçant les sourcils, il chassa cette idée saugrenue de sa tête. Ce n'était pas le moment de se laisser aller à des rêveries érotiques. Il devinait qu'elle s'apprêtait à avancer sur un terrain mouvant.

D'un air gêné, elle se tordit les mains et regarda la nappe.

— Etes-vous en train d'insinuer qu'une telle éventualité serait impossible ? demanda-t-elle d'une voix hésitante.

Il devina où elle voulait en venir mais refusa de l'aider.

— D'une certaine façon, oui…

Elle battit des paupières.

— Etes-vous… incapable de procréer ?

Comme elle levait les yeux vers lui, il faillit éclater de rire. En tout cas, elle ne manquait pas de cran. Elle n'avait pourtant pas à se sentir embarrassée. Aborder le sujet ne l'ennuyait pas. Mais il ne put résister à l'envie de la taquiner.

— Tianna, votre question me surprend. Vous abordez un domaine très personnel, je dirais même intime.

Le rouge qui envahit ses joues ne la rendit que plus séduisante aux yeux de Garth.

— C'est vrai, mais si je me suis permis de vous interroger, c'est parce que…

— Je sais, je sais. Vous vous sentez concernée par le sort de ce bébé.

Elle prit une profonde inspiration et parut soulagée.

— Oui. Mais vous ne m'avez pas répondu.

— Venez, dit-il en se levant et en lui prenant la main. J'aimerais fumer une cigarette à l'extérieur.

— Vous avez tort, remarqua-t-elle. Le tabac est dangereux pour la santé.

Mais, docilement, elle le suivit sur la terrasse. De ces hauteurs, la vue était superbe et elle admira le parc luxuriant tranchant avec l'aridité du paysage d'Arizona. La jeune femme s'imprégna de la beauté de cette nature si différente de celle des environs de Seattle, toute en montagnes. Garth se tenait silencieusement près d'elle. Elle avait beau s'efforcer de ne pas le regarder, il semblait occuper tout l'espace. Peut-être vaudrait-il mieux lui faire face, se dit-elle, et d'un air déterminé, elle leva les yeux vers lui.

— Vous n'avez toujours pas répondu à ma question, répéta-t-elle.

Il se mit à rire.

— Ne vous inquiétez pas sur ma capacité à assurer la pérennité du nom, Tianna. Je n'ai aucun souci de ce côté-là.

Accoudé au garde-fou, il se tourna vers elle et la dévisagea, une lueur dans les yeux.

— Je n'ai aucun moyen de vous le prouver mais je ne suis pas le père de ce bébé.

De nouveau, elle fit mine de se perdre dans la contemplation des collines.

— Peut-être ne vous en souvenez-vous pas, tout simplement, suggéra-t-elle. Peut-être aviez-vous bu ce jour-là et…

— Je ne suis pas un alcoolique, Tianna !

Il l'affirma avec calme mais elle devina sa colère croissante.

— L'autre soir, j'ai un peu abusé du vin, c'est vrai, mais cela ne m'était pas arrivé depuis très longtemps.

Furieux de se trouver dans l'obligation de se justifier, il poursuivit :

— Croyez ce que vous voulez, conclut-il sèchement. Marika n'est pas ma fille. Je n'ai pas l'intention d'avoir une progéniture en dehors des liens sacrés du mariage. A ce que j'ai constaté autour de moi, les enfants illégitimes ne font du bien à personne.

— Et vous n'avez jamais été marié ? dit-elle pour s'entendre confirmer l'évidence.

— Non. En revanche, je suis fiancé.

— Fiancé ?

Lentement, elle se tourna vers lui et sentit le rouge envahir ses joues.

Il fronça les sourcils, se demandant pourquoi il avait mis le sujet sur le tapis.

— Officiellement, oui, ajouta-t-il très vite. Il s'agit d'un accord que mes parents ont signé il y a très longtemps. Je n'aurais pas dû y faire allusion.

De nouveau, elle semblait déterminée. Il n'avait jamais connu de femme si incapable de dissimuler ses émotions. Et pour une raison incompréhensible, il trouvait ce trait de caractère absolument charmant, même si ce qu'elle éprouvait envers lui était souvent négatif.

— Non, je suis contente que vous l'ayez fait, dit-elle en lui jetant un regard oblique. C'est intéressant. Qui est l'heureuse élue ?

Il haussa les épaules comme s'il ne valait pas la peine de s'étendre sur le sujet.

— Une princesse sans importance. Elle vient de l'ouest de Nabotavia. Vous n'avez sans doute jamais entendu parler d'elle.

— Une princesse sans importance, répéta Tianna, détournant la tête pour lui dissimuler les flammes de colère qui traversaient ses yeux.

Quel goujat !

— C'est fascinant, reprit-elle. Avez-vous déjà fixé la date du mariage ?

— Euh… non, pas vraiment.

Il regretta d'avoir abordé la question.

— Je ne dois pas l'épouser avant plusieurs années. Je crois qu'elle est trop jeune ou quelque chose comme ça.

Avec un soupir, il fouilla dans ses poches à la recherche de son paquet de cigarettes. Il ne savait pas pourquoi mais il éprouvait une irrésistible envie de fumer. Un malaise croissant s'emparait de lui. Pourquoi lui avait-il parlé de ses fiançailles ?

— Apparemment, vous n'êtes donc pas pressé de lui passer la bague au doigt, dit-elle, un air de défi dans le regard.

A ces mots, il éclata de rire.

— Vous voulez rire ! Croyez-vous que je sois de l'étoffe dont on fait les maris ?

Elle pencha la tête et fit mine de peser la question.

— Je n'en sais rien. Une femme à la hauteur arriverait peut-être à faire de vous un homme digne de ce nom.

Surpris, il haussa un sourcil. Personne n'avait jamais mis en doute ses capacités et encore moins sa virilité.

Devinant qu'elle avait froissé son orgueil, elle enfonça le clou.

— Un homme mature, un homme prêt à prendre son existence à bras-le-corps au lieu de la fuir.

Furieux, il répéta :

— De la fuir ? Ecoutez, Tianna Rose, je connais infiniment mieux la vie que vous. J'ai beaucoup d'expérience et...

— Quel dommage que vous n'en ayez rien appris, rétorqua-t-elle. Par exemple, ignorez-vous que ce que vous tenez dans les mains est du poison ?

Elle désignait son paquet de cigarettes.

— Mais non ! Je suis en train de me défaire du tabac. C'est mon dernier paquet.

Elle avait déjà entendu l'argument. Son père avait juré mille fois qu'il cesserait de fumer. Le jour où il avait tenu parole, toute la famille avait sablé l'événement au champagne.

— Je viens de l'ouest de Nabotavia, comme vous le savez, reprit-elle en se demandant si insister sur ses origines n'était pas une erreur.

Elle n'avait aucune envie de lui dévoiler sa véritable identité. Pas encore. Mais en même temps, le fait qu'il considère sa fiancée officielle comme une princesse « sans importance » la rendait folle de rage.

— Ah oui, une Ouesty, dit-il, utilisant le sobriquet désignant les gens de l'Ouest.

— Non, pas une Ouesty, dit-elle froidement. Une Nabotavienne de la Rose blanche.

— D'accord, concéda-t-il avec un sourire charmeur. D'ailleurs, si ma promise, qui vient de la même région, vous ressemble, je ne m'estimerais pas trop mal loti.

Elle détourna la tête, ne sachant comment réagir à ce double compliment involontaire. Dommage qu'elle ne puisse lui montrer ouvertement sa colère sans se trahir.

— Que savez-vous d'elle ?

— Pas grand-chose. A ce que j'ai entendu dire, c'est une femme d'intérieur un peu têtue, détestant s'amuser…

Avec un rire comique, il ouvrit son paquet de cigarettes.

— Bref, elle n'est en rien faite pour moi.

Réprimant l'envie de lui tordre le cou, elle l'interrogea plus avant.

— Vous vous êtes donc un peu renseigné sur elle ?

Il chercha un briquet dans ses poches.

— En fait, Marco m'encourage à aller la voir, pour faire connaissance. Il m'a dit qu'elle était « très jolie ». Cela dit, quand Marco qualifie une femme de « très jolie » sur ce ton-là, on peut craindre le pire. Je suis sûre qu'elle est laide comme un pou et complètement idiote.

Oh ! L'envie de lui lancer quelque chose au visage la

tenaillait. Cette pulsion était d'une incroyable force. Elle promena les yeux autour d'elle, cherchant un projectile, et remarqua le paquet de cigarettes que Garth avait laissé sur la rambarde. Lentement, délibérément, elle s'en saisit et le réduisit en boule avant de le lancer en l'air. Habitée par un sentiment de triomphe, elle se pencha sur le garde-fou pour le voir tomber dans la rivière en contrebas.

— Tianna, murmura Garth en la dévisageant d'un air étrange.

— Pardonnez-moi, c'était un accident, prétendit-elle.

— Non, répliqua-t-il, fasciné. Vous l'avez fait exprès.

Levant la tête, elle le défia du regard.

— Pas du tout.

— Si, insista-t-il, riant à moitié. Vous avez volontairement jeté mes cigarettes à l'eau, petite diablesse !

— Je suis désolée.

— Mais vous ne regrettez rien du tout.

Effrayée par la lueur qui brillait dans ses yeux, elle recula. Mais il avançait vers elle.

— Et j'exige une compensation immédiate, reprit-il. C'est une question d'honneur. Il en va du respect qui m'est dû.

Commençant à se demander avec inquiétude ce qu'il avait derrière la tête, elle le dévisagea froidement et s'apprêta à tourner les talons.

— Je m'en vais, dit-elle, le souffle court. A plus tard.

Mais elle n'avait pas fait deux pas qu'il la plaqua contre le mur.

— Vous n'irez nulle part tant que vous n'aurez pas réglé votre dette, répliqua-t-il, les yeux pétillant de malice. Maintenant, je vous tiens.

Les deux mains posées sur le mur, il la tenait effectivement à sa merci.

— Que vais-je exiger pour me venger ? demanda-t-il d'une voix moqueuse.

— Laissez-moi immédiatement partir, Votre Altesse ! lui ordonna-t-elle avec une autorité inhabituelle pour une domestique s'adressant à son employeur.

— Oh, non ! Sûrement pas.

— Ecoutez, je suis vraiment désolée à propos de vos cigarettes. Je vous en achèterai d'autres.

— Je peux me passer de tabac mais, dans d'autres domaines, je suis très dépendant, dit-il d'un ton rauque, provocateur.

Recouvrant ses esprits, elle tenta de le repousser.

— Maintenant, ça suffit, laissez-moi partir !

Il se pencha davantage. Il était si proche, à présent, qu'elle sentait les effluves de son eau de toilette chatouiller ses narines.

Et soudain, la bouche de Garth s'empara de la sienne et elle perdit pied.

Elle n'avait pas voulu que cela se produise mais, dès qu'il colla ses lèvres aux siennes, elle fut incapable de le repousser. Elle avait déjà été embrassée auparavant. Mais cette fois-ci, ce baiser lui parut infiniment plus intense que ce qu'elle avait connu. Leurs bouches, leurs langues, leurs souffles, s'accordaient à la perfection. Leurs corps aussi semblaient s'emboîter, comme s'ils avaient été faits l'un pour l'autre. Noyée, elle s'abandonna à sa chaleur, à sa douceur, avec un petit gémissement de plaisir.

Voilà très longtemps que Garth n'avait pas perdu la tête pour une femme. En réalité, même en cherchant bien, il ne se rappelait pas avoir été épris à ce point auparavant. Dans toutes ses aventures amoureuses, il avait toujours eu l'impression qu'une part de lui-même ne s'impliquait pas complètement. Il restait détaché, observant les événements avec cynisme, attendant le moment où, fatalement, l'autre se dévoilerait, révélerait sa véritable nature, où le vernis s'écaillerait et ferait tout exploser en éclats. Il n'avait jamais été véritablement amoureux. A ses yeux, l'amour était une bonne excuse dont se servaient les gens pour faire n'importe quoi. Etre amoureux signifiait perdre le contrôle. Et il s'efforçait toujours de garder la maîtrise des événements.

Pourtant, cette femme chaleureuse et merveilleuse le troublait. Ce simple baiser lui avait donné plus de satisfaction et de gratification que beaucoup de relations sexuelles passées. Pendant un moment, il se perdit dans la magie de ses cheveux dorés, le parfum sucré de sa peau, de sa bouche affamée. Mais soudain, il prit conscience de ce qu'il était en train de faire et recouvra ses esprits.

Te rends-tu compte que tu es en train d'embrasser une domestique ?

Brutalement dégrisé, il bondit en arrière et la dévisagea.

Elle le fixa à son tour.

— Seigneur ! s'exclama-t-elle, le cœur battant la chamade. Nous ferions mieux de ne jamais recommencer.

De nouveau, il la regarda puis se mit à rire. Elle en profita pour se libérer de son emprise et s'échapper. Lorsqu'elle atteignit les portes-fenêtres, elle tourna la tête. Il s'esclaffait toujours et elle se hâta vers la nurserie, le cœur affolé.

Elle tremblait de tous ses membres. Aucun baiser ne l'avait jamais mise dans un tel état. Que lui arrivait-il ? Sur le seuil de la nurserie, elle s'arrêta et prit une profonde inspiration pour se calmer. Elle devait se concentrer sur Marika. Seule cette petite fille lui importait. Embrasser le prince sur la terrasse ne pouvait que compliquer la situation. Si elle n'y prenait garde, elle allait finir par tomber amoureuse de l'homme qu'elle s'était juré de ne jamais épouser !

Chapitre 5

Tianna regarda Janus soulever Marika dans ses bras et lui embrasser le ventre, avant de la faire sauter en l'air. Ravie, la petite riait aux éclats. Voir cet homme s'amuser avec un bébé était merveilleux. Dommage que Garth ne se comporte pas ainsi avec la petite fille.

— Ne pensez-vous pas que prévenir la police serait une bonne idée ? lui demanda-t-elle. Ils pourraient au moins interroger le voisinage de manière approfondie et…

— Pas question, riposta-t-il d'un ton sans réplique, en cessant de faire voltiger la fillette.

Il revenait de Flagstaff mais, malheureusement, n'avait trouvé aucune piste susceptible de faire progresser l'enquête. Cependant, il avait pris quelques contacts et devait rappeler certaines personnes qui parviendraient peut-être à l'aider. Mais vu la lenteur avec laquelle évoluait la situation, Tianna avait envie de s'arracher les cheveux.

— Que reprochez-vous aux autorités ? poursuivit-elle.

Avant de répondre, Janus reposa Marika dans son berceau.

— Elles ne doivent pas être impliquées, répéta-t-il. Mieux vaut traiter le problème par nous-mêmes.

Tianna aurait voulu en discuter mais préféra s'en abstenir. Ce n'était pas le moment.

— Aujourd'hui, je vais donner à Marika son premier vrai bain, lui apprit-elle. Et je me sens un peu nerveuse à ce sujet.

Il sourit.

— Vous vous en tirerez très bien, j'en suis sûr. Mais surtout, ne la laissez pas seule dans la baignoire, même un instant !

— Oh non, bien sûr que non !

Il semblait s'y connaître en bébés. C'était un homme rassurant. Et Tianna était certaine qu'il se démenait pour retrouver la mère de Marika. Elle aurait aimé l'aider dans ses recherches, mais sans doute n'aurait-elle fait que le gêner. Il savait certainement mieux qu'elle ce qu'il convenait de faire.

Pourtant, le temps passait. Elle ne pourrait pas rester au château éternellement en se faisant passer pour une nounou. Dans la matinée, elle avait appelé sa sœur, Janni, au courant de son aventure, pour lui expliquer l'évolution de la situation et lui apprendre qu'elle ne serait pas revenue à la maison dans le courant de la semaine comme il était initialement prévu.

— Je compte sur toi pour me couvrir si les parents se posent des questions, lui avait-elle dit.

— Bien sûr. Tu m'as rendu ce service si souvent dans le passé que je peux bien te renvoyer l'ascenseur à présent.

Tianna se demandait si elle avait vraiment rendu service à sa sœur en s'arrangeant pour que personne ne soupçonne ses frasques.

— Mais as-tu déjà rompu tes fiançailles. ? reprit Janni.

— Non, pas encore. Je dois d'abord me préoccuper du sort de ce bébé, répondit-elle avec un soupir. Dès que le prince Garth saura qui je suis et pourquoi je suis venue, il me mettra immédiatement à la porte de chez lui. Et je ne pourrai alors plus rien pour cette petite fille.

— Alors ? Raconte-moi, comment tu le trouves ?

— Euh…

— J'ai entendu dire qu'il était très beau et très séduisant. Tu confirmes ?

— Euh… oui, c'est tout à fait vrai.

Il y eut un silence puis Janni émit un petit cri.

— Tu es tombée amoureuse de lui !

— Non !

— J'en suis certaine ! Oh, c'est trop drôle !

— Pas du tout ! Et je vais annuler notre engagement, même s'il doit m'étrangler.

— Bien sûr, bien sûr, mais pas tout de suite…, dit-elle d'un air entendu.

Tianna ne comprenait pas pourquoi sa sœur, adorable par ailleurs, pouvait parfois se montrer si énervante. Elle abrégea la conversation et retourna s'occuper de Marika.

Une heure plus tard, Janus revint lui donner les résultats de ses recherches. Il n'avait pas progressé d'un pouce.

— Que se passera-t-il si nous ne parvenons pas à retrouver la mère de Marika ? s'interrogea alors Tianna.

Manifestement aussi accablé qu'elle par cette perspective, Janus soupira.

— Elle sera sans doute envoyée à l'orphelinat. Je ne vois aucune autre solution…

Non, pensa-t-elle en se tournant vers le vieux berceau avec un frisson. Pas question.

— Janus, dites-moi la vérité. Croyez-vous que Marika soit la fille du prince ?

Il parut choqué. Peut-être n'était-il pas au courant de tous les détails qui l'avaient poussée à se poser cette question. Mais ce n'était pas le moment de tourner autour du pot.

— Pardonnez-moi d'être aussi directe et peut-être inconvenante, dit-elle très vite. Mais je me suis vraiment attachée à cette enfant et je me soucie d'elle. Certaines rumeurs ont circulé, stipulant que le prince Garth pourrait être son père, et je vous demande seulement si, d'après vous, cette éventualité est possible.

Visiblement mal à l'aise, Janus s'éclaircit la gorge et croisa les bras sur son torse.

— Je n'en sais rien, mademoiselle. Mais j'aimerais vous dire ceci : s'il est vrai que le prince Garth a connu une période de libertinage, celle-ci fut très brève, en réalité. A une époque, lorsqu'il faisait ses premiers pas sur la scène internationale, il a peut-être été grisé par cette existence trop facile. L'alcool et les jolies femmes l'ont parfois détourné du droit chemin. Mais actuellement, il boit rarement plus qu'un verre de vin au dîner. Quant à ses conquêtes féminines…

Il haussa les épaules.

— Elles n'ont pas été très nombreuses depuis deux ou trois ans.

Il la regarda avec honnêteté.

— Je le connais depuis toujours et je peux vous affirmer sans l'ombre d'une hésitation qu'il est droit. C'est un honnête homme. Cela ne répond peut-être pas exactement à la question, mais je ne peux pas mieux faire.

Instinctivement, Tianna devinait que ce qu'il venait de lui confier était exact. Le prince était intègre, malgré sa réputation de coureur de jupons. D'ailleurs, comme Garth persistait à répéter qu'il n'était pas le père de Marika, il était peut-être temps de cesser de l'accuser du contraire. S'il avait pensé être le géniteur de ce bébé, il aurait très certainement assumé ses responsabilités, quel qu'en fût le prix. A présent, elle commençait à le croire.

Soudain, elle fronça les sourcils, se demandant si son opinion avait évolué parce qu'il l'avait embrassée, et qu'elle avait aimé leur baiser. Lui accordait-elle le bénéfice du doute parce qu'il le méritait ou parce qu'elle était tombée amoureuse de lui ? Comment le savoir ?

Le prince Garth frappa à la porte de la nurserie. Il ne comprenait pas pourquoi il y était monté. Il avait de la correspondance en retard, et des coups de fil à passer. En d'autres termes, il avait du travail. Mais depuis plusieurs heures, il tentait de se plonger dans ses dossiers et devait avouer qu'il avait été incapable de se concentrer. Tianna le hantait.

Quand il ouvrit la porte, il fut surpris de découvrir son valet dans la pièce. Puis son regard se posa sur Tianna. Dans ses yeux émeraude, il remarqua une lueur complice qui lui fit plaisir. Comme lui, elle se rappelait ce qui s'était passé sur la terrasse. Quelque chose avait changé entre eux.

Il se passa la main dans les cheveux.

— Je… euh… Je venais voir comment se porte le bébé, dit-il, sachant que l'argument n'était crédible pour personne.

Mais à la vue du visage illuminé de bonheur de Tianna, il se sentit beaucoup mieux.

Son valet esquissa un mouvement de retrait.

— Si vous n'avez pas besoin de moi, Votre Altesse, je vous laisse pour essayer de joindre des personnes qui m'aideront, j'espère, dans mon enquête à propos de la mère de Marika.

— Bien sûr. Faites ce que vous avez à faire.

Janus hésita.

— Mademoiselle Rose, si vous craignez toujours de donner le bain à la petite, le prince pourra peut-être vous prêter main-forte.

— Bonne idée, répondit-elle.

Avec un sourire entendu à son employeur, Janus quitta la nurserie.

Garth hocha la tête mais son attention était focalisée sur Tianna. Il la devinait un peu nerveuse. Sans doute appréhendait-elle de se retrouver seule avec lui. A vrai dire, il partageait la même excitation mêlée d'inquiétude.

Manifestement gênée, elle se pencha vers le berceau.

— Marika, dit-elle. Regarde qui vient te rendre visite.

A son tour, il s'approcha du petit lit comme elle semblait l'encourager à le faire.

La fillette se tourna vers lui pour le dévisager de ses grands yeux.

— Salut, Marika, tu me reconnais ?

Marika. Ce prénom le fit revenir vingt ans en arrière.

« Marika », disait son père à sa si jolie femme. « Ma chérie, je te jure qu'il ne nous arrivera rien. Nous sommes en sécurité. Fais-moi confiance. »

Sa mère avait alors noué ses bras autour de lui, son petit garçon, et l'avait serré contre elle tandis que le roi les enlaçait d'un air protecteur. Garth se remémora le parfum de rose que sa mère portait toujours et la douceur du baiser qu'elle avait posé sur sa joue. Il ne leur arriverait rien. Son père l'avait promis.

Malheureusement, ce dernier n'avait pas tenu sa parole. Quelques jours plus tard, ses parents avaient été tués. Une vieille douleur familière le saisit mais, très vite, la colère prit sa place et, sans y penser, il serra les poings.

— Qu'est-ce qui ne va pas ? demanda Tianna.

Il revint au présent.

— Rien, dit-il en secouant la tête.

Avec douceur, elle posa sa main sur son bras et le dévisagea avec attention.

— Si, insista-t-elle, je le vois bien. Etes-vous souffrant ? Triste ? Que se passe-t-il ?

Surpris, il plongea dans les mystérieuses profondeurs de ses yeux. Il y lut une réelle inquiétude. Il ne s'agissait pas d'un réflexe mondain, elle se souciait vraiment de lui. Cela le toucha au cœur, si profondément que sa gorge se serra.

Puis le désir de l'embrasser à nouveau le submergea. A présent, il ne pouvait plus la regarder sans avoir envie de la prendre contre lui, de la caresser. Comme il s'avançait vers elle, elle secoua presque imperceptiblement la tête.

Il s'arrêta net. Elle avait raison, bien sûr. Tenter le diable avec le lit si près était certainement une erreur. D'ailleurs, il devait absolument retourner travailler.

Dans son berceau, Marika babillait et il se pencha vers elle en souriant. La petite fille saisit un de ses doigts et le porta à sa bouche. Ses mains minuscules et potelées s'accrochaient à la sienne de toutes leurs forces.

Il se mit à rire et Tianna vint près de lui pour le regarder jouer avec la petite. La veille, il avait refusé de la porter. Quel progrès !

— Prince Garth, si nous ne réussissons pas à retrouver la mère de Marika, et puisque vous n'avez rien à voir avec elle, que va devenir cette enfant ?

— Elle sera placée à l'orphelinat de Nabotavia, bien sûr, répondit-il sans hésiter. Il est là pour cela.

Elle poussa un soupir. Janus et le prince lui avaient donné la même réponse. Elle avait donc peu d'espoir d'obtenir une autre solution et cela lui causait du souci. Un moment, elle avait envisagé l'éventualité d'adopter elle-même la petite Marika, mais après un instant de réflexion, elle avait dû se rendre à l'évidence. Elle n'en avait pas la possibilité. Bientôt, elle allait emménager à New York pour y entamer une carrière de photographe. Elle ne pouvait pas se charger d'un bébé.

Peut-être sa sœur accepterait-elle de… ? Non. Janni avait déjà du mal à s'en sortir avec son petit garçon, et élever seule un enfant chez ses parents n'était pas une sinécure, loin de là ! Ces derniers étaient merveilleux et très aimants, mais ils désapprouvaient les erreurs de Janni et ne rataient jamais une occasion de le lui faire savoir. Tianna n'avait aucune envie de partager le sort de sa cadette.

— Après son bain, je vais mettre Marika dans son landau

pour la promener dans le parc, reprit-elle. Cela lui fera du bien de prendre l'air. Aimeriez-vous nous accompagner ?

— J'adorerais, répondit-il, mais mes cousines ne devraient plus tarder et j'ai du travail à finir avant leur arrivée.

— Oh, oui, bien sûr.

Elle avait complètement oublié la venue de sa famille. Pourtant, elle avait vu toute la journée les domestiques s'affairer à aérer les pièces et à faire le ménage. Elle devrait veiller à ne pas se montrer quand les invitées seraient là.

— Combien de personnes attendez-vous ?

Il haussa les épaules.

— Elles semblent incapables de se déplacer sans une meute d'amies et connaissances. Je pense donc qu'elles seront nombreuses. Mais elles ne passeront qu'une nuit au château. Demain matin, elles se lèveront aux aurores pour se rendre au Nouveau-Mexique. A ce que j'ai compris, elles veulent assister à un spectacle de danses indiennes et en profiter pour acheter des turquoises.

— Bien. Je ferais mieux d'emmener Marika pour une longue balade et de demeurer ensuite dans la nurserie.

Il s'apprêtait à lui demander pourquoi elle tenait à rester hors de vue quand ses cousines seraient là, mais la petite fille, qui se sentait délaissée, commença à pleurer dans son berceau. Tianna remplit la petite baignoire tandis que le prince faisait gazouiller la fillette en soufflant sur son ventre. Il se trouvait un peu bête à jouer ainsi avec elle mais, en même temps, l'entendre rire et savoir qu'elle était contente de jouer avec lui le touchait.

— Une chose est sûre, dit-il à Tianna. Quelle que soit l'identité de la femme qui a abandonné Marika dans la cour, elle a dû en avoir le cœur brisé. Ce bébé est tellement adorable !

Heureuse qu'il partage enfin son avis, la jeune femme opina du menton.

— A ce sujet, dit-elle, avez-vous pris des mesures pour renforcer la sécurité de la propriété ?

Avec un petit sourire, il se tourna vers elle.

— Décidément, quand vous avez une idée en tête, il est difficile de vous la faire oublier ! Ne vous inquiétez pas. Tout est en ordre.

Elle se mordit la langue pour ne pas lui donner son opinion sur la manière dont était tenue la maisonnée.

— Avez-vous déjà eu des problèmes ? Certaines personnes ont-elles tenté de s'introduire subrepticement dans le domaine ?

— Non, jamais. Pas ici en tout cas. En revanche, ma sœur, Kari, qui vit à Berverly Hills chez ma tante et mon oncle, doit être sous protection en permanence. Par deux fois elle a été victime d'enlèvement. Mais mes frères et moi n'avons jamais été inquiétés. Aucun ravisseur n'oserait s'attaquer à nous. Il trouverait à qui parler.

A ces mots, Tianna ne put réprimer un frisson. L'histoire de la famille était parsemée de tragédies, et Garth courait un réel danger en permanence.

— Des ennemis pourraient avoir d'autres intentions que le kidnapping. Ils voudraient peut-être… vous tuer.

Il haussa les épaules.

— C'est effectivement une possibilité. Mais personne n'a jamais non plus attenté à nos vies. Alors…

— Cela ne signifie pas que cela ne se produira pas.

Elle pensait à ce que lui avait raconté son père à propos des rebelles qui avaient renversé la monarchie et pris le pouvoir à Nabotavia. Sa propre branche n'avait jamais été menacée. Ils ne représentaient rien ou presque. Aussi avaient-ils pu sans crainte s'installer dans une maison de la banlieue de Seattle et y vivre comme tout un chacun. Il leur avait suffi de rester discrets sur leurs origines. Mais chez les Roseanova, il en allait différemment. Ils détenaient les rênes du futur gouvernement et étaient donc la cible des rebelles, la proie de tous les dangers. Soudain, le peu de protection qui entourait Garth lui parut angoissant.

— Je me fais du souci. Pas pour vous personnellement, ajouta-t-elle très vite pour s'assurer qu'il ne se méprendrait pas sur ses paroles. Mais je m'inquiète pour Nabotavia, surtout en cette période troublée.

Comme c'était étrange, pensa-t-elle soudain. Elle n'avait jamais accordé beaucoup d'importance à son pays natal, jusqu'au moment où elle était arrivée dans ce château. Connaître le prince lui avait donné une nouvelle vision de la situation et de son passé.

— Bien sûr, dit-il, une lueur amusée dans les yeux.

Elle ne put s'empêcher de lui rendre son sourire.

— Pourriez-vous me passer le peignoir du bébé ? dit-elle pour changer de sujet.

Il se tournait vers l'endroit qu'elle lui désignait quand quelque chose attira son attention. S'approchant de la table à langer, il s'empara d'une pile de petits habits soigneusement pliés et fronça les sourcils.

— Tianna, dit-il avec précaution. D'où viennent ces vêtements ?

— Pardon ? Oh, ça ! Marika les portait quand je l'ai trouvée. Pourquoi ?

Il déplia une brassière, et la lissa du revers de la main.

— Regardez, dit-il, en lui montrant une broderie ornant le tissu. C'est l'écusson de la famille, il représente une rose rouge.

D'un air soucieux, il dévisagea la jeune femme.

— Quand nous étions petits, toutes nos affaires étaient marquées de cet emblème. Seuls les membres de la famille royale avaient le droit de l'utiliser.

— Comme c'est étrange, en effet, murmura-t-elle, se demandant à quoi il pensait.

Il hocha la tête.

— Trop étrange.

A présent, il semblait presque en colère.

— Bon sang, j'espère que la mère de Marika va finir par se montrer ! Je suis fatigué de tous ces mystères.

Tianna fut rassurée de le voir enfin se préoccuper du sort du bébé. Elle avait envie de poursuivre la discussion mais, à cet instant, le téléphone portable du prince se mit à sonner.

— Pensez-vous pouvoir vous débrouiller seule pour donner le bain au bébé ? s'enquit-il. Je reçois un appel de Nabotavia. Je vais devoir me rendre dans mon bureau pour le prendre.

— Allez-y, lui dit-elle. J'y arriverai.

Il la regarda et, un instant, elle se demanda s'il n'allait pas l'embrasser avant de partir. Mais il se contenta de lui adresser un sourire.

Elle soupira. Trouver ce vêtement semblait beaucoup ennuyer Garth et elle ne comprenait pas bien pourquoi. Cet emblème avait-il ébranlé ses convictions ?

De toute façon, elle n'avait pas beaucoup de temps pour y songer. Le bain refroidissait. Avec un peu d'appréhension, elle y plongea l'enfant. Toute contente de se retrouver dans un élément liquide et tiède, la fillette se mit à bouger les bras et les jambes en riant. « Elle est dotée d'une bonne nature, pensa Tianna. Elle est toujours heureuse. » Soudain, la jeune femme remarqua sur la poitrine de Marika une petite tache de naissance. Curieusement, elle représentait une rose en train d'éclore.

— Décidément, tu es vraiment faite pour appartenir à cette famille, dit-elle gaiement à la fillette.

Les invitées de Garth arrivèrent plus tôt que prévu, au moment précis où Tianna sortait du château pour sa promenade. Comme elle installait le bébé dans son landau et l'enveloppait sous une couverture, deux limousines noires se garèrent devant la porte. Il était trop tard pour fuir. Les deux chauffeurs ouvrirent les portières et des domestiques accoururent pour porter les bagages. Tout à coup, des femmes de tous âges et de toutes tailles descendirent des véhicules et se dirigèrent vers l'entrée.

« Détends-toi, s'ordonna Tianna. Peut-être seront-elles toutes des étrangères pour toi. » C'était même hautement probable, d'ailleurs. Les membres de sa propre branche n'étaient pas très portés sur les mondanités. Elle espérait seulement qu'aucune cousine lointaine ne ferait partie de la joyeuse bande.

Comme les nouvelles arrivantes s'approchaient, Tianna reconnut soudain l'une d'elles. La duchesse de Tabliva, une vieille amie de sa mère, n'était qu'à quelques pas ! Seigneur ! L'imposture allait être découverte ! Que faire ? Tenter de dissimuler son visage en se penchant vers Marika ? Le cœur battant, elle se rendit compte que rester trop longtemps dans cette position attirerait immanquablement l'attention.

L'envie de tourner les talons et de s'enfuir en courant la tenailla, mais elle n'en avait plus le temps. Elles arrivaient. Un faible sourire sur les lèvres, Tianna releva le menton, décidée à assumer courageusement la situation. Mais la première femme la croisa sans lui faire l'aumône d'un regard, et la seconde réagit comme si elle était transparente. Quant à la duchesse, elle jeta un bref coup d'œil à Marika avant de détourner la tête, comme si les bébés l'importunaient.

Stupéfaite, Tianna demeura pétrifiée. Elles étaient toutes passées devant elle comme si elle était un pot de fleurs ! Toute trace d'inquiétude envolée, elle commença à éprouver une sourde colère. Aucune ne l'avait saluée ou simplement dévisagée !

Elle ne parvenait pas à le croire. Comment ces femmes — soi-disant nobles — osaient-elles se montrer aussi grossières ? Tianna n'avait pas l'habitude d'être aussi royalement ignorée.

Et puis elle comprit.

Elles te considèrent comme une servante. C'est ce que tu espérais, non ? De quoi te plains-tu ?

Un moment, elle resta immobile, ruminant l'incident, fouillant dans ses souvenirs pour tenter de se rappeler si elle avait un jour traité un domestique comme elle venait de l'être. Elle ne s'en souvenait pas. Mais était-ce parce qu'elle ne s'était jamais comportée ainsi ? Ou parce qu'elle l'avait fait si naturellement qu'elle n'y avait pas prêté attention ? Elle n'en était pas certaine. Mais elle était sûre, en tout cas, qu'elle en serait beaucoup plus consciente à l'avenir.

Chapitre 6

Telle une tornade, les visiteuses investirent le château de haut en bas. Des portes claquaient, des voix résonnaient dans les couloirs. Une incessante agitation — totalement inhabituelle — secoua la maisonnée.

Prudemment, Tianna se replia dans la nurserie, mais ne tarda pas à s'y sentir enfermée.

— J'ai l'impression d'être un lion en cage, dit-elle à Marika. Mais, rassure-toi, petite fille, je ne vais pas te manger.

Malgré son envie de sortir voir ce qui se passait, elle n'osait pas prendre des risques inutiles. Aussi préféra-t-elle rester tranquille, à jouer avec Marika quand celle-ci était éveillée, et à tourner en rond lorsqu'elle dormait, regrettant de ne pas avoir un bon roman à lire. Dans l'après-midi, le calme revint, tout le monde était réuni dans le parc pour le thé. Saisissant l'occasion pour s'aventurer hors de son refuge, Tianna se rendit dans la cuisine, Marika dans les bras.

Comme d'habitude, les cuisinières furent ravies de voir le bébé même si toutes étaient occupées à préparer des canapés et à les disposer sur des plateaux.

— Je suis allée acheter des petits pots pour votre protégée, dit Milla à Tianna après avoir embrassé l'enfant.

— Vous avez trouvé des céréales ! Formidable ! Je pense qu'elle est assez grande pour en prendre.

D'un air songeur, Milla pencha la tête.

— A votre avis, quel âge a-t-elle ?

— Quatre mois, sans doute.

Tout en préparant un biberon, elle ajouta :

— Quelqu'un sait-il où se trouve Janus ?

Elle avait hâte d'apprendre comment avançaient ses recherches. Mais personne ne put la renseigner.

— Si vous le voyez, auriez-vous la gentillesse de lui dire que je souhaiterais lui parler ? leur demanda-t-elle. Je vous laisse travailler à présent.

Elle remonta à la nurserie, mais les rires qui fusaient de la garden-party envahissaient la pièce et, dévorée de curiosité, elle finit par risquer un œil à la fenêtre. Le feuillage des arbres plantés devant la maison la dissimulait en partie aux regards. Les invitées étaient assises autour de quatre ou cinq tables. Tianna tendit le cou, cherchant des yeux le prince Garth.

— Aimeriez-vous vous joindre à nous ?

Au son de sa voix, elle sursauta et fit volte-face. Adossé au chambranle de la porte, il lui souriait.

— Vous ressemblez à une enfant qui n'a pas été invitée à un anniversaire, poursuivit-il. Pourquoi ne pas descendre vous mêler à la fête ?

Elle secoua la tête, surprise de l'excitation qui l'étreignait à sa vue. Elle avait tort de le laisser la bouleverser à ce point.

— Non, merci, répondit-elle très vite. J'ai... des choses à faire.

— Ah oui, les inévitables « choses à faire », toujours prioritaires lorsqu'elles servent de bonne excuse !

Evitant son regard moqueur, Tianna se tourna de nouveau vers le parc.

— Je vais demander à quelqu'un d'installer une petite

table devant cette fenêtre, reprit-il soudain. Ainsi, vous pourrez prendre le thé tout en observant de loin la réception.

Cette proposition emballa Tianna. Lorsqu'elle était descendue dans la cuisine, elle avait lorgné avec envie les délicieux petits canapés et les tartes. De cette façon, elle aurait la possibilité de se régaler, et de partager la bonne humeur générale sans risquer d'être reconnue par la duchesse.

— Quelle bonne idée ! lui dit-elle d'un air radieux.

Sortant son téléphone portable, il appela le majordome. Quand il raccrocha, elle lui mit Marika dans les bras.

— Pourriez-vous me la tenir un instant, le temps pour moi d'aller chercher son baby-relax ? Cela ne me prendra qu'une minute.

Sans attendre sa réponse, elle fila hors de la pièce.

Le prince regarda l'enfant. Lorsqu'elle lui souriait, il se sentait fondre. Il était sûr et certain qu'il n'était pas son père, malgré son prénom et l'écusson familial sur ses vêtements. Mais le jour où il aurait une petite fille, il aimerait bien qu'elle soit aussi mignonne et souriante que celle-ci.

Comme elle l'avait promis, Tianna revint en un clin d'œil. Mais il continua à bercer Marika. Il avait l'impression d'avoir pouponné toute sa vie.

Sur ces entrefaites entrèrent un serveur chargé d'une petite table et la cuisinière, un plateau dans les mains. A la vue de Garth et Marika, Cook se mit à rire.

— Vous avez toujours aimé les bébés !

Le prince la dévisagea comme si elle perdait la raison.

— Comment cela ?

— Vous avez oublié ? Lorsque vous étiez enfant, vous vous occupiez beaucoup de votre petite sœur, Kari. Vous la traîniez partout avec vous comme une poupée. Et vous ne laissiez personne s'en approcher.

Elle posa son plateau et servit le thé.

— Vous jouiez avec beaucoup de sérieux votre rôle de grand frère protecteur. Je crois que toutes les horreurs que vous avez connues, la guerre, la mort prématurée de vos parents, l'exil… ont développé chez vous le désir de protéger vos proches.

Les yeux embués de souvenirs, elle secoua la tête.

— Vous étiez tous si jeunes pour vivre de telles tragédies ! reprit-elle avec un soupir.

La cuisinière sourit à Garth qui berçait toujours l'enfant, mais Tianna remarqua que la vieille femme s'essuyait les yeux en quittant la pièce. Comme toujours, elle fut étonnée de constater que l'histoire de Nabotavia hantait les esprits au château. Cela n'avait pas été le cas dans sa propre famille. A tout propos, le personnel de Garth faisait allusion à des événements qui remontaient à plus de vingt ans, comme s'ils s'étaient produits la veille. Et tous n'aspiraient qu'à retourner au pays, à dépasser leurs souffrances et leurs chagrins en participant à la reconstruction du royaume. Pour leur part, ses parents n'en parlaient jamais et n'évoquaient pas les traumatismes liés à cette époque, comme s'ils pouvaient s'effacer à force d'être tus.

— Merci beaucoup, dit-elle au prince en lui prenant le bébé des bras pour l'installer dans son petit transat.

Elle avait remarqué que le serveur avait monté deux chaises avec la petite table, mais elle fut quand même surprise de voir Garth y prendre place.

— Ne devriez-vous pas redescendre tenir compagnie à vos invitées ? s'enquit-elle.

Tout en parlant, elle mordit avec appétit dans un petit canapé au saumon et ferma les yeux tant il était délicieux.

— Elles discutent entre elles et n'ont pas besoin de moi, répliqua-t-il.

Il la dévisageait avec un plaisir évident et elle se sentit rougir.

— Mais elles sont venues vous rendre visite.

Passant un bras sous sa tête, il se cala sur sa chaise.

— Je pense plutôt qu'elles ont l'intention d'organiser ma vie. Et comme je ne suis pas disposé à les laisser faire, mieux vaut les laisser entre elles.

Ses yeux pétillaient d'amusement quand il reprit :

— Dès que je vais participer à la conversation et les remettre à leur place, les rires vont se transformer en grincements de dents, je le crains. Elles vont me jeter à la tête des arguments stériles, il y aura des pleurs, des menaces… Cela me fatigue d'avance.

Elle se mit à rire.

— Mais qu'attendent-elles de vous ? Et pourquoi cela vous ennuie-t-il autant ?

— Venez voir.

Se tournant vers la fenêtre, il lui désigna du menton deux jeunes filles que Tianna avait remarquées lorsque le groupe était arrivé. L'une était blonde, l'autre brune.

— Voilà l'objet de la discussion, dit-il en désignant cette dernière. Qu'en pensez-vous ?

Tianna soupira et dégusta un autre canapé.

— Elle me semble très jeune.

— Elle *est* très jeune.

Il opina du menton comme s'il étudiait la question.

— Cela dit, reprit-il, la jeunesse n'est pas forcément un handicap. A peine sortie de l'adolescence, une femme est encore docile et soumise. Les plus âgées sont parfois plus difficiles à vivre.

Avec un clin d'œil moqueur, il ajouta :

— N'en êtes-vous pas un bon exemple ?

— Vous me considérez donc comme une vieille dame ! Merci du compliment ! protesta-t-elle. Je n'avais pas l'impression d'être déjà sur le retour.

Mais, de nouveau, il attira son attention sur les deux

jeunes filles qui bavardaient entre elles. Elles étaient charmantes et paraissaient aussi insouciantes que des enfants.

— Ils m'ont laissé le choix entre la blonde et la brune. N'est-ce pas gentil de leur part ? Mais je crois que cette dernière a leur préférence.

Elle se mit à rire sans savoir très bien pourquoi. La conversation prenait un tour étrange.

— Que voulez-vous dire ?

La tête penchée, il promena les yeux le long de son cou. Elle sentait presque la caresse de son regard et elle ne put s'empêcher de frissonner. Un léger sourire se peignit sur les lèvres du prince.

— Je déteste qu'on gouverne ma vie, dit-il calmement.

Tentant de ne pas prêter attention à la manière dont il la dévorait des yeux, elle opina du menton. Elle savait qu'elle devait lui résister, qu'elle ferait sans doute mieux de se lever et de lui lancer une réplique cinglante pour lui faire comprendre qu'il perdait son temps avec elle. Elle aurait dû. Mais elle en était incapable.

— J'ai déjà eu l'occasion de le remarquer, dit-elle.

— Tant mieux. Pour en revenir à mes visiteuses, ma tante Cordelia est persuadée qu'elle a une mission à accomplir dans l'existence : se charger de moi, me faire entrer dans un moule pour me faire ressembler à son idéal masculin.

— Mais, Votre Altesse, reprit Tianna en le regardant en face, qu'attend de vous votre tante, exactement ?

— Elle veut me voir épouser une de ces deux jolies filles, bien sûr !

Sous l'affront, Tianna en resta un instant bouche bée.

— Mais… elle n'en a pas le droit ! Vous êtes fiancé ! répliqua-t-elle enfin.

Avec un soupir, il hocha la tête.

— C'est vrai et ces pseudo-fiançailles m'ont protégé pendant des années. Me sachant engagé auprès d'une autre, les femmes ne pouvaient pas trop m'ennuyer et prétendre me passer la corde au cou. Mais depuis peu, certaines personnes de ma famille remettent en question cet engagement. Elles semblent croire que, comme je n'ai pas encore honoré le contrat, il peut être considéré comme nul et non avenu.

— Mais… c'est honteux !

Tianna mesurait très bien l'ironie de la situation, mais elle n'en avait cure. Vouloir rompre ses fiançailles, les considérer comme un non-sens, était une chose. Mais que d'autres parviennent à la même conclusion qu'elle et cherchent à annuler cette promesse de mariage la mettait hors d'elle.

— Vous trouvez ? Pour ma part, je n'en sais rien. Il me semble que ce vieil engagement ne veut pas dire grand-chose. Ne partagez-vous pas mon avis ?

— Pas du tout ! rétorqua-t-elle avec force. Il a été conclu pour de très bonnes raisons. Et les statistiques prouvent que les unions arrangées par les familles sont infiniment plus solides que les autres, basées sur des considérations amoureuses.

Elle parvenait à peine à croire que ces paroles sortaient de sa propre bouche. Elle lui répétait les arguments que ses parents lui avaient mille fois opposés lorsqu'elle avait tenté de se rebeller.

Pourtant, ils n'avaient jamais réussi à la faire changer d'avis. Pourquoi diable espérait-elle qu'il en serait autrement avec Garth ? Et pourquoi accordait-elle soudain tant de valeur à ces fiançailles ? Le dévisageant, elle prit conscience que faire sa connaissance expliquait son revirement.

— En tout cas, j'ai adoré être fiancé, poursuivit-il. Lorsqu'une jolie fille avec qui je vivais une amourette commençait à me parler de mariage, je lui rappelais gentiment que j'étais fiancé et l'affaire était réglée.

Cette fois, elle le toisa avec mépris.

— Pourquoi vous donnez-vous tant de mal pour me convaincre que vous êtes un mufle ?

Il parut ébranlé.

— Comment ? Est-ce donc l'opinion que vous avez de moi ?

Elle le gratifia d'un sourire mystérieux et détourna la tête.

— Attendez ! protesta-t-il. Que dois-je faire pour vous convaincre du contraire ?

— Vous n'y parviendrez pas. Je vous connais trop. Mais malgré vos mauvaises manières, je vous aime bien.

— Vous m'aimez bien ?

Manifestement surpris mais surtout touché par ses paroles, il lui sourit.

— Vraiment ?

Soudain, elle eut l'impression de s'être trop dévoilée et regretta sa spontanéité. Elle se tourna vers Marika pour dissimuler sa gêne et donner le change. Mais la petite dormait profondément, le souffle régulier. A sa vue, un sourire attendri se peignit sur les lèvres de Tianna. Comment résister à une si mignonne petite fille ?

Elle leva les yeux vers le prince pour voir s'il fondait autant qu'elle devant le charme du bébé, mais elle fut surprise de le voir la dévisager — elle et non Marika — avec une intensité qui la désarçonna.

— Ne faites pas cela.

— Quoi ?

— Ne me regardez pas ainsi.

— Puis-je vous embrasser à la place ?

Elle déglutit avec peine et tenta d'afficher un visage imperturbable.

— Deux jeunes femmes en bas n'attendent que vos baisers. Choisissez-en une et bécotez-la tout votre soûl.

— Elles sont jolies, non ?

— Très.

Tout en lui posant la question, il ne la quittait pas des yeux. Il était évident qu'elle était la seule à l'intéresser.

Lentement, il secoua la tête. S'avançant vers elle, il caressa sa joue du doigt.

— J'ai envie de vous embrasser, vous, pas elles.

— Pourquoi ? s'enquit-elle un peu nerveusement.

Il haussa les épaules avant de la prendre dans ses bras et de la serrer contre lui.

— Parce que, murmura-t-il en enfouissant sa tête dans son cou.

— Nous étions d'accord pour penser qu'il valait mieux ne pas… nous approcher, dit-elle avec un délicieux frisson.

— Je ne me souviens pas d'avoir donné mon accord pour une telle bêtise, murmura-t-il.

Avec douceur, il colla ses lèvres aux siennes, les mordillant, l'excitant.

Avec un soupir, elle lui rendit ses baisers. Elle n'avait jamais éprouvé un tel plaisir, une telle chaleur. Ses caresses affolaient ses sens et elle flottait, emportée par des sensations intenses qu'elle n'avait jamais connues.

Malheureusement, le téléphone portable de Garth retentit de nouveau. Pendant un moment, tous deux l'ignorèrent. Mais les sonneries s'intensifiant, il prit l'appel avec un gros soupir sans cesser de fixer Tianna.

— Oui ?

Elle ferma les paupières, laissant le bonheur pur que cette étreinte lui avait procuré l'envahir.

Il écouta son interlocuteur.

— D'accord, finit-il par dire d'un ton impatient. Je descends. Je serai là dans un instant.

Refermant l'appareil, il dévisagea Tianna d'un œil teinté de regret et recula sa chaise.

— Nous passerons à table à 19 heures. Voulez-vous vous joindre à nous pour le dîner ?

Elle avait envie de l'accompagner partout, de partager tout avec lui. Si elle l'avait pu, elle aurait même aimé respirer son souffle à chaque instant. Mais elle devait revenir à la réalité et, à contrecœur, elle secoua la tête.

— Certainement pas, dit-elle d'un ton qu'elle voulait ferme. La place des nounous est à la nurserie, lui rappela-t-elle.

Il lui décocha un sourire moqueur.

— Et depuis quand vous comportez-vous comme une domestique ?

— Est-ce un reproche ?

— Pas du tout. Mais vous avez tendance à vous conduire comme la maîtresse du domaine et non comme une employée. L'avez-vous vous-même remarqué ?

Sans répondre, elle lui jeta un œil noir.

— Pourquoi ne pas venir avec nous ? reprit-il. Ce serait plus amusant si vous étiez des nôtres. Vous vous mettriez à ma droite et me tiendriez compagnie.

Elle imagina les visages des femmes de l'assistance la voyant participer au repas et à la place d'honneur ! Mais elle ne voulait à aucun prix prendre le risque d'être reconnue par la duchesse. Elle se la représenta se levant, un doigt accusateur pointé sur elle, dénonçant l'imposture, et elle frissonna. Démasquée, elle n'aurait plus qu'à plier bagage. Or le bébé avait encore besoin d'elle.

— Je préfère rester avec Marika.

Hochant la tête, il la dévisagea avant de quitter la pièce.

Elle le regarda s'éloigner, le cœur battant encore si fort qu'elle en restait hébétée, presque terrifiée. Janni avait-elle raison ? Etait-elle tombée amoureuse du prince ? Et si c'était le cas, qu'allait-elle faire ?

Quand l'heure du dîner sonna, les invitées envahirent la salle à manger. Marika s'était assoupie et Tianna aspirait elle-même à rejoindre au plus vite les bras de Morphée. La nuit précédente, elle n'avait dormi que quelques heures et ressentait une intense fatigue. Pourtant, elle aurait aimé lire quelques pages avant de se mettre au lit. Tout le monde étant en train de se restaurer, elle pouvait sans crainte se risquer dans la bibliothèque pour emprunter un roman.

A pas de loup, elle descendit l'escalier. En passant, elle entendit des rires et la voix grave de Garth au milieu de celles — plus aiguës — des femmes. L'imaginer, seul homme parmi toutes ces représentantes du sexe faible, la fit sourire. Il devait se sentir le roi du monde.

Puis elle se souvint des deux jolies jeunes filles et son sourire s'évanouit. Devant ces belles demoiselles, il jouait sans doute les paons. Une pointe de jalousie la traversa.

De la jalousie ! Quelle idée ! Elle n'éprouvait rien de tel. Après tout, n'était-elle pas la promise du prince ? Quelle ironie du sort !

« Dans quel embrouillamini me suis-je fourrée ? » se demanda-t-elle.

Comme elle l'espérait, la bibliothèque était vide et elle se dirigea vers les étagères remplies de livres d'histoire. Une grande partie des ouvrages retraçait le passé de Nabotavia. Depuis son arrivée au château, ne rien connaître ou presque de son pays natal l'ennuyait. S'emparant de trois gros ouvrages, elle les posa sur le canapé pour les examiner.

Le premier traitait de la grande scission de Nabotavia, en 1860, qui avait coupé le royaume en deux et donné le pouvoir aux Roseanova tout en laissant à la branche de la famille de Tianna une partie du pays à diriger. Jusqu'ici, la jeune femme ne savait pas très bien ce qui avait provoqué ce changement mais elle en trouva rapidement les explications.

Apparemment, son arrière-arrière-grand-père — et

celui de Garth —, le roi Marcovo Ier, était mécontent de son fils, le prince héritier Marcovo II, qui menait une vie dissolue. Il passait son temps à faire la fête et à engrosser toutes les filles du pays. Un ministre de l'époque aurait même déclaré : « Au rythme où vont les choses, la moitié des enfants du royaume seront bientôt des prétendants à la Couronne. »

Pourvu que Garth n'ait pas hérité de ses gènes ! songea Tianna.

En revanche, son arrière-grand-père, Peter Marcovo Ier, le deuxième fils du roi — et son préféré — était un jeune homme sérieux et très studieux. Il fondit même l'Institut national de recherches scientifiques. Furieux d'imaginer le royaume dirigé par un bon à rien, le monarque décida de couper le pays le long du fleuve Tannabee, et d'offrir à Peter l'ouest de Nabotavia. Ce territoire ne représentait que le quart de celui de l'aîné et était constitué pour l'essentiel de montagnes et de déserts. Pourtant, le gouvernement de l'époque refusa de reconnaître l'indépendance de cet Etat. Peter se trouvait donc à la tête d'un royaume fictif qui faisait toujours partie de Nabotavia mais avait théoriquement le droit de revendiquer son autonomie. Et, comme elle le savait déjà, depuis lors, il existait une scission dans la famille royale. Son mariage avec le prince Garth avait été conclu par leurs parents dans l'espoir de réconcilier les deux branches. Mais qui s'en souciait encore ?

Elle venait de reposer le livre lorsqu'elle entendit des voix et comprit soudain que des visiteuses s'apprêtaient à entrer dans la pièce. En se rendant compte qu'une des intruses était l'amie de sa mère, Tianna se dissimula derrière le canapé. Son cœur se mit à battre à grands coups et elle se reprocha de s'être cachée comme une enfant prise en faute. Mais qu'aurait-elle pu faire d'autre ? Il ne lui restait qu'à espérer que les deux femmes ne s'attarderaient pas et qu'elle pourrait regagner discrètement les étages sans être inquiétée.

— Je trouve ridicule la manière dont Garth se sert de ses pseudo-fiançailles, disait l'une d'elles. Tu sais ce que je pense de la famille royale de l'ouest : ils sont tous certainement très charmants, mais le fait est qu'ils ne comptent pas.

Sous cet outrage, Tianna se raidit et eut du mal à rester silencieuse. Ces pimbêches discutaient des siens ! Pour qui se prenaient-elles ? Elle était partagée entre l'envie de rester tapie dans sa cachette et le désir de se montrer pour remettre cette prétentieuse à sa place.

— Qui a besoin de l'ouest de Nabotavia, après tout ? poursuivait la comtesse. Leur royaume n'est composé que de montagnes et de déserts. Ils n'ont aucune industrie, ils vivent pratiquement comme des sauvages. Alors que les deux jeunes filles que j'ai présentées à Garth sont les futures héritières d'un riche chef d'entreprise qui serait prêt à participer généreusement à la reconstruction du royaume. Et, crois-moi, pour rendre sa gloire passée à Nabotavia, nous allons avoir besoin d'argent !

— C'est évident, Cordelia, acquiesça la duchesse. Mais je ne comprends pas très bien pourquoi tu t'intéresses autant à Garth. Après tout, il n'est que deuxième dans la lignée de la succession au trône.

Cordelia soupira.

— J'ai toujours eu un petit faible pour Garth. Comme tu le sais, je me suis beaucoup occupée des garçons lorsqu'ils étaient jeunes et je me sens très proche de celui-ci. De plus, il est le seul des trois frères à avoir la marque…

— La marque ?

— La marque de la rose. Et il la porte sur son cœur.

A ces mots, Tianna dressa l'oreille.

— J'en ai entendu parler il y a des années mais j'étais

persuadée qu'elle n'était qu'un mythe. De quoi s'agit-il exactement ?

— D'une tache de vin en forme de rose. Mon frère, le roi défunt, Dieu ait son âme… l'avait. Notre père également. Mais, dans la jeune génération, seul Garth en a hérité. Et je ne peux pas m'empêcher de penser que c'est le signe d'un destin exceptionnel.

Tianna fronça les sourcils. La marque qu'elle avait remarquée sur la poitrine de Marika ressemblait beaucoup à la description que venait d'en faire Cordelia. Comme c'était étrange ! Très, très étrange.

— Oh, je vois, reprenait la duchesse.

— Et voilà pourquoi Garth ne doit pas épouser n'importe qui. Une nouvelle ère s'ouvre. Il faut du sang neuf à la famille. Ces jeunes filles sont issues de grandes dynasties industrielles, leurs pères ont bâti des empires. L'une ou l'autre conviendrait à merveille à Garth. Si seulement je parvenais à le convaincre d'envoyer aux orties ces pseudo-fiançailles !

Comme s'il les avait entendues, le prince surgit alors. Il remarqua immédiatement Tianna recroquevillée derrière le canapé et comprit aussitôt la situation. Un grand sourire aux lèvres, il se tourna vers les deux femmes.

— Mesdames, les tartes à la mirabelle vous attendent !

— Vraiment ?

— Hâtez-vous de rejoindre la salle à manger, leur ordonna-t-il avec un grand geste.

— Et toi, serais-tu privé de dessert ? riposta sa tante, ironique.

— Bien sûr que non. Je vous rejoins dans un instant.

Elles se dirigeaient vers la salle à manger lorsque Cordelia s'arrêta et se tourna vers lui.

— Mais dis-moi d'abord : que penses-tu des deux jeunes filles qui m'accompagnent ?

Un instant, il la dévisagea comme s'il ne comprenait pas à qui elle faisait allusion.

— Ah, oui ! s'écria-t-il enfin. Elles sont très jolies et tout à fait charmantes.

— Tu devrais passer un peu de temps avec elles, pour faire plus ample connaissance avant que nous ne partions.

— Bien sûr, j'en serais ravi, répliqua-t-il.

Puis il les poussa presque hors de la pièce.

— A tout de suite, leur promit-il en refermant la porte.

Se tournant alors vers Tianna, il lui lança :

— Que diable faites-vous là ?

Elle se redressa, les joues empourprées.

— Ainsi vous allez rompre vos fiançailles pour épouser une de ces deux beautés. Quelle énorme bêtise !

Il fronça les sourcils.

— Qui vous a dit ça ?

— Cordelia.

Avec un gémissement, il secoua la tête.

— Ma chère tante Cordelia a la fâcheuse habitude de croire qu'elle peut décider de ma vie. Mais je suis assez grand pour savoir ce que j'ai à faire et personne n'a à me dicter ses volontés. Je n'ai nullement l'intention de me marier avec l'une de ces deux idiotes.

Grâce à une grande inspiration, Tianna commença à se calmer.

— Tant mieux, dit-elle.

Elle s'apprêtait à tourner les talons quand il la rattrapa et posa la main sur son bras.

— Mais en quoi cela vous concerne-t-il, de toute façon ? Pourquoi une telle éventualité vous aurait-elle ennuyée ?

Elle lui jeta un regard méprisant.

— Vous voir renier vos engagements pour épouser une de ces pestes me décevrait de vous, répondit-elle.

Elle s'interrompit. Que lui arrivait-il ? Elle n'avait rien

à reprocher à ces jeunes filles. Et qu'avait-elle à dire sur le sujet ? Elle s'exprimait comme une femme jalouse.

— Mais je m'en moque au fond, reprit-elle, détournant la tête. Allez donc retrouver vos invitées.

Quand il la lâcha, elle éprouva un désir soudain d'être embrassée.

— Attendez ! s'exclama-t-elle en s'emparant à son tour de son bras. Savez-vous où est Janus ? Je ne l'ai pas vu de la soirée.

Le prince haussa les épaules.

— Il ne doit pas être très loin. Il m'avait préparé des affaires pour le dîner.

Elle admira le costume élégant dont il était revêtu. Il lui allait comme un gant, et mettait en valeur sa carrure d'athlète.

— Vous êtes très séduisant dans cette tenue, reconnut-elle.

— Merci.

Il lui sourit et l'envie d'un baiser devint plus forte encore. L'avait-il deviné ? Et si oui, pourquoi ne la prenait-il pas dans ses bras ?

Puis elle se souvint de la marque en forme de rose dont Cordelia avait parlé. Sans doute ferait-elle mieux d'aborder le sujet pendant qu'elle en avait l'occasion.

— Votre Altesse, commença-t-elle. Votre tante a fait allusion à une fleur que vous porteriez à la poitrine. De quoi s'agit-il exactement ?

— En fait, il s'agit d'une petite tache de vin héréditaire. Avec beaucoup d'imagination, il est possible d'y voir le dessin d'une rose. Tous les membres de la famille n'en ont pas hérité, mais moi oui.

— Représente-t-elle quelque chose de particulier ?

Il haussa les épaules.

— D'une certaine façon, oui. Elle symbolise la Maison de la Rose. Pourquoi ?

Le lien de parenté avec Marika devenait évident.

Elle resserra son emprise.

— J'aimerais vous montrer quelque chose. Venez avec moi.

— Que se passe-t-il ?

Elle secoua la tête.

— Je vous en prie, venez avec moi, répéta-t-elle.

Les sourcils froncés, il chercha ses yeux puis se tourna vers la porte derrière laquelle le cliquetis des couverts et les rires continuaient de fuser.

— Je ne peux pas, Tianna. J'ai promis aux autres…

Bien sûr, il avait raison.

— D'accord, mais montez me retrouver à la nurserie dès que possible.

Il la dévisagea avec curiosité.

— J'y serai d'ici une heure.

Il tint parole. Tianna patientait en arpentant la pièce et, lorsqu'elle le vit apparaître, l'appréhension et le soulagement se disputaient dans son esprit.

Marika dormait toujours. Avec précaution, Tianna souleva sa petite brassière et montra à Garth la marque qu'elle avait remarquée en lui donnant son bain. Elle représentait bien une rose en train d'éclore.

Pétrifié, Garth blêmit. Sans un mot, il retira sa veste, la lança sur le lit et commença à dénouer sa cravate. Le cœur battant, elle attendit. Il retira sa chemise et resta debout, lui présentant son torse musclé. Juste au-dessus du cœur, sa petite tache de vin ressemblait beaucoup à la version que portait la fillette sur sa propre poitrine.

Tianna s'y attendait mais elle en resta pourtant sans voix. D'une main hésitante, elle caressa la marque du bout des doigts avant de lever les yeux vers lui.

La prenant par les épaules, il l'attira à lui et l'embrassa avec force. La chaleur de son corps d'homme, de sa peau nue, l'envoûta et elle chancela. Mais le baiser ne dura qu'un instant. Il se rhabilla et sortit. Ni l'un ni l'autre n'avaient échangé un mot.

Chapitre 7

Un bébé pleurait. Garth se retourna entre ses draps, ne sachant pas s'il rêvait ou s'il entendait vraiment les cris d'un enfant. Finalement, il sortit de sa torpeur et comprit que la petite Marika était réveillée.

Il tendit l'oreille. Troublé, il se demanda une fois de plus s'il s'agissait de sa fille.

Non, c'était impossible. Et pourtant…

Repoussant ses couvertures, il se mit sur son séant et consulta son réveil. Il était 2 heures du matin. Les yeux encore embués de sommeil, il enfila son jean et une chemise. Avec un bâillement, il se dirigea vers la nurserie.

Dans le couloir, il reconnut distinctement la voix de la fillette et celle de Tianna lui parlant doucement pour l'apaiser. Il frappa légèrement à la porte et entra.

La jeune femme paraissait épuisée. Dans ses bras, Marika, rouge écarlate, semblait inconsolable. Tianna la berçait en arpentant la pièce.

— Je suis désolée de vous avoir réveillé, dit-elle. Je n'arrive pas à la calmer.

— Pas de problème, dit-il. Laissez-moi m'en occuper.

Comme il se penchait vers Marika, la petite fille lui sourit à travers ses larmes et tendit les mains comme si elle mourait d'envie de se trouver dans ses bras.

En prenant l'enfant, toute chaude, toute confiante, Garth eut l'impression de recevoir un petit cadeau de la vie. Elle se blottit contre lui comme si le creux de son épaule était sa place, faite pour elle. Cela signifiait-il qu'elle était sa fille ?

Il regarda Tianna. Elle avait les yeux battus, de larges cernes dévoraient son petit visage, mais comme elle était belle à la lueur de la lampe de chevet, dans sa chemise de nuit en dentelle !

— Retournez vous coucher, lui ordonna-t-il. Vous êtes morte de fatigue. Je vais prendre soin de Marika.

Perplexe, elle le dévisagea en bâillant.

— Comment cela ? demanda-t-elle.

— Je peux me charger d'elle, répéta-t-il d'une voix rassurante. Je marcherai dans la pièce pour la bercer comme vous le faisiez. Et si elle s'endort, je la coucherai dans son berceau et retournerai dans mes appartements.

— Oui mais si…

— Je vous réveillerai. Allez vous étendre.

Un petit sourire se peignit sur les lèvres de Tianna.

— Depuis quand êtes-vous devenu un expert en puériculture ?

Mais elle se hâta vers le lit, retira sa robe de chambre et se glissa entre les draps. Avec un soupir d'aise, elle ferma les yeux.

— Je ne sais pas si je vais réussir à trouver le sommeil. Je suis tellement tendue.

Le bébé sur l'épaule, Garth se mit à sillonner la chambre. Marika enfouit son visage dans son cou mais il voyait bien qu'elle n'était pas près de s'assoupir. Comme Tianna.

— Pourquoi ne parlerions-nous pas un moment ? suggéra-t-il. Cela vous aiderait peut-être à vous détendre.

Il déposa un baiser sur le crâne de la petite fille et regarda Tianna allongée, ses magnifiques cheveux étalés sur l'oreiller.

— Racontez-moi votre film préféré, le dernier livre que vous avez lu, ou plutôt expliquez-moi pourquoi le sort de ce bébé a tant d'importance pour vous. J'ai l'intuition que votre passé explique en partie cet attachement.

Avec une profonde inspiration, elle commença :

— J'avais cinq ans au moment de la révolution de Nabotavia. Dans la confusion de l'exode, j'ai été séparée des miens. Ma vieille nounou a pris soin de moi et m'a traînée à travers l'Europe, jusqu'à un port où j'étais censée retrouver mes parents. Mais elle m'a fait prendre place dans le mauvais bateau. Là, des étrangers se sont occupés de moi. Ils étaient très gentils mais je me sentais très seule, abandonnée, j'avais froid, j'étais terrifiée. Je voulais ma mère et personne ne pouvait me dire où elle se trouvait. En débarquant à New York, j'ai été trimballée d'une communauté de Nabotaviens à l'autre. Il a fallu des mois à ma famille pour arriver aux Etats-Unis, organiser des recherches et réussir à me retrouver. Lorsque, enfin, nous avons été réunis, j'étais devenue muette. Et même après nos retrouvailles, j'ai mis des années à récupérer la parole.

— Pauvre Tianna !

Il l'imagina petite fille et sourit.

— Vous avez connu de dures épreuves à un âge très tendre.

— Nous avons tous traversé des moments difficiles, non ? Et pour vous, ce fut pire. Vous avez réellement perdu vos parents. C'est une tragédie pour un enfant. Mais c'est vrai, cette histoire m'a profondément marquée et influence encore certains de mes comportements. En tout cas, quand je vois un bébé sans défense, tout seul, sans sa maman…

Sa voix se brisa et il lui fallut un instant pour poursuivre :

— Eh bien, j'éprouve le besoin impératif de lui venir en aide, de le réconforter, de m'assurer qu'il ne lui arrivera rien. Je ne peux pas m'en empêcher.

Pour mieux bercer Marika, Garth s'installa dans le fauteuil à bascule. Il ne comprenait que trop bien ce que

Tianna lui avait confié. Lui-même avait été traumatisé par les événements qui avaient secoué Nabotavia lorsqu'il était petit. Sans doute ce drame le hanterait-il jusqu'à sa mort.

— Et vous ? s'enquit-elle d'une voix ensommeillée. Vous m'avez dit que Janus vous avez sauvé la vie. Que s'est-il passé lorsque vous avez débarqué aux Etats-Unis ?

— Comme vous, nous avons été d'abord transbahutés d'un endroit à l'autre. Mais dans notre malheur, nous avons eu la chance d'être entourés par des gens que nous connaissions. A l'époque, Marco avait quinze ans et, étant l'aîné et le prince héritier, tout le monde le considérait comme un adulte malgré son extrême jeunesse. Kari, quant à elle, n'était qu'un bébé.

Il était curieux que la cuisinière ait gardé des souvenirs aussi vivaces de lui s'occupant de sa petite sœur. Pour sa part, il avait, jusqu'à ce matin, complètement oublié cet épisode.

— Je prenais soin d'elle. Nous avions l'habitude de nous cacher ensemble pour ne pas avoir à manger nos céréales.

Il sourit tandis que ces souvenirs affluaient à son esprit.

— Finalement, le demi-frère de notre père et sa femme, le duc et la duchesse de Gavini, ont décidé d'élever Kari chez eux, à Berverly Hills, et notre oncle Kenneth nous a pris, Marco et moi, dans son château, ici en Arizona.

— Mais il ne vit plus là, non ?

— Il est retourné à Nabotavia l'année dernière quand nous avons évincé les rebelles, et il y est resté.

Comme elle ne répondait rien, il tourna les yeux vers elle. Elle s'était endormie. Il la contempla longtemps, retenant son souffle. Qu'avait donc cette femme pour le troubler à ce point ? se demandait-il. Elle ne ressemblait à aucune autre et, en peu de temps, elle était devenue très importante à ses yeux — indispensable, vitale. En général, il détestait se sentir aussi dépendant de quelqu'un. Il voulait maîtriser la situation, être celui qui partait le premier sans un regard en arrière. Mais il était en train d'évoluer.

Peut-être la perspective de son retour prochain à Nabotavia avait-elle changé sa vision du monde. Peut-être aussi était-il arrivé à un tournant de sa vie. En tout cas, il n'avait pas envie de perdre Tianna. Mais comment s'assurer qu'elle ne le quitterait pas ? Il n'avait pas encore de réponse.

Dans son cou, Marika sombra enfin dans le sommeil. Pour ne pas risquer de la réveiller, il ne la recoucha pas tout de suite dans son berceau. Aussi resta-t-il dans son fauteuil à bascule, à se balancer, et finit-il, à son tour, par s'assoupir.

Quand les premiers rayons du soleil percèrent les volets, Tianna se réveilla et découvrit Garth endormi, Marika dans les bras. Réprimant un petit rire, elle se glissa hors du lit, et déposa un léger baiser sur la joue du prince avant de prendre la fillette pour la coucher. Lorsqu'elle se retourna, il était debout et s'apprêtait à quitter la pièce.

— Tout va bien ? s'enquit-il, ébloui par la lumière.

Il passa tendrement la main sur les joues de la jeune femme.

— A ton avis, reprit-il doucement, Marika est-elle ma fille ?

Brutalement, il se rendit compte qu'il venait de la tutoyer. Le manque de sommeil expliquait sans doute cette liberté de ton, peu habituelle chez lui. De toute façon, il se sentait si proche d'elle, à présent, que continuer à la vouvoyer lui paraissait incongru.

Tianna n'eut pas l'air de se formaliser de ce tutoiement.

— Toi seul peux répondre à cette question.

Avec un petit soupir, il hocha la tête.

— Je ne vois toujours pas comment une telle éventualité serait possible. Mais il y a tant de signes prouvant ma paternité…

— Peut-être est-elle l'enfant de... Marco ? risqua Tianna.

— Certainement pas ! Marco est plus droit qu'une flèche. Il ne me ressemble en rien, jamais il ne...

— Tu es également un homme intègre, répliqua-t-elle.

Il la regarda d'un air étrange, se demandant pourquoi elle le percevait ainsi. Et soudain, une vague de tendresse le submergea. Cette femme était pétrie de bonté. Une telle qualité était si rare ! Depuis qu'il la connaissait, il arrivait presque à croire qu'un monde sans mensonges, sans tricheries, était possible. Presque. Mais pas tout à fait.

Quand ses lèvres effleurèrent les siennes, elle entrouvrit la bouche et il joua avec sa langue. Elle était si douce, si chaude. Les yeux fermés, il aurait pu la décrire dans ses moindres détails. Il avait gravé dans sa mémoire son image, son odeur, sa douceur, sa voix. Et bientôt, il connaîtrait aussi bien son corps.

Mais à présent, il était épuisé à son tour. Il ne tenait plus debout.

— Je vais dormir quelques heures. Réveille-moi s'il y a du nouveau.

— D'accord.

Comme elle le regardait s'en aller, elle éprouva une tristesse soudaine et comprit pourquoi. Il ne lui était pas possible de se leurrer plus longtemps. Elle était tombée amoureuse de lui. Elle était même folle de lui.

Mais tu ne le connais que depuis deux jours !

Exact. Mais d'une certaine façon, il lui était destiné depuis toujours.

— Et après tout, murmura-t-elle à mi-voix, nous sommes fiancés.

Toute la matinée, elle entendit les allées et venues des cousines qui empaquetaient leurs affaires et rejoignaient leurs limousines. Quand enfin le silence se fit, elle descendit prendre son petit déjeuner et joua avec Marika. Mais Bridget vint soudain frapper à la porte de la nurserie.

— Mademoiselle, lui dit-elle, le prince Marco est rentré. Il vous attend dans le bureau et souhaite que vous veniez avec Marika.

— D'accord.

Il fallut un instant à Tianna pour se remettre de sa surprise et recouvrer contenance. Le prince héritier était le futur roi de Nabotavia et, comme tel, il représentait l'image de l'autorité par excellence. Sans doute Garth lui avait-il parlé de la fillette et de sa tache de naissance qui pouvait faire penser qu'elle était de la famille royale. Et, bien sûr, il avait envie de le vérifier par lui-même.

Quand elle entra dans la pièce, il la salua poliment. Mais, manifestement, c'était surtout le bébé qui l'intéressait.

— Puis-je voir la marque sur sa poitrine ?

— Oui, bien sûr.

Elle souleva la brassière de Marika pour la lui montrer. Il hocha la tête. Soudain, elle s'aperçut qu'il la regardait ouvertement, comme pour la sonder, pour exiger la vérité, et elle se mit à trembler, prête à mettre son âme à nu.

— Des rumeurs circulent. Elles disent que vous êtes arrivée en même temps que cette enfant et que vous vous êtes immédiatement proposée pour vous en occuper. Avez-vous un rapport quelconque avec cette petite ?

— Non, Votre Altesse, vous avez été induit en erreur. Certaines personnes ont pu faire un rapprochement entre ma présence et celle de Marika, mais c'est une pure coïncidence.

Un long moment, il la dévisagea d'un air songeur.

— Je vous crois. Pourtant, avouez que c'est étrange, non ? Le prénom, les vêtements, cette marque de naissance… Tout laisse penser que ce bébé a des liens avec la famille royale.

— Oui.

— Je vais donc faire pratiquer des tests ADN pour comparer ceux de cette petite avec ceux des Roseanova. Dans quelques jours, nous serons fixés.

— Oh, oui, bien sûr.

Serrant Marika contre son cœur, elle revint à la nurserie mais demanda à Bridget de s'occuper un moment du bébé. Puis, prenant une profonde inspiration, elle se rendit au deuxième étage. Elle savait où se trouvait la chambre de Garth et frappa à sa porte.

Il lui ouvrit immédiatement, la prit aussitôt dans ses bras et l'embrassa comme si sa vie en dépendait. Ce fut un baiser ardent, affamé, brûlant, délicieux. Mais Tianna finit par le repousser avec un sourire.

— Garth, protesta-t-elle en l'enveloppant d'un regard amoureux. Je ne suis pas venue pour un baiser. J'ai à te parler.

Il pencha la tête, réfléchissant.

— D'accord, dis-moi tout puis nous nous embrasserons encore, puis nous…

Ravie de voir la lueur qui brillait dans ses yeux, elle éclata de rire. Mais elle reprit vite son sérieux.

— Je viens de rencontrer ton frère.

— Marco ? Je l'ai mis au courant de la tache de naissance de Marika. Il a l'intention de faire pratiquer des tests ADN.

— Exactement.

Elle promena les yeux dans la chambre. Plus grande que le salon de sa propre maison, elle était tapissée de livres.

Soudain, elle repéra un superbe appareil photo.

— Tu as du bon matériel, remarqua-t-elle en s'en emparant.

— Je ne l'utilise pas souvent. Prends-le si cela t'amuse. Pourquoi ne pas faire quelques portraits de Marika ?

Secouant la tête, elle remit l'appareil à sa place.

— Je n'ai pas beaucoup d'expérience des photos d'enfants, surtout des bébés, dit-elle. Je me suis plutôt spécialisée dans les clichés architecturaux, les vues de gratte-ciel, les entrées d'immeubles, les angles et les coins.

— A ton retour à Nabotavia, tu vas être comme une enfant dans une confiserie.

Elle leva un sourcil étonné.

— Pourquoi ?

— La révolution n'a duré que quelques jours et il ne nous a pas fallu longtemps pour évincer les rebelles du pouvoir. Peu de bâtiments ont été endommagés par les combats. Nabotavia ressemble à un petit morceau de l'Europe au siècle dernier. Et comme le pays a été coupé du monde pendant vingt ans, la beauté de nos villes est relativement peu connue.

— Vraiment ? C'est intéressant.

L'idée d'être une des premières à immortaliser l'architecture du royaume libéré la tentait. Elle se rendait compte qu'elle ne connaissait presque rien de son pays natal.

Mais elle savait une chose, elle était amoureuse du prince. Et, plus merveilleux encore, Garth semblait partager ces sentiments. Pourtant, elle ne se sentait pas très à l'aise. Elle le trompait. Depuis le début, elle lui mentait en ne lui révélant pas sa véritable identité. Comment allait-elle réussir à présent à lui dire qui elle était vraiment ? Et comment réagirait-il en apprenant la vérité ?

Comme il se penchait vers elle, elle devina son impatience. Il prit son visage entre ses mains et la regarda dans les yeux.

— Je suis en train de chercher ce que j'aime le plus en toi, dit-il doucement.

— Difficile de choisir parmi mes innombrables qualités, non ? dit-elle d'un ton moqueur. Je comprends ton embarras.

Il sourit.

— Exactement. Tu es très belle, bien sûr. Et profondément bonne, tu es même adorable. Tu te soucies des gens…

Avec un soupir de bonheur, il posa un petit baiser sur ses lèvres.

— Mais je crois que ce que je préfère en toi est ton honnêteté foncière.

A ces mots, Tianna eut l'impression que son cœur s'arrêtait.

— Non, dit-elle doucement. Non, sûrement pas.

— Pourquoi ?

— Je te mens depuis le début !

Il se mit à rire, refusant de la prendre au sérieux.

— Et j'apprécie également beaucoup ton sens de l'humour.

De nouveau, il l'enlaça.

— Même si tu le voulais, tu serais incapable de raconter des histoires.

— Oh, Garth ! gémit-elle.

Mais sans lui laisser le loisir d'en dire davantage, il s'empara de sa bouche avec passion.

Elle tenta d'abord de le repousser, de reprendre son souffle pour pouvoir lui avouer la vérité. Il était temps, grand temps de la lui révéler. Elle aurait dû le faire depuis longtemps… A présent, elle regrettait de s'être fait passer pour quelqu'un d'autre. Ce jeu stupide ne pouvait que lui créer des ennuis. Comment n'y avait-elle pas songé plus tôt ?

Mais dans ses bras, ses craintes s'évanouirent. Blottie contre lui, elle oubliait tout. Et très vite, elle ne pensa plus à ses mensonges, elle ne se soucia plus de rien. La vie paraissait trop belle pour s'en inquiéter. Auprès de cet homme si fort, si puissant, si merveilleux, elle se sentait en sécurité et aimée comme jamais. Elle avait faim de ses caresses, de ses baisers, de son odeur, de la douceur de sa peau, et avait envie de l'entendre lui murmurer des mots tendres à l'oreille. Chaque baiser attisait son désir de lui jusqu'à en devenir insupportable.

Comme les mains de Garth s'aventuraient sous son pull, elle poussa un long soupir de plaisir, et soudain elle eut envie à son tour de promener les doigts sur son torse musclé, de se presser contre lui. Bouleversée, elle comprit qu'elle brûlait de ne faire plus qu'un avec lui.

Elle recula, le regardant avec intensité.

— Attends, dit-elle d'une voix haletante. Si nous continuons, nous allons finir par faire l'amour.

Avec un petit rire, il l'embrassa sur le bout du nez.

— Tu as tout à fait raison, lui dit-il à l'oreille. Pas aujourd'hui mais très bientôt.

— Tu crois ? demanda-t-elle en se pelotonnant de nouveau contre lui.

— Je le sais, Tianna.

Il prit son visage entre ses mains et ses yeux ne riaient plus.

— Il le faut, ajouta-t-il avec sérieux. Nous sommes destinés l'un à l'autre.

Elle hocha lentement la tête.

— Oui, nous sommes destinés l'un à l'autre.

Mais que se passerait-il lorsqu'il découvrirait à quel point ils l'étaient ?

Chapitre 8

Tianna savait qu'il était temps pour Garth de connaître sa véritable identité. Elle se demandait comment il réagirait lorsqu'elle lui avouerait la vérité. Bien sûr, il serait contrarié, n'importe qui le serait à sa place. Mais peut-être serait-il également amusé de découvrir que l'union prévue par leurs familles quand ils étaient enfants se réalisait envers et contre tout.

Se marieraient-ils ? Elle n'en avait aucune idée. En tout cas, il devenait urgent de le mettre au courant des faits afin qu'il considère une telle éventualité.

Lorsqu'elle trouva enfin le courage de lui parler, elle se rendit à la bibliothèque dans l'espoir de l'y trouver en train de travailler. Mais la pièce était vide. Etonnée, elle se dirigeait vers la cuisine quand elle le vit se hâtant dans le corridor.

Son visage était gris et son regard chargé d'orage. Lui prenant les mains, il les serra contre lui.

— Marco et moi partons immédiatement pour Los Angeles, lui expliqua-t-il. Un hélicoptère vient d'atterrir pour nous permettre d'atteindre plus vite l'aéroport.

— Garth, que se passe-t-il ?

— Ma sœur Kari vient de se faire kidnapper. Je n'ai pas le temps de te donner les détails. Mais…

Les yeux dans les siens, il l'étreignit étroitement contre lui.

— Mais promets-moi que Marika et toi serez là à mon retour.

Surprise qu'il puisse en douter, elle le dévisagea.

— Bien sûr, nous ne bougerons pas d'ici, je te le jure.

Il effleura ses lèvres.

— Tu restes un mystère pour moi, Tianna. Tu es venue de nulle part et tu as tout changé. Et si tu disparaissais, si tu t'évanouissais dans la nature, je ne saurais même pas où te chercher…

Sans comprendre pourquoi, elle sentit des larmes brûler ses paupières.

— Je serai là, lui promit-elle. Je t'attendrai.

Il l'embrassa de nouveau et sortit sans un regard en arrière. Elle courut jusqu'à la fenêtre pour le voir s'engouffrer avec Marco dans l'hélicoptère. Soudain, elle reconnut l'homme qui les accompagnait et sursauta. Il s'agissait de Janus qui semblait l'éviter. Ainsi, il partait avec eux.

— Janus ! cria-t-elle, même s'il ne pouvait l'entendre. Revenez ! Dites-moi ce que vous avez découvert !

Bien sûr, elle n'obtint aucune réponse. En tout cas, il n'allait certainement pas poursuivre ses recherches à Los Angeles. Furieuse mais impuissante, elle regarda l'appareil s'élever dans les airs et s'éloigner vers l'aéroport. De tout son cœur, elle espérait que Kari serait retrouvée saine et sauve. Mais elle ne parvenait pas à s'empêcher de penser à Janus et à son étrange comportement.

Une heure plus tard, Marika dormait et Tianna prit sa décision. Comme Janus ne paraissait pas se préoccuper sérieusement de retrouver la mère de l'enfant, elle se chargerait elle-même de l'enquête. Mais par où commencer ?

Janus avait-il interrogé les médecins de la ville ? Avait-il contacté les hôpitaux et les maternités de la région ? Avait-il consulté les registres pour voir quelles petites filles étaient nées il y a quatre mois en Arizona ? Elle ignorait tout de ses investigations.

Pourquoi ne pas commencer par le commencement ? se dit-elle. La cuisinière ne lui avait-elle pas expliqué que, lorsqu'on lui adressait un enfant, l'orphelinat menait ses propres recherches pour l'identifier et, le plus souvent, avec succès ? Pourquoi ne pas le joindre et lui demander des renseignements sur la manière de s'y prendre ? Peut-être lui donnerait-on les coordonnées d'un détective privé spécialisé dans ce genre de travail.

Après avoir consulté l'annuaire, elle composa le numéro. Malheureusement, la directrice de l'orphelinat était sortie et ne reviendrait pas avant la fin de la journée. La réceptionniste qui prit l'appel ne paraissait pas très futée et Tianna préféra ne pas lui raconter toute l'histoire. Il lui fallait donc attendre.

Elle passa la journée à s'occuper de Marika et à s'inquiéter du sort de la princesse Karina. En fin d'après-midi, elle appela sa sœur pour la mettre au courant des événements. Janni fut catastrophée d'apprendre l'enlèvement de la princesse. Mais de son côté, elle avait d'autres mauvaises nouvelles à lui transmettre.

— Père veut te parler, Tianna. Je lui ai raconté que tu n'étais pas facilement joignable mais cette réponse ne va pas le satisfaire très longtemps.

— Qu'a-t-il à me dire ?

— Je n'en sais rien, c'est bien le problème. Ces temps derniers, il a reçu et passé de nombreux coups de fil et s'isole sans cesse avec mère pour de longs conciliabules. Bien sûr, ils ne m'ont pas invitée à prendre part à leurs discussions, vu que je suis considérée comme le mouton noir de la famille. Ou plutôt la brebis galeuse.

— Janni !

— Désolée. Bref, ils ne m'ont pas mise dans leurs

confidences. Seule certitude : père tient à s'entretenir avec toi sans délai. Je crois que tu ferais mieux de l'appeler.

Tianna soupira. Ce n'était vraiment pas le moment !

— Je m'en occuperai demain, promit-elle à sa sœur avant de raccrocher.

Puis elle descendit rejoindre les autres et partager avec eux ses angoisses. Cook, Milla et le reste du personnel se tordaient les mains en tournant autour du téléphone dans l'espoir d'apprendre du nouveau. Manifestement, tous aimaient beaucoup la princesse.

— Pourvu que les journaux n'ébruitent pas les événements, dit Cook avec un soupir.

Tianna hocha la tête, la comprenant.

— La famille royale de Nabotavia a toujours su se protéger des tabloïds et des journalistes de tout poil.

— Ils refusent de nourrir les papiers à scandales. C'est tellement navrant.

— Mais il est difficile d'empêcher la presse d'évoquer un enlèvement, remarqua Tianna. Attendons de voir.

Enfin, le téléphone se mit à sonner et Cook prit l'appel.

— La princesse est saine et sauve ! hurla-t-elle. Alléluia !

Des cris de joie emplirent la maisonnée.

— Le prince Garth souhaiterait vous parler, ajouta la cuisinière en tendant l'appareil à Tianna. Vous autres, remettez-vous au travail !

La jeune femme se sentit rougir comme une pivoine en constatant que tous les domestiques la dévisageaient avec curiosité.

— Allô, Tianna ?

La voix profonde du prince la fit vibrer des pieds à la tête.

— Je voulais juste te dire que Kari va bien.

Brièvement, il lui résuma les événements. Karina s'était fait enlever par un groupe de rebelles alliés aux December Radicals, mais le responsable de la sécurité du domaine,

Jack Santini, l'avait arrachée des mains de ses ravisseurs au moment où ils s'apprêtaient à s'envoler avec elle.

— Et maintenant, crois-le ou non, j'ai bien l'impression que ces deux-là ne vont pas tarder à se marier.

— La princesse et son garde du corps ?

— Il est devenu sir Jack Santini ! Marco l'a élevé au grade de chevalier de la Couronne. Je te raconterai le reste demain, à mon retour.

— Bien.

— Tu me manques.

Elle jeta un coup d'œil autour d'elle. Tout le monde était affairé et personne ne semblait prêter attention à la conversation.

— Toi aussi, murmura-t-elle.

Ce n'est qu'après avoir raccroché qu'elle se rendit compte qu'elle ne lui avait pas parlé de Janus. Tant pis, il serait toujours temps de le faire le lendemain, lorsqu'ils seraient tous revenus. Elle se demandait — et cette idée la rendait folle — si Janus n'avait pas volontairement saboté ses recherches sur la mère de Marika. Elle n'en avait aucune preuve. Mais elle commençait à s'interroger.

Le lendemain matin, ses soupçons devinrent plus nombreux encore. Après avoir nourri et changé Marika, elle la confia à Bridget pour téléphoner tranquillement à l'orphelinat.

— Je m'appelle Tianna Rose, dit-elle dès qu'elle eut la directrice à l'appareil. A ce que j'ai compris, vous êtes actuellement confrontés à une épidémie de varicelle et…

— J'ignore qui vous a donné cette information mais elle est fausse, l'interrompit son interlocutrice. Nous n'avons recensé aucun cas de cette maladie depuis des années.

Tianna en resta bouche bée. Comme c'était étrange !

— Vous êtes donc en mesure d'accueillir de nouveaux bébés ?

— Bien sûr. Nous n'avons aucune restriction.

— Je vois, dit-elle lentement. Bien, merci beaucoup.

Abasourdie, elle ne lui demanda pas les renseignements qu'elle comptait solliciter au départ. Il lui fallait d'abord digérer ces révélations et creuser cette sombre histoire. Elle tenta de se remémorer ce qui s'était passé le jour de son arrivée. Cook avait prié Milla de contacter l'orphelinat et cette dernière était revenue, affirmant que l'établissement était en quarantaine sanitaire et ne pouvait pas accepter l'enfant avant plusieurs jours. Milla avait-elle donc menti ? Pourquoi ?

D'un air décidé, elle descendit dans la cuisine.

— Milla, dit-elle en s'efforçant de rester calme. Puis-je vous parler un instant ?

— Bien sûr, mademoiselle.

Avec un sourire confiant, la jeune servante s'approcha.

— En quoi puis-je vous être utile ?

— Pourriez-vous m'expliquer pourquoi vous avez prétendu que l'orphelinat subissait une épidémie de varicelle ? Je viens de les joindre. Tous leurs petits pensionnaires sont en parfaite santé.

Milla parut sidérée.

— Je ne comprends pas ! Je ne les ai pas appelés en personne. Au moment où je m'apprêtais à composer leur numéro, M. Janus m'a dit qu'il s'en chargeait puis il est revenu m'apprendre qu'ils avaient tous cette maladie.

A ces mots, Tianna manqua de tomber à la renverse.

— Vraiment ?

— Oui, mademoiselle, insista Milla, hochant la tête avec énergie. Je suis sous ses ordres, vous savez. Je n'ai pas le droit de les discuter.

— Bien sûr.

Accablée, Tianna ferma un instant les paupières. Janus, de nouveau Janus. Pourquoi avait-il inventé cette histoire ? Quel était son intérêt dans cette affaire ? Elle devait y réfléchir.

La journée s'étira comme si elle ne voulait plus finir. La jeune femme pensa appeler son père mais y renonça. Si elle l'avait au bout du fil, il lui faudrait lui mentir. Et malgré la situation folle qu'elle vivait au château, elle détestait y être obligée.

Bien sûr, songea-t-elle, il ne s'agissait pas vraiment d'un mensonge. Elle avait laissé des gens croire des choses qui n'étaient pas tout à fait vraies. « Ce qui ne vaut pas mieux, Tianna », lui aurait dit sa mère. Et elle savait que cette dernière aurait eu raison.

Oui, il était grand temps de rétablir la vérité. Elle ne devait plus attendre pour dire au prince qui elle était réellement. Soudain, elle avait hâte de lui parler. Elle ne parvenait pas à comprendre pourquoi elle avait tergiversé si longtemps. Il lui fallait absolument clarifier la situation.

Enfin, elle entendit une limousine se garer devant le perron. Elle hésita à courir à la rencontre de Garth pour l'accueillir avec chaleur mais se ravisa, préférant le voir seule à seul. Mais comme elle n'y tenait plus, elle descendit dans la cuisine.

— Savez-vous la nouvelle ? lui lança Bridget quand elle passa la porte. Il va y avoir un mariage !

— Un mariage ?

— Comme si nous n'avions pas déjà du travail par-dessus la tête ! s'écria Cook. Et maintenant, on nous apprend qu'une noce va être célébrée dans moins d'une semaine ! Comment vais-je m'en sortir pour préparer une réception en si peu de temps ? Ils vont finir par me rendre folle !

— Qui se marie ? s'enquit Tianna, éberluée.

— La princesse Karina ! Elle veut épouser son fiancé

avant que la presse ne s'empare du scoop. Mais c'est impossible, impossible !

Pour ne pas les gêner dans leur travail, Tianna quitta la pièce. Et tomba sur Garth dans le couloir.

— Ah te voici ! s'exclama-t-il.

Il prit Marika dans ses bras en dévorant Tianna des yeux.

— Bonjour, répondit-elle avec chaleur.

Elle mourait d'envie d'un baiser mais elle savait que l'embrasser dans le corridor serait trop dangereux.

— J'ai entendu dire qu'un mariage se préparait.

— Oui, un très petit mariage, il n'y aura que la famille proche. Nous voulons éviter que les tabloïds aient vent de l'affaire. Ils sont déjà tous amassés autour du château de Beverly Hills, dans l'espoir d'obtenir les détails du kidnapping.

Il caressa la tête de Marika tendrement.

— Tu es très belle, ajouta-t-il doucement.

D'un air joyeux, elle lui sourit puis se souvint qu'elle avait d'importantes choses à lui apprendre.

— Où est Janus ? J'ai besoin de lui parler.

— Il est resté là-bas pour aider Karina à préparer ses bagages.

— Oh, non !

En quelques mots, elle lui expliqua pourquoi elle craignait que Janus ait volontairement saboté l'enquête concernant la mère de Marika.

Le prince parut ennuyé de ces révélations, et surtout sceptique.

— Tianna, cela n'a aucun sens ! Quel intérêt aurait-il à vouloir garder cette enfant ici plutôt qu'à la mettre dans un orphelinat ? Pourquoi s'en soucierait-il ?

— Justement, je n'en sais rien. Je ne comprends pas pourquoi il a agi ainsi.

Les sourcils froncés, le prince secoua la tête.

— Ecoute, Tianna. Janus a été un père pour moi. Il est encore un des êtres dont je me sens le plus proche. Pour mettre en doute sa parole, il me faudra des preuves en béton. Pour le moment, je suis incapable de le suspecter de m'avoir dissimulé quoi que ce soit. Je lui fais entièrement confiance.

Il avait du mal à admettre la fourberie de son valet. Elle aussi en avait été stupéfaite. Pourtant, elle n'éprouvait aucun attachement pour cet homme.

— Pas plus que toi je ne cherche à le condamner ni même à l'accuser, Garth. Mais j'aimerais des réponses à mes questions.

— Nous en discuterons avec lui à son retour.

Puis il s'apprêta à tourner les talons, car il avait du travail.

— Garth, lui dit-elle en posant la main sur son bras. Pourrais-tu m'accorder un petit moment ? J'ai quelque chose à te dire.

— A me dire ? N'avons-nous pas mieux à faire ? répondit-il en souriant.

— Je suis sérieuse, je dois te parler.

— De Marika ?

— Non, de moi.

Il parut déconcerté.

— Pourquoi ne pas m'en toucher un mot maintenant ?

Elle prit une profonde inspiration.

— J'ai besoin d'un peu de temps. Et d'intimité.

— Très bien. Mais nous attendons un visiteur. Je serai coincé avec lui tout l'après-midi et au-delà… Je te retrouverai plus tard dans la soirée, d'accord ?

— D'accord. Je suis heureuse que tu sois de retour, ajouta-t-elle tandis qu'il s'éloignait.

Il lui sourit.

— Moi aussi.

Une heure plus tard, Tianna sut que l'hôte mystérieux de Garth était arrivé et se demanda de qui il s'agissait. Elle interrogea les domestiques, mais tous restèrent très vagues sur le sujet, ce qui piqua un peu plus son intérêt. Comme elle s'ennuyait — Marika dormait et elle n'avait pas grand-chose à faire —, elle décida de passer devant le bureau pour tenter de deviner ce qui s'y tramait.

Curieusement, des éclats de voix s'élevaient derrière la porte. Elle tendit l'oreille. Manifestement, Garth et son invité avaient une violente discussion. La voix de ce dernier lui sembla étrangement familière, mais elle ne put l'identifier tout d'abord. Soudain, elle crut entendre prononcer son nom. Sa curiosité était à son comble, elle mourait d'envie de comprendre pourquoi elle était l'objet du débat.

Entrouvrant la porte, elle risqua un œil à l'intérieur et blêmit. En effet, dans la pièce, elle découvrit le prince Marco, Garth et un homme qui n'était autre que… son propre père !

Il leva la tête et l'aperçut.

— Katianna ! s'écria-t-il, écarlate. Que fais-tu ici ?

— Euh… Bonjour, père, balbutia-t-elle, tentant désespérément de sourire.

A son tour, Garth dévisagea Tianna puis son hôte.

— Que cela signifie-t-il ?

Mais Trandem Roseanova-Krimorova ne lui prêtait aucune attention. Il était trop en colère contre sa fille.

— Ainsi, tu conspires dans mon dos ! rugit-il. Katianna, qu'as-tu fait pour convaincre le prince de rompre votre promesse de mariage ?

Livide, Tianna se tourna vers Garth.

— Qui diable es-tu ? demanda celui-ci, les yeux furibonds.

A son ton furieux, elle frissonna.

— Je suis Katianna, princesse de l'ouest de Nabotavia,

ta promise officielle. Voilà ce que j'avais l'intention de te dire ce soir.

Il secoua la tête, comme s'il n'arrivait pas à croire qu'il se soit fait berner si longtemps.

— Tu m'as menti ! Tu t'es jouée de moi !

— Non !

Mais la fureur du père de Tianna n'avait plus de limites, et, au milieu de ses hurlements, la jeune femme ne parvenait pas à s'expliquer.

— Père, cesse de crier et explique-moi ce que tu fais ici.

— Je suis venu empêcher un désastre, éviter à la famille d'être définitivement scindée en deux, voilà pourquoi je suis ici ! Mon avocat m'a appris que le prince remettait en cause ses engagements, aussi ai-je décidé de venir discuter avec lui d'homme à homme. Et qu'est-ce que j'apprends ? Tu es impliquée dans cette histoire, toi, ma propre fille !

— Euh…

— Il n'est pas question de rompre cette promesse de mariage ! Il s'agit d'un accord, conclu il y a bien longtemps entre le roi Marcovo et moi, destiné à réconcilier les deux branches des Roseanova. Notre pays a besoin d'unir ses forces pour se reconstruire. Vos préoccupations égoïstes sont hors de propos. Vous ferez votre devoir et vous marierez pour le bien de la patrie, je serai intraitable sur ce sujet.

Satisfait de s'être montré intransigeant avec sa fille, il se tourna vers les princes.

— Avec votre arrogance habituelle, vous pensez peut-être pouvoir nous traiter par-dessus la jambe et nous dicter vos lois. Mais je ne me laisserai pas faire.

Il releva fièrement la tête.

— Je ne suis peut-être pas le meilleur monarque du monde, mais je pourrai me vanter d'avoir réuni la famille pendant mon règne. Vous épouserez ma fille, prince Garth, il n'y a pas à en discuter. Il est temps à présent de fixer une date.

Même si son père continuait à grommeler, Tianna devinait que son explosion de colère était passée et elle n'écoutait plus que d'une oreille distraite son monologue. Toute son attention se portait sur Garth. Elle voulait lui faire comprendre la situation, mais, à l'expression peinte sur son visage, elle sentait qu'elle n'y parviendrait pas facilement.

Ce ne fut qu'une heure plus tard que les esprits cessèrent de s'échauffer et que Garth et Tianna eurent l'occasion de s'entretenir en tête à tête. Ils se retrouvèrent dans la bibliothèque. Comme elle s'avançait d'un pas hésitant vers lui, elle se rendit très vite compte que les yeux de Garth avaient perdu leur lueur chaleureuse. Si seulement elle parvenait à lui expliquer comment elle s'était retrouvée emmêlée dans ses mensonges sans l'avoir vraiment cherché !

— J'ai vraiment le sentiment de m'être fait duper comme le dernier des imbéciles, commença-t-il d'une voix dure.

Avec désespoir, elle secoua la tête.

— Je suis désolée, vraiment désolée.

— Quel intérêt avais-tu à me mentir ?

— Je ne t'ai pas réellement menti. Je voulais juste…

— Tu t'es jouée de moi, de nous !

— Oh, non !

— Alors pourquoi ? Pourquoi es-tu venue ici ?

Elle le regarda droit dans les yeux, espérant de tout son cœur réussir à le convaincre de sa bonne foi.

— Pour te persuader de rompre nos fiançailles.

Il la dévisagea un long moment avant de se mettre à rire.

— Cette histoire n'a aucun sens !

— Ecoute-moi. Comme je te l'avais dit, mon souhait

le plus cher était de travailler à New York et donc d'être libre. Je voulais savoir si l'idée d'épouser une inconnue t'emballait aussi peu que moi et si nous ne pourrions pas nous arranger pour annuler ce contrat.

— Si tel était ton objectif, tu as mis bien du temps à le dévoiler et tu t'y es prise d'une bien curieuse façon. Désolé, princesse. Je n'y crois pas. Je ne sais pas pourquoi tu m'as fait marcher, mais je n'apprécie pas du tout cette trahison.

Il se dirigea vers la porte avant de faire volte-face.

— Tu étais la seule personne au monde en qui j'avais confiance, sur qui je pensais pouvoir compter, lui lança-t-il.

Puis il quitta la pièce.

Elle s'était doutée qu'il serait furieux d'apprendre la vérité mais elle ne s'attendait pas à une telle réaction. Pour la première fois, elle envisagea la possibilité qu'il ne lui pardonne jamais son erreur. Tout ce qui s'était passé entre eux serait alors relégué aux oubliettes, et, pour elle, une telle éventualité signifiait une fin plus terrible encore que la mort.

Chapitre 9

L'histoire de la véritable identité de Tianna se répandit dans le château comme une traînée de poudre, et la jeune femme dut endurer les regards réprobateurs et les messes basses du personnel. Malgré l'insistance de Cook, elle refusa de s'installer dans une chambre plus luxueuse. Elle ne suivit pas non plus son père qui rentrait à Seattle. Se considérant comme la nounou de Marika, elle ne voulait pas l'abandonner tant que le sort du bébé ne serait pas réglé. Elle restait donc en Arizona. Son objectif prioritaire était de protéger la petite fille et il n'était pas question pour elle de se dérober à ce qu'elle estimait être son devoir.

Les jours suivants, elle se sentit pourtant très malheureuse. Les domestiques prenaient leurs distances avec elle, ne sachant plus comment la considérer ni la traiter. Le prince Marco se montrait froid et distant. Quant à Garth, il se comportait avec elle comme si elle était devenue invisible. Manifestement, il souffrait et était en colère contre elle. Comment aurait-elle pu le lui reprocher ? Mais il aurait dû la laisser s'expliquer et, jusqu'ici, il ne l'avait pas fait.

Par ailleurs, elle passait tout son temps libre à poursuivre ses recherches pour tenter de retrouver la mère de Marika. L'orphelinat lui donna les coordonnées d'un bon détective privé, mais il était absent toute la semaine et elle devait donc se débrouiller seule. Elle appela les hôpitaux, les cliniques et les cabinets médicaux mais personne ne se souvenait d'une mère célibataire ayant donné le jour quatre ou cinq mois plus tôt à une petite fille. Et, d'après ses interlocuteurs, personne n'avait téléphoné dernièrement pour les interroger à ce sujet. Contrairement à ce qu'il avait prétendu, Janus n'avait donc pas fait progresser l'enquête d'un iota.

Mais bientôt, Tianna fut happée par les préparatifs du mariage. Chargée du choix des bouquets qui orneraient les tables et la chapelle, elle s'occupa également de sélectionner le fleuriste qui les composerait.

« Un petit mariage », avait dit Garth.

Pourtant, plus de deux cents invités étaient attendus. Inutile de se demander pourquoi Cook frisait l'hystérie.

— Cela me tuera, gémissait cette dernière à longueur de journée tout en donnant des ordres aux servantes.

Ces mots frappèrent Tianna et lui parurent de mauvais augure. Décidément, tout allait mal.

Quelques jours avant la noce, la princesse Karina arriva. Elle reconnut immédiatement Tianna et l'embrassa avec chaleur. Elle ne parut pas s'étonner de sa présence ni de ses fonctions de nounou. Obnubilée par Jack Santini, son futur époux, elle ne prêtait guère attention au reste.

Malheureusement, Janus n'était pas revenu avec elle.

— Il avait des affaires à régler à Los Angeles et rentrera plus tard, expliqua Kari d'un air aérien.

Tianna en fut désappointée. Mais très vite, les deux jeunes femmes sympathisèrent et Tianna aida sa compagne à préparer la cérémonie, à choisir sa robe, un voile, la pièce montée…

— Comme tu es gentille de me conseiller ! s'exclama Kari. J'espère que tu me laisseras te rendre les mêmes services le jour où tu épouseras Garth.

Tianna murmura une réponse polie, mais, au fond d'elle-même, elle était persuadée qu'elle ne se marierait jamais avec le prince. Pourquoi en était-elle accablée ? Où étaient passés ses rêves de photographe entamant une brillante carrière ? Pourquoi ce projet ne l'excitait-il plus du tout ?

« Parce que tu es tombée amoureuse… »

Peut-être devait-elle tenter de changer la donne.

A une ou deux reprises, Garth lui avait adressé la parole mais, à chaque fois, ces échanges avaient été brefs et chargés d'hostilité. Elle avait essayé de lui expliquer pourquoi le fait d'avoir trouvé le bébé l'avait poussée à se prétendre quelqu'un d'autre. Elle évoqua ses souvenirs d'enfance.

— Je me suis rappelé la peur que j'ai éprouvée, petite fille, et quand j'ai vu Marika, je l'ai imaginée ballottée de droite à gauche à son tour, avec cette angoisse ancrée au cœur. J'ai eu de bons parents. Ils m'ont aidée à dépasser mes craintes. Mais elle, quel sort aurait-elle connu ? J'avais envie qu'elle grandisse dans un climat d'amour et de sécurité, comme tous les enfants devraient avoir. Et voilà pourquoi je n'ai pas révélé qui j'étais. Je pensais ainsi mieux protéger ses intérêts…

— Tu aurais quand même pu me dire la vérité, répliqua-t-il, buté. Je te faisais confiance…

La pensée de l'avoir déçu l'accablait. Chaque fois qu'il la regardait, elle avait l'impression de recevoir un coup de couteau dans le cœur.

— Pourquoi as-tu contacté mon père pour te désengager de ta promesse de m'épouser ? lui demanda-t-elle soudain.

Il la toisa froidement.

— Parce que j'étais tombé amoureux de toi, ou plutôt de Tianna Rose, la nounou de Marika. Alors je voulais être libre.

Lorsqu'elle l'entendit prononcer ces paroles, l'espoir la submergea un instant mais, très vite, elle se rendit compte qu'il ne servait à rien de rêver. Il parlait au passé. A présent, il ne ressentait que mépris et rejet pour celle qui l'avait trahi.

— Quelle ironie du sort ! Tu avais envie de rompre avec moi pour être libre de m'aimer…

Il ne parut pas trouver cette réflexion amusante.

Avec un soupir, elle poursuivit :

— Es-tu toujours décidé à annuler nos fiançailles ?

Il la fusilla d'un œil noir.

— Et toi ?

Elle le dévisagea sans répondre et la conversation en resta là.

La princesse Karina fut soudain traversée d'une idée lumineuse :

— J'aimerais que tu sois témoin à mon mariage, dit-elle sur une impulsion. T'avoir à mes côtés pendant la cérémonie me ferait très plaisir.

— J'en serais ravie, lui assura Tianna.

A présent, elle devait donc trouver une tenue pour faire honneur à Karina.

La princesse était plongée dans les préparatifs de la noce et nageait sur un petit nuage tant son bonheur était total, mais elle finit par se rendre compte que son frère et Tianna se battaient froid. Elle interrogea cette dernière qui lui raconta toute l'histoire et, mise en confiance, lui avoua à quel point elle était amoureuse de Garth.

Aussitôt, Kari alla trouver ce dernier, certaine de pouvoir régler le malentendu en un clin d'œil.

— Quel est le problème, Garth ? Pardonne-lui sa petite mascarade sans conséquence et épouse-la ! Vous en avez tous les deux tellement envie !

— Ne t'inquiète pas pour moi, Kari. Tout va bien.

— Si tu fais cette tête-là quand « tout va bien », je préfère ne pas t'imaginer quand tu estimeras que « tout va mal ». Tianna est très amoureuse de toi, tu sais.

— Et tu crois, ma pauvre chérie, que l'amour est la seule chose qui compte ?

— Je ne suis pas idiote, Garth. Beaucoup d'autres valeurs ont de l'importance dans l'existence. Mais l'amour est comme l'eau, indispensable à la vie. Et si tu as eu la chance de découvrir une source belle et pure, tu ferais mieux d'en boire, mon cher frère. Parce que tu n'en retrouveras sans doute pas de sitôt pour étancher ta soif.

La manière dont sa sœur se souciait de lui le toucha, mais il secoua la tête. Il aimait Tianna, il le savait. Mais désormais il ne pouvait plus lui faire confiance. Comment imaginer construire son existence entière avec une femme qui lui mentait ? Chaque fois qu'il la regarderait, il se souviendrait de sa trahison et, du même coup, de celles — beaucoup plus graves — dont il avait été victime, enfant, et des mensonges qui avaient causé la mort de ses parents.

Bien sûr, ces vieilles histoires n'avaient rien à voir avec Tianna, mais il ne parvenait pas à les oublier.

Si Garth fuyait à présent les tête-à-tête avec Tianna, il vint en revanche s'occuper de Marika chaque jour. La jeune femme en conclut qu'il commençait à accepter la petite comme sa propre fille et s'en réjouit. L'avenir de Marika semblait assuré.

Elle fut donc bouleversée en se rendant compte que la marque de naissance de Marika s'estompait. Elle crut d'abord qu'il s'agissait d'un tour de son imagination, mais après avoir donné le bain au bébé, elle s'aperçut que la petite rose était presque effacée. Le cœur battant, elle gratta doucement la poitrine de la fillette. L'enfant s'esclaffait, croyant à un nouveau jeu, mais Tianna n'était pas d'humeur à rire. Car la « marque de naissance » avait pratiquement disparu quand elle eut terminé…

Quelqu'un avait dessiné une rose sur Marika avec de l'encre indélébile, dans le but évident d'accréditer la thèse que Garth était le père de cette enfant.

Une demi-heure plus tard, quand le prince frappa à la porte pour sa visite quotidienne, Tianna lui montra aussitôt ce qu'elle avait découvert. Il regarda la petite fille d'un air éberlué avant de se tourner vers la jeune femme.

— Qui aurait fait ça ?

Visiblement, il pensait qu'elle en était l'auteur.

Allait-il la suspecter pour tout ? se demanda-t-elle, blessée au cœur. Si c'était le cas, elle préférait jeter l'éponge et renoncer à l'aimer, parce qu'elle refusait de vivre dans ce climat.

— Ce n'est pas moi, rétorqua-t-elle d'un ton ferme. Quel qu'en soit le coupable, il cherche évidemment à te faire assumer la paternité de Marika. Et la seule personne sur qui se posent tous les soupçons est… Janus.

— Janus ? C'est ridicule !

— Ne m'as-tu pas dit qu'il était peintre amateur ? Il a sans doute la capacité de réaliser une rose aussi ressemblante…

— Mais aucune raison de le faire…

Il secoua la tête, se pencha vers Marika et la recouvrit d'une couverture pour l'emporter avec lui.

— Demain, nous aurons les résultats ADN. Attendons-les avant de commencer à accuser n'importe qui.

Furieuse et inquiète, Tianna se demandait ce qu'il adviendrait de Marika s'il était prouvé qu'elle n'avait aucun lien génétique avec les Roseanova. Sans doute serait-elle envoyée à l'orphelinat.

Tianna refusait une telle éventualité. Mais que pouvait-elle faire pour l'en empêcher ?

« Trouve la mère de Marika », s'ordonna-t-elle.

Soudain, une idée la traversa. En rappelant à Garth les talents artistiques de Janus, elle s'était souvenue que ce dernier travaillait avec d'autres peintres à Sedona. Comme l'homme se comportait de façon étrange dans cette affaire, peut-être pourrait-elle appeler les médecins de la région et les interroger.

Le lendemain matin, après quelques coups de fil prometteurs, elle loua une voiture et se rendit au cabinet médical de Sedona.

— Je vois très bien de qui vous parlez, lui dit la secrétaire d'un air soucieux. Il s'agit de Danielle Palavo. C'était une de nos patientes et je me rappelle très bien de son accouchement. Donnez-moi un instant, que je retrouve le dossier. Nous devons avoir gardé une copie du certificat de naissance.

Lorsque la femme lui tendit le document, Tianna découvrit avec stupeur que la petite Marika était née dans un hôpital local et que ses parents étaient officiellement Danielle Palavo et… Garth Roseanova. Hébétée, elle en resta un instant sans voix.

— Avez-vous rencontré le père du bébé ? s'enquit-elle enfin.

— Je ne crois pas. Un homme accompagnait souvent la jeune mère : la quarantaine, grand, élégant, il paraissait très attentionné à son égard. Mais je n'ai jamais eu l'impression qu'il était son compagnon. Ils ne formaient pas un couple. A mon avis, il s'agissait plutôt d'un oncle ou d'un ami.

— Janus, murmura Tianna, certaine d'avoir deviné l'identité de cet inconnu. Avez-vous l'adresse de Danielle ?

La secrétaire hésita.

— Nous avons bien sûr ses coordonnées de l'époque

mais je ne suis pas certaine d'avoir le droit de vous les communiquer. De toute manière…

Un peu ennuyée, elle se mordit la lèvre avant d'ajouter :

— La malheureuse est morte la semaine dernière. Sans doute l'ignoriez-vous.

Tianna s'agrippa au bureau.

— Morte ! Mon Dieu ! Oh, non !

D'un air désolé, la secrétaire hocha la tête.

— Elle avait le cœur faible et la grossesse puis l'accouchement ont sans doute précipité sa fin. Quelle tristesse pour son adorable bébé ! Le médecin la connaissait depuis toujours et ce fut un coup dur pour lui.

Tianna tenta de reprendre ses esprits.

— Pourrais-je lui parler ?

— Je suis navrée, il est en visite actuellement. Mais si vous me laissez vos coordonnées, il ne manquera pas de vous appeler.

A la vitesse de l'éclair, Tianna revint à Flagstaff. L'avenir de Marika s'assombrissait d'heure en heure. Et beaucoup de questions demeuraient sans réponses. Quel rôle avait joué Janus dans cette histoire ? Et pourquoi la petite fille avait-elle été déposée dans la cour du château ? Sans parler du nom de Garth inscrit sur le certificat de naissance.

A son retour, quand elle ouvrit la porte de la nurserie, Bridget lui cria :

— Mademoiselle, je veux dire, Votre Altesse, tout le monde vous attend dans la bibliothèque !

Les résultats des tests ADN.

Remerciant Bridget, elle prit une profonde inspiration, embrassa le bébé et descendit rejoindre les princes.

La réunion ne dura pas longtemps. Les conclusions étaient formelles. Il n'y avait aucun lien de parenté entre Marika et la famille Roseanova. Lorsque Marco fit la lecture du rapport médical, tous restèrent un moment silencieux.

Beaucoup de mystères avaient été éclaircis aujourd'hui, mais il subsistait des zones d'ombre. Pourquoi la malheureuse mère de Marika avait-elle désigné Garth comme géniteur de son enfant ? C'était incroyablement triste.

Un par un, les autres se levèrent et quittèrent la pièce : Marco d'abord, puis la princesse Karina et enfin le médecin qui avait apporté les résultats. Le prince Garth et Tianna se retrouvèrent seuls.

— Je pense que je te dois des excuses, Garth. J'ai eu tort de te soupçonner d'être le père de Marika et de t'ennuyer avec cette histoire.

— L'erreur était tout à fait compréhensible, dit-il.

Leurs regards se croisèrent. N'était-il pas en train de sourire ? Elle mourait d'envie de le voir lui sourire, d'un vrai sourire empreint d'humour et de tendresse.

— Peut-être ce papier t'intéressera-t-il, ajouta-t-elle en lui tendant le certificat de naissance. J'ai trouvé l'identité de la mère de Marika.

Garth se leva de sa chaise et vint s'asseoir sur le canapé, à côté d'elle.

— Vraiment ?

En quelques mots, elle lui raconta ce qu'elle avait découvert à Sedona. Il la dévisagea pendant qu'elle parlait, sans paraître étonné outre mesure par ces révélations. Lorsqu'elle se tut, il secoua la tête :

— Pauvre bébé. Quel mauvais départ dans l'existence !

Sa première pensée allait à Marika et Tianna en fut réconfortée.

— Je suis persuadée que l'homme à qui la secrétaire faisait allusion était Janus.

— En effet.

Interloquée, elle écarquilla les yeux.

— Comment le sais-tu ?

— J'ai eu une longue conversation avec lui ce matin pendant ton absence.

— Il est revenu ?

— Oui, et je l'ai surpris se glissant dans la nurserie avec ses pinceaux dans le but manifeste de rafraîchir la soi-disant marque de naissance.

— Non ! C'était donc également lui le responsable de…

— Oui, répondit-il, le regard hanté. Il s'est effondré, je ne l'avais jamais vu ainsi auparavant. Dire que je pensais le connaître comme un autre moi-même…

Elle lui prit la main. Elle aimait tant mêler ses doigts aux siens. Mais en l'occurrence, elle ne cherchait qu'à le réconforter.

— Il m'a parlé de Danielle, elle travaillait au château à une époque, comme plongeuse. Je me souviens vaguement d'elle. D'après Janus, c'était une femme adorable mais terriblement vulnérable, et il est tombé amoureux d'elle. Mais elle ne l'a jamais considéré autrement que comme un ami, ajouta-t-il très vite. Ils n'ont eu que des relations platoniques. Comme elle n'avait aucune famille pour l'aider, il l'a prise sous son aile et lui rendait souvent visite à Sedona. Il paraît qu'elle avait le béguin pour moi et a imaginé une histoire amoureuse entre nous. Lorsqu'elle est tombée enceinte, elle s'est persuadée que j'étais le père de son enfant, même si c'était impossible. Je me trouvais alors à Nabotavia, Janus le savait.

— Etait-elle déséquilibrée mentalement ?

— Oui, c'est évident. En tout cas, Janus se sentait responsable de Marika mais ne pouvait se charger d'elle, aussi a-t-il décidé de me manipuler dans l'espoir que je l'adopterai.

— Pourquoi n'a-t-il pas simplement soulevé la question avec toi ?

— J'aimerais pouvoir vous répondre, princesse Katianna.

Reconnaissant la voix de Janus dans son dos, Tianna sursauta et se tourna vers lui. Il avait l'air brisé, coupable.

— Je ne sais pas ce qui m'a pris, j'ai perdu l'esprit, continua-t-il. J'ai commis une grave erreur, elle est inexcusable. Je suis venu vous faire mes adieux.

Tianna regarda Garth. Il semblait tendu mais il ne souffla mot. Elle s'adressa alors à Janus.

— Expliquez-moi. La mère de Marika a-t-elle écrit elle-même la fameuse lettre ?

— Oui, parmi des milliers d'autres. Elle a vécu dans un rêve jusqu'à la fin.

— Pauvre femme.

— C'était une torture de la voir s'enfoncer dans ce délire. Elle m'a fait jurer de tout mettre en œuvre pour que Garth s'occupe de l'enfant. Bien sûr, je n'aurais jamais dû lui promettre une telle bêtise.

Il sourit à Tianna.

— Quand vous êtes arrivée et êtes tombée en arrêt devant la petite, je n'arrivais pas à croire à ma chance. Mon plan fonctionnait mieux que je ne l'avais espéré, comme si les dieux voulaient changer le destin de cette petite. C'était de la folie de la laisser dans la cour. Mais j'étais encore secoué par la mort de Danielle et lorsque je vous ai vue prendre le bébé dans vos bras — je surveillais d'une fenêtre les événements —, j'ai compris que tout irait bien. Et quand je vous ai reconnue, tout m'a paru parfait.

— Vous saviez qui j'étais ?

— Evidemment. Dès que je vous ai aperçue.

— Pourquoi ne m'en avez-vous rien dit ? s'enquit Garth.

— Je ne voulais pas interférer dans cette affaire, Votre Altesse.

— Bien sûr, jeta Garth d'une voix sarcastique. Où avais-je la tête ?

Tianna lui serra la main pour le calmer.

— Racontez-nous le reste, Janus. Je veux tout comprendre sur cette histoire.

Il leur expliqua comment il avait eu l'idée de fabriquer une marque de naissance en forme de rose, comme celle de Garth, comment il avait découvert de vieux vêtements de bébé dans le grenier avec lesquels il avait habillé l'enfant, et enfin comment il avait fait croire que l'orphelinat était confronté à une épidémie de varicelle.

— Je vous présente mes excuses pour tout le mal que je vous ai fait, dit-il humblement. Vous recevrez demain ma lettre de démission et je vous laisse mon adresse à Sedona au cas où vous souhaiteriez me poursuivre en justice.

— Ne soyez pas ridicule, Janus ! intervint Garth. Je ne veux pas que vous partiez.

— Mon départ vaudrait pourtant mieux, Votre Altesse. Si un jour vous décidiez que vous avez besoin de moi à vos côtés, je serais très heureux de reprendre mon poste. Mais réfléchissez bien à toutes les conséquences d'un tel choix. Pour vous faciliter les choses, je préfère vous dire adieu.

Il s'inclina et quitta la pièce. Garth et Tianna échangèrent un regard et, malgré tout ce qu'ils venaient de traverser, ils éclatèrent de rire. Cet homme avait vraiment un sens théâtral très développé.

— Il nous a sûrement entendus, parvint à dire Tianna entre deux hoquets.

— Il le mérite, c'est un manipulateur.

— Non, Garth. Il faut éprouver de la compassion pour lui. Il tentait de faire au mieux pour Marika.

— La compassion est un sentiment dangereux, répliqua-t-il. Elle te fait accepter des choses inacceptables.

Est-ce la raison pour laquelle tu ne peux pas me pardonner ?

Bien sûr, elle ne dit pas ces mots à voix haute, mais tenta

de le faire avec les yeux. Au lieu de répondre, il l'attira à lui et l'embrassa avec passion.

Elle fondit et s'abandonna à ce baiser, à sa chaleur. Glissant une main derrière son cou, elle s'arqua sous ses caresses. Et Garth se rendit compte qu'il avait besoin d'elle, de prendre possession de son corps, de son cœur, de son âme. Il aimait cette femme, il la voulait à ses côtés pour la vie entière. Si seulement ses vieux démons acceptaient de le laisser en paix !

Comme il la pressait contre son cœur, des larmes brûlèrent les yeux de Tianna. Elle savait qu'il luttait contre lui-même. Il la désirait et, en même temps, quelque chose en lui la rejetait. Elle espérait que le bon côté l'emporterait.

— Que va devenir Marika ? demanda-t-elle soudain. Va-t-elle être envoyée à l'orphelinat ?

Sans répondre, il se leva, l'esprit manifestement tourmenté. Elle le regarda quitter la pièce et une vague de désespoir souleva sa poitrine. Si seulement elle avait su où la mèneraient ses mensonges… Si seulement elle pouvait revenir en arrière… Si seulement…

Chapitre 10

Le jour de la noce arriva et le château se remplit de monde que Tianna n'avait jamais vu pour la plupart, même si elle avait reconnu un ou deux cousins éloignés.

Promenant les yeux autour d'elle, la jeune femme n'en revenait pas de la rapide métamorphose de l'endroit. Malgré le pessimisme de Cook, le personnel avait fait des miracles. De grandes draperies blanches ornaient l'escalier et les murs, des bouquets de lys embaumaient l'atmosphère et, dans le parc, des ballons étaient accrochés aux branches des arbres. Partout fleurissaient de longues roses rouges, symboles de l'amour et de la maison royale des Roseanova.

La cérémonie devait se dérouler à l'extérieur, sous une grande tonnelle couverte de rosiers grimpants. Des tables étaient installées dans la roseraie, et la vaisselle en porcelaine de Chine, les flûtes en cristal et les couverts en argent accentuaient le côté féerique de la fête à venir. Un petit orchestre était installé dans un coin et les musiciens accordaient leurs instruments.

Heureuse de participer à ce mariage qui promettait d'être magnifique, Tianna songeait pourtant avec un peu d'angoisse à la suite. A la fin de la journée, quand le dernier toast serait porté à la santé des mariés, que ferait-elle ?

Son avenir dépendait de la décision du prince à propos de Marika. Au début, il lui avait dit que l'enfant serait confiée à un orphelinat si elle n'était pas biologiquement la sienne.

Etait-il toujours dans les mêmes dispositions d'esprit ? Il n'en avait pas reparlé. Après de longues réflexions, Tianna s'était résolue à adopter elle-même Marika. Elle se sentait incapable d'abandonner cette adorable petite fille à des mains inconnues.

Demain, elle quitterait le château. Il était grand temps pour elle de retourner à Seattle, de tenter de recoller les morceaux de sa vie et de continuer sa route. Laisser Garth derrière elle la déchirait, mais demeurer ici alors qu'il lui battait froid devenait insupportable. D'ailleurs, personne ne l'avait priée de rester.

Avec un dernier regard admiratif sur le parc, Tianna entra à l'intérieur pour se préparer.

Vêtue d'une longue robe rose à la fois sobre et élégante, Tianna se promenait dans le jardin, attendant le début de la cérémonie. Elle s'efforçait d'éviter les cousins qu'elle reconnaissait, et en particulier Cordelia qui, elle le savait, la cherchait dans l'espoir d'une longue conversation en tête à tête.

Soudain, elle croisa Marco qui lui sourit avec chaleur.

— Vous êtes très belle, princesse Katianna.

Elle se sentait effectivement très en beauté, ce soir. La coiffeuse avait fait des merveilles avec sa chevelure, un chignon de type moyenâgeux dont s'échappaient savamment de petites mèches folles. Tianna avait l'impression de sortir d'une gravure de conte de fées. Sa tenue lui allait à la perfection, moulait ses jambes minces et rehaussait sa poitrine.

— Merci, Votre Altesse. Vous êtes très gentil.

— Appelez-moi Marco. D'autant que vous allez bientôt devenir ma sœur.

— Vous croyez ?

Comme elle le dévisageait d'un air dubitatif, il prit son bras pour la conduire vers un banc où ils s'installèrent pour bavarder. Au loin, l'orchestre entamait une valse.

— Pourquoi en doutez-vous ? reprit Marco.

Elle haussa les épaules.

— J'ai l'impression que Garth m'en veut énormément. Je ne peux pas épouser quelqu'un dans cet état d'esprit.

Un long moment, Marco resta silencieux, le regard perdu vers le ciel. Puis il se tourna vers elle.

— Mon frère n'est pas toujours simple à comprendre. Mais vous trouverez sûrement le moyen de vous entendre avec lui.

Il lui sourit.

— Vous savez, de nous quatre, Garth a été le plus profondément traumatisé par ce qui s'est passé au moment de la révolution, par la mort de nos parents.

— Pourquoi ?

— A l'époque, il avait environ huit ans. C'était un enfant plein de vie et d'entrain. Il s'était lié d'amitié avec son professeur d'arts martiaux, Henrick. Ce dernier l'emmenait se balader à cheval, chasser, naviguer… Il le traitait en égal et lui donnait le sentiment d'être important. La nuit de l'exil, la ville était en flammes et nous nous étions cachés dans une cave, nous préparant à fuir le pays. Mais Henrick a profité de ses liens avec Garth pour lui faire dire où se trouvait notre cachette.

Marco haussa les épaules.

— Bien entendu, Garth ne pouvait pas se douter que Henrick s'était acoquiné avec les rebelles. Mais à cause de cela, notre père et notre mère ont été tués.

— Oh, non !

La main devant la bouche, Tianna ferma les yeux. Elle imaginait le petit Garth, comprenant que son erreur avait coûté la vie à ses parents. Aucun enfant ne pouvait assumer un tel fardeau. Elle eut envie de courir à sa recherche pour le réconforter, pour lui dire que ce n'était pas sa faute. Mais peut-être n'accepterait-il pas de paroles de sympathie de sa part, à présent.

— C'est terrible, murmura-t-elle.

— Voilà pourquoi il est désormais difficile à Garth d'accorder sa confiance à quelqu'un et pourquoi il a très mal vécu votre mascarade, qu'il a interprétée comme une trahison.

Prenant sa main, il la porta à ses lèvres.

— Mais Garth est avant tout un homme de grande valeur, un compagnon dont la fidélité et le dévouement ne sont jamais pris en défaut.

Lorsqu'il s'en alla, Tianna resta assise, réfléchissant à ce qu'il venait de lui raconter. Ce récit éclairait la manière dont Garth avait réagi en apprenant la vérité. Mais elle n'était pas certaine que comprendre ses motifs suffirait à changer la façon d'agir ou les sentiments du prince à son égard.

La cérémonie fut magnifique. Dans sa longue robe virginale, la princesse Karina était absolument ravissante et, à son bras, Jack Santini irradiait de bonheur.

Aux côtés des mariés se tenaient Tianna, Marco et Garth, leurs témoins. Vêtu de l'uniforme militaire des Nabotaviens, blanc avec des épaulettes dorées, de nombreuses décorations sur la poitrine, Garth était beau à couper le souffle.

Le prêtre répétait les paroles habituelles d'engagement et de fidélité quand le regard de Tianna croisa celui de Garth. Ni l'un ni l'autre ne détourna la tête. Ils auraient pu être seuls sous la tonnelle. Pendant quelques instants, ils se noyèrent dans les yeux l'un de l'autre et le temps fut suspendu. Tout l'amour, tout le désir qu'elle éprouvait pour lui brillaient dans les prunelles émeraude de Tianna, mêlés à une insondable tristesse.

Puis le charme fut rompu. Elle battit des paupières et ce fut comme si ce moment n'avait jamais existé. La messe s'acheva, Jack embrassa sa femme et l'assemblée se mit à applaudir. Tianna prit une profonde inspiration. Si seulement…

Les gens s'approchaient pour féliciter les mariés. Happée par le tourbillon, Tianna rit, fut embrassée et répondit à des centaines de questions mais son esprit était toujours avec Garth.

Soudain, elle vit Bridget sortir de la maison, Marika dans les bras, et s'approcher de Garth qui tendit les mains pour s'emparer du bébé.

— Elle s'appelle Marika, disait-il en souriant à Cordelia qui les regardait d'un air pincé. Comme ma mère.

Un murmure traversa l'assistance.

— Prince Garth, s'enquit une femme. Cette enfant est-elle donc la vôtre ?

Tianna retint son souffle. Tout à coup, Garth leva la tête et la regarda.

— Oui, déclara-t-il à voix haute. Marika est ma fille.

A ces mots, Tianna se détourna. Elle tremblait de tous ses membres. Quelqu'un lui adressa la parole mais elle était trop émue pour pouvoir répondre. Rapidement, elle s'éloigna. Marchant droit devant elle, elle s'aperçut qu'elle se dirigeait inconsciemment vers le petit kiosque où elle avait rencontré Garth la première fois, le jour de son arrivée, une semaine plus tôt. Tant d'événements s'étaient succédé depuis lors qu'elle avait l'impression de vivre depuis des mois dans ce domaine. Parvenue au belvédère, elle mesura à quel point elle avait changé en huit jours.

Se laissant choir dans un fauteuil, elle ferma les paupières. Demain, elle partirait. Mais au moins, Marika était entre de bonnes mains et la jeune femme en était profondément soulagée.

Elle entendit quelqu'un approcher et ouvrit les yeux. Elle ne fut pas réellement surprise de découvrir Garth, mais son cœur commença à battre à grands coups.

Grand et beau, il s'avança dans le kiosque.

— Nous retrouver ici devient une habitude, dit-il doucement, le visage impénétrable.

Elle lui sourit.

— Je vais vite la perdre, répondit-elle. Dans quelques heures, je partirai.

Comme il restait silencieux, elle poursuivit :

— Je veux te dire à quel point je suis heureuse que tu acceptes Marika comme ta fille. J'étais prête à l'adopter si tu ne m'avais pas devancée.

Il la dévisagea attentivement.

— Vraiment ? Mais que serait alors devenue ta carrière de photographe ?

— Je n'y aurais pas renoncé, pas entièrement.

— Tant mieux, dit-il fermement. J'espère que tu réfléchiras à ma proposition de prendre en charge la documentation de notre retour à Nabotavia. Il nous faudra un photographe officiel, tu sais.

A cette idée, son cœur bondit dans sa poitrine. Quel travail passionnant en perspective ! Et qui lui permettrait de rester proche de la famille royale et de Marika… mais elle secoua la tête.

— Je ne vois pas très bien comment je pourrais assumer ces fonctions, reconnut-elle tristement.

— Cela ne te prendrait pas tout ton temps, lui dit-il comme s'il pensait que c'était son sujet d'inquiétude. Tu auras d'autres priorités, je le sais…

Elle fronça les sourcils, se demandant pourquoi elle avait l'impression qu'une lueur moqueuse brillait dans ses yeux.

— Comment cela ?

Il haussa les épaules d'un air désinvolte.

— Marika va avoir besoin d'une mère.

A ces mots, elle retint son souffle.

— Oui, cela vaudrait sans doute mieux.

— Toi et moi pourrions nous marier…

Elle crut que son cœur s'arrêtait de battre mais elle ne voulait pas laisser exploser sa joie.

— Tu veux dire que tu aimerais m'employer comme nounou permanente ?

Il esquissa un sourire.

— En fait, je pensais te voir endosser un rôle plus complet.

— Vraiment ?

Prenant sa main, il l'obligea à se mettre sur pied et la pressa contre lui, le visage enfoui dans ses cheveux.

— Je suis fou de toi, Tianna. Ne le comprends-tu pas ?

Elle secoua la tête, les larmes brûlaient ses paupières.

— Non, c'est impossible.

Il déposa sur ses traits une pluie de petits baisers.

— Tout à l'heure, pendant la cérémonie, je t'ai regardée. A la bonté et à l'honnêteté qui brillaient dans tes yeux, j'ai compris que je m'étais fourvoyé. Il m'a fallu quelques jours pour retrouver mon bon sens. Peux-tu me pardonner ?

— Je ne sais pas, dit-elle en riant. La compassion est un sentiment dangereux, c'est toi qui me l'as appris.

— Je ne te demande pas de compassion, dit-il d'une voix rauque. Mais de la passion.

— Alors tu n'as pas à t'inquiéter, beau prince. Tu n'en manqueras pas.

Comme il s'emparait de ses lèvres, elle s'accrocha à lui, ivre de bonheur, et ils s'embrassèrent avec fougue.

Mais des cris au loin finirent par attirer leur attention. Ils regardèrent vers le château, tendant le cou pour découvrir ce qui provoquait cette agitation.

— Oh, non ! s'écria Tianna. Regarde ! Les vaches se sont de nouveau échappées ! Elles se dirigent droit vers la noce !

— Est-ce un souci ?

Surprise par sa réaction, elle leva les yeux vers lui.

— Et Marika ?

— Bridget s'en occupe. Elle l'a rentrée à l'intérieur.

— Tant mieux.

Elle se tourna vers l'endroit où se tenait la réception. Les invités couraient partout, des tables étaient renversées. Mais les trois vaches continuaient tranquillement leur progression, sans paraître remarquer le désordre qu'elles provoquaient.

— Nous ne pouvons pas rester ici les bras ballants ! s'écria Tianna.

Il resserra son emprise.

— Tu crois ? Laissons le chaos s'installer. Nous avons mieux à faire.

Elle le dévisagea d'un air incertain.

— Mais…

Il reprit sa bouche.

— Nous avons beaucoup de baisers en retard. Il nous faut rattraper le temps perdu.

— C'est vrai.

Et avec un soupir de bonheur, elle s'abandonna dans ses bras.

Retrouvez prochainement,
dans votre collection

DIADÈME

Soumise à un prince, d'Olivia Gates - N°4

« Tu seras mon épouse. » Glory croit défaillir. Comment Vincenzo D'Agostino, prince de Castaldini, ose-t-il la soumettre ainsi, après l'avoir rejetée six ans plus tôt ? Certes, elle n'est pas en mesure d'opposer un refus à cet ordre royal, mais jamais elle ne pourra supporter de passer sa vie auprès de Vincenzo. Même s'il ne peut s'agir que d'un mariage temporaire, les sentiments qu'elle éprouve pour lui sont, quant à eux, malheureusement éternels...

Un jeu si innocent, de Clare Connelly

Le jour où elle a accepté de se faire passer pour une autre, Matilda jugeait la mascarade innocente. Et puis, jouer le rôle d'une héritière sur une île splendide, la perspective était tentante. Seulement, quand elle fait la connaissance de Rio Mastrangelo, elle craint d'être démasquée... Comment lui faire croire qu'ils appartiennent au même monde, alors qu'elle perd tous ses moyens face à lui ?

Séduite par le sultan, de Susan Stephens - N°5

En pénétrant dans le palais de Kemal Volkan, à Istanbul, Lizzie a la sensation d'entrer dans un lieu magique et hors du temps. Mais elle n'oublie pas qu'elle est à la merci du sultan tout-puissant, qui la contemple d'un regard brûlant. Et qu'elle va devoir bientôt affronter cet homme arrogant et ténébreux...

La princesse interdite, de Lucy Monroe

Pour échapper au mariage que son père, le souverain de Marwan, veut lui imposer, Lina décide de fuir. Mais c'est compter sans la redoutable efficacité de l'homme chargé de la retrouver et de la ramener à sa famille, Sebastian Hawk ! Un homme qu'elle connaît bien, puisqu'elle est déjà tombée amoureuse de lui autrefois...

Retrouvez prochainement,
dans votre collection

DIADÈME

SÉRIE : ROIS ET SÉDUCTEURS 2/2, **de Kelly Hunter - N°6**

Royal secret

Il y a sept ans, Casimir a eu une liaison avec Anastasia, sans lui révéler qu'il était prince. Le temps de quelques baisers, il fut libre. Hélas, maintenant qu'il s'apprête à contracter un mariage de convenance, Casimir fait face à une incroyable découverte. La belle Anastasia est aujourd'hui maman d'une petite fille qui lui ressemble étrangement…

Reine par devoir

Depuis l'enfance, on prépare Moriana à embrasser son destin royal. Il n'a jamais été question que de réputation et de devoir. Alors qu'elle rêve de connaître l'ivresse de la passion, voilà qu'elle a reçu une demande en mariage d'un roi play-boy, qui la déteste depuis toujours ! Comment pourrait-elle épouser Theodosius et devenir sa reine ?